台灣文學出版

五十年來台灣文學研討會論文集(三)

出版／行政院文化建設委員會

編印／文訊雜誌社

序

　　台灣光復至今，已屆滿五十週年。這期間社會、經濟、文化的
變遷，有如滾滾洪流，不斷在向前邁進，每一天都有人在創造歷
史，也同時在向歷史挑戰。值此時刻，一向思慮敏捷的文學家，總
會把各種社會現象及人生百態，用他們的生花妙筆，寫下雋永的篇
章，不僅豐富台灣的文壇，也凸顯這塊土地的特色。

　　因此，我們特別策劃「五十年來台灣文學研討會」，以為這五
十年來的台灣文壇，做一番檢視及反省，這個計畫承中央大學李瑞
騰教授同意擔任總策劃人，經多次開會研商，最後決定研討會內容
分為「台灣文學中的社會」、「台灣文學發展現象」、「台灣文學
出版」等三個單元，並在研討會之前，先舉行一場「面對台灣文學
座談會」，作為暖身。基於區域平衡的考量，分別委託中央大學、
靜宜大學及文訊雜誌社主辦，未料第一場「面對台灣文學座談會」
在台灣師範大學舉行時，教育大樓國際會議廳擠滿人潮，有坐在會
場階梯上的、有站在窗外引頸聆聽的，一個會議室擠了二、三百
人，真是盛況空前，使得一向屬於小眾的研討會，忽然成了熱門話
題，這更給我們信心。台灣文學研究，經過學者們的默默耕耘，成
果已逐漸呈現，而由政府、學術單位、民間團體的共同合作也提供
了未來推動台灣文學研究發展可行的模式。

　　「五十年來台灣文學研討會」在今年元月即全部圓滿結束，但

因多數論文經過作者重新修正，研討會記錄的整理亦耗日費時。因此，本研討會論文集遲至今日才得以問世，再次感謝策劃人李瑞騰教授的策畫，中央大學、靜宜大學、文訊雜誌社的主辦以及所有學者、專家的熱心參與，沒有你們的付出及奉獻，我們不會有這本書的出版。未來在台灣文學這條漫長的道路上，我們仍將共策前進，共同灌溉、豐富的塊園地。

行政院文化建設委員會主任委員

林澄枝

八十五年六月

前言

◉李瑞騰

1 緣起

去年春天，「台灣現代詩史研討會」一場又一場的召開，學界和文壇的朋友熱情參與，場內場外的討論都非常熱烈，有時不免觸及一些文藝事務，總能激發出一些新的想法。時值台灣光復五十周年，於是就談到辦個大型研討會來慶祝並紀念。當這個構想落實成案，文建會欣然接受，執其事者且積極主動的促成了這樣一件大事。

我原來的構想是三場學術會議，每場兩天，各發表十二篇論文，分別由一個教研或文化單位來負責，幾經考量與磋商，逐決定由中央大學中文系主辦「台灣文學中的社會研討會」、靜宜大學主辦「台灣文學發展現象研討會」、文訊雜誌社主辦「台灣文學出版研討會」，總其名曰「五十年來台灣文學研討會」，由我本人擔任總策畫，分別請中大的顏崑陽教授、靜宜的鄭邦鎮教授、文訊的封德屏總編輯擔任分項計畫的主持人。

由於希望能扣緊台灣光復的節慶，乃先行在光復節當天下午舉辦一場座談會，以「面對台灣文學」為題，把有關的重大議題與現象攤開來，也算做為三場學術會議的暖身運動，反應非常熱烈。基於預算，在中大的這一場縮減為一天半，規畫了九篇論文。

對文建會來說，這是一種比較特別的委託案，在一個總計畫底

下，再由不同的單位分項去執行，行政的複雜與繁瑣可想而知了，溝通協調更屬不易，好在大家都有辦好這系列活動的心願，一切會務也就依序往前推動了。

2 用心

五十年來的台灣，變化很大，文學也在衝突激盪中曲折發展，其間的互動對應，足使這一段文學歷史豐饒多姿。然而，過去很長的一段期間，我們並沒有給予應有的重視，最近幾年的情況雖已大爲改觀，但由於諸多主客觀條件的限制，還不盡令人滿意，尤其原應該是本地文學研究重鎮的大學校園，到現在還不能主動、積極致力於此，令人感到遺憾。

多少年來，有關台灣文學的研討活動，主要是媒體和社團在主辦，校園文學人力被動的參與。這種情形如今已在改變當中，民間研究者紛被請進大學校園參與研討，那種有別於課堂教學，一種活潑的論辯情境，正在文學系所之間產生一些微妙的效應。

這一次的規畫，有兩場由大學中文系主辦，而文訊的兩場也選擇在校園或與大學合辦，其用心亦無非如此。而主題的設定，人選的聘請以及議程的安排等，也都按學界規格，我們料想應能在校園起了一定程度的促進作用。

3 視野

五十年來的台灣文學究竟包含多少值得探索的議題，首先當然是台灣文學的界定問題。觀點不同，界定的寬窄就有所不同，評價當然更可能出現差異了。而就時間上來說，這五十年間所形成的風貌，和先前的有什麼關係？它如何形成的？相對於政經歷史的發展，我們如何爲它進行分期以及作家作品的定位？文學思潮如何演變？文學意見如何辯論？文學社羣、文學媒體、文學流派、文學出

版等等現象，如何在一定的時間階段裏互動激盪？全都需要以翔實的文學史料來研究分析。

更進一步說，在地理上，台灣位處中國大陸東南外海，曾是海盜出沒之處，也曾是列強覬覦的地方。鄭成功於此為基地盼能復國，大清帝國擁有它卻不知珍惜，日本人佔領它把它當作本土外延地拼命剝削，回歸中國以後也沒被善待，一九四九年以後成了反攻大陸的復興基地，美國圍堵中共往太平洋滲透的前哨要地。其後我們辛苦的在這裏發展民主政體、自由經濟，開創了前所未有的輝煌歷史。在這樣的背景中，台灣的文學無可避免的要和中國文學產生極其複雜的關係，和美日等東西方文學也牽扯不清。因此，不管是分析台灣文學發展現象，或是探索台灣文學中的社會，都必須有一個開闊的視野，宏觀和微視兼而有之，歷史與現實都能照顧，一切以尊重歷史事實、還原文學面貌、掌握作家精神為原則。

在整個研討會之中特別策畫了「文學出版」。如所周知，出版是文化發展最重要的檢驗指標之一。文學出版的興衰，其實也正是文學的興衰。文學出版的探討，既是出版學，也是文學社會學及文學史的研究。我們結合出版界與文學界的力量，從生產到銷售，從封面到內頁，從圖書到雜誌，從出版的個別現象到總體發展，初步觸及台灣文學出版的一些重大議題，值得我們進一步探索下去。

4 期待

研討會已於今年年初圓滿落幕，論文集也即將編成，做為整個活動的總策畫，除了感謝文建會的委辦並且充分授權，特別要感謝分項計畫主持人及三個執行單位，沒有他們的協同合作，這樣一個學術大計畫根本不可能完成。當然，所有參與其事的諸位學界及文壇先進，更是貢獻良多，於此一並致謝。

學術議場是一個開放的論述空間，其可貴之處乃在於相關學術

人力的匯集，我們曾有幸相互問學，齊心致力於文學現象的研析，誠盼有機會再聚一堂，擴大領域，深化議題，共同書寫台灣文學璀璨的歷史光華。

＜台灣文學出版＞
研討會

５０年來台灣文學

在出版方面的表現如何？

從生產到銷售，從圖書到雜誌，

從個別現象到總體發展，

本研討會的十二篇論文開創性的觸及

台灣文學出版的重要議題。

《專題演講》

由創作到出版

論台灣文學的生產機制

◉王德威

　　文學社會學和出版傳播學是門專精的學問，在此我謹以學習的心情，針對五十年來台灣文學出版生態和運作的種種現象，互動及可能涉及到的理論，做一簡單說明。研討會的十二篇論文，應可提出更多更有力的論證。我把台灣五十年來出版和文學互動的關係，當作是台灣文學、文化現代化重要的一環，也是在過去的幾十年來一直被忽略的一環，以下我將略舉歷史上文學和出版互動的數據或例證，從中再看台灣文學和出版所占有的重要意義。

　　近代史上文學專業出版的記錄，可溯至晚清，據日本學者樽本照雄先生的研究，一八四〇～一九一〇（共七〇年）廣義的中國共有二三〇四種文學類的出版物（小說、詩、散文），其中有一半的小說著作是翻譯的，包括歐美、日本，整個的數量爲在台灣一九七八年文學出版盛世的總和，那年共有二二四六種文學出版。在一八七二年，專業的副刊和期刊首次出現，如：《申報》，是一種綜合性的文學刊物，在當時流通量很大，深受好評。一八九二年韓邦慶（《海上花列傳》的作者）自編了《海上奇書》，是中國第一本定期出版的小說雜誌。一九〇二年經過嚴復和梁啓超的倡議，整個新小說在中國流通開來，同時由這些文學期刊所資助的出版局、社團，成爲一種社會現象。到辛亥革命前夕，整個中國大、小書局、期刊社等，共有一百七十多家，所以中國文學的現代化機制在晚清

時已見端倪。談到文學出版，當然不是直到晚清才有，但是我們把文學出版當做是近代中國或台灣文化及文學現代化重要的環結時，必須考慮到出版上資本（包括政治、經濟、技術、文化）的流通和應用，對文學產生了什麼質變和量變，也可由出版來看它如何影響和轉變了中國人的閱讀行爲模式？出版和教育的普及，產生了怎樣相生相應的作用？及文化、文學消費及娛樂的看法及運作的模式？在這些議題下，回頭看台灣文學出版，我們可以獲得更有意義的心得。

台灣過去五十年來出版的軌跡，在一九四六和一九四七年時，《中華日報》、《新生報》重新出刊，以文學副刊爲主基，鼓勵當時第一批文人創作活動。在一九四五年前後，《台灣文化》等文學雜誌，也曾推動台灣早期中文文學創作的高潮。東方出版社一九四五年成立到一九五〇年成爲一個股份有限公司的型式，此舉代表出版在台灣落地生根和規模化、制度化的開始。一九四六年台英社成立；一九四七年有台灣商務、中華書局；一九四九年世界書局、正中書局，在台重新成立，種種都促成五〇年代台灣出版的重要基石。沒有這些媒體，這些機制，所謂的文學創作仍要成爲空談。

文學類出版量和整個出版界類比的情形是：一九五二年台灣整個出版量才共四二七種而已。到了五七年，大陸反右達巔峰時，台灣文學蓬勃現象，可從當年登記的刊物中有四〇九種是文學類刊物看出來，占所有出版物的百分之二十六。到一九七八年，台灣全年出版二二四六種，相對於其他各種類別出版物有九四一六種，文學占了百分之二十二，是文學值得驕傲的年月。但到了一九九三年時，整個出版界越蓬勃，此年整個出版量爲一四七四三種，文學類出版物共有一九五八種，占百分之十三而已，由此來看，文學出版曾歷經一段盛世，但近幾年由於社會、文化結構的變化，情形已有所改變。

　　其次再看文學出版在整個社會中所扮演的角色，和可以做爲參考的理論及議題。通常我們說文學的創作和閱讀，是一種私密性傾向較強的文化活動。文學創作往往是一個作家在書房中寫，不太可能是幾百或幾千人集體創作的現象；文學閱讀也多半是一個人在有限空間中的活動，基本上仍是相當私密性的。但閱讀與寫作卻得經由出版的活動，得以流通、傳播；作者和讀者才得以產生溝通。相對而言，出版本身是屬於公眾性的活動，所以從所謂的文學界在出版此一機制的運作下來看，已產生了社會機制複雜互動的場所。在此現象中，我認爲有四點可持續探討：

　　一、知識層面的議題：經由出版的運作，文學知識得以重新定義；文學作爲一種社會文學的機構，得以確立；而文學的傳播得正式開展。所以文學經由出版活動，才眞正在社會中生根，也經由出版的行銷、歸納或規劃，而成爲一種分門別類的文化事業。在此我不把文學看做千百年來不變的人文現象，而是從一八四〇年之後一種逐漸在中國社會中形成的文教建構。在過去的幾十年中，台灣文學的現象如：五〇年代的反共文學和其後的現代文學、鄉土文學、女性文學等，都是經文學出版社和其他機構細心的策劃推廣、傳播和行銷，才形成更細部的，分門別類化的一種文學。這也令我們想到，文學知識如何從過去少數人才可享有的資產，經由出版運作，逐漸成爲全民消費的文化活動。所以從知識的一種私密性來看，出版扮演了把知識普及化、分門別類的角色和機構，此一知識也可視作是眞理和眞象不斷追求的一種過程。

　　二、審美或神話學議題：文學出版對台灣五十年來文學中象徵符號的設計、估算、推動等，都有很強烈的主導性，這涉及到了美學的層面、審美的觀念。此一象徵符號的設計和傳播，不只侷限在作者的文學創作種類、文字的選擇、排版和封面設計等，還涉及了文學象徵符號傳播互動的可能性，如：八十年代文學需要「輕薄短

小」，這不單是簡單的迎向市場消費的活動而已，此市場消費經過一種設計、符號的重新呈現，形成了一個新的美學認知的建構。在此我們可把文學出版和當代的社會中常說的「迷思」（myth）觀念結合在一起（看到紅唇族的封面或政黨顏色，會給我們什麼聯想呢？），其象徵符號的設計是和文學消費有密切相關的。

　　三、政治權力議題：文學出版和權力分配、霸權讓渡的問題也有關聯。談政治和文學互動的關係，已成了當下熱門的話題。在此提出權力和霸權的讓渡，此兩字詞是具有寬廣意義的：指一個政權爲了維持知識上的壟斷權力或強烈維繫某一象徵符號或神話系統的可能性，必須做的一種控制，如：禁書的問題、文藝協會、專利、獎勵的策劃。一九六〇年初期，郭良蕙女士的《心鎖》事件，使她被作家協會開除會籍。這不但涉及到當時的政治問題，也涉及到整個社會對慾望制約和性道德的問題。當年的《心鎖》和現在新感官小說大膽的程度簡直是小巫見大巫，但爲何有的被禁，有的就沒有呢？這都涉及了出版界在政治和經濟的權力下互動的結果。但除了此種意識型態的問題外，在出版流通過程中，如書評者所扮演的角色爲何？什麼樣的書評者，可占有報紙或雜誌某一角落的位置？一句話就可令一本書上天堂或下地獄，此種權力是誰賦予的？此種權力，出版社的人又如何將之運作和調適？再說到著作權等權力，和我們就更切身了，對外國書的翻譯，又涉及了文學知識讓渡、履行、轉化的問題。這種種議題都可以納入權力的大架構中去討論。

　　四、經濟議題：這是有關出版和社會消費的鎖鍊問題，如出版如何包括版稅或稿費的制度、編輯企畫以及促銷的計劃？什麼叫直銷？郵購？連鎖店？都涉及了作者本身的利益。除了直接可見的生產消費的鎖鍊以外，文化團體如何結合經濟的符號，而產生一些新的現象如各項文藝獎的活動，也是具經濟性質的。有時書商願意出版書是考慮到此書能暢銷；文學出版經早期印刷到現在電腦排版的

「效率」，影響到此書如果暢銷，在短期內可再版多少次的問題；有的書有時間的急迫性，就必需急於行銷……等，都和文化生產效率的問題相關。

從這四層面來看，文學出版就更多元化，更活潑了。進一步說，我個人認爲以下的西方理論可以在探討文學出版時提供參考：

一、古典馬克斯主義：把出版當做是詮譯的方式，社會經濟的行爲和衆人之事，作者一人在有限的時空下，文學創作的想像會被當下的社會所制約。所以整個文學創作、文學行銷和文學消費，是取決於社會經濟的建構。這是最老派和最僵化的一種看法。

二、一九四○～一九五○年，西方法蘭克福學派提出了「文化工業」論。出版如其他的文化娛樂事業，不再是一種高貴的、菁英的文化行爲，而是工業。法蘭克福學派的學者，卻認爲此種文化工業控制和麻醉大衆的文化消費，大衆是不自知的被麻醉，不斷地消費已熟悉而重複的出版品。但是我相信，在台灣的許多有關新新人類的出版品可證實，文化工業並不能完滿的達成它的目的，所以對此種探求方法有必要保留。

三、法國的波笛爾（Bourdieu）提出了「生產場域」（field of production）的問題。文學生產領域或文學界實指的內涵是什麼呢？只是才子佳人的小團體嗎？波笛爾卻認爲文學界是具有空間意義的名詞，在此領域，我們看到文學的出版扮演重要角色，如剛才所提的知識、政治、審美、經濟，都在此領域中強烈運作著。波笛爾特別強調「資產」（Capital）的觀念。有文化資產、經濟資產、政治資產等，他想以文學經濟學來探討，什麼樣的文學資本可以最順利的轉化成經濟的資產？如，怎樣的書最好賣？更重要的是作家的「無形資產」，如：知名度。經過文學出版機制運作，可成爲眞正的資產，可能是政治權力上的資產或經濟收益上的資產，所以整個文學界成爲一個大的生產機構，此機構不只是侷限於馬克斯的經

濟生產結構，其實是一直不斷轉移、不斷受到歷史、時空因素影響的、互動的鎖鍊。所以要加入文學界或文學領域的人要有所自覺，這涉及到「感知」、「認知」的層面，意味你對文學運作及品味是否有感應？是否適任此職？這不只是指作家的天分而已，也是指作家如何因勢利導，在什麼時候，寫出什麼東西，然後適時加入什麼樣的社會議題。尤其重要的是，出版者要有強烈的本能及判斷力，應在什麼時候、地點、出什麼書，這是經年累積的知識，波笛爾認為這是促成文學生產最重要的現象。

四、新歷史主義：出版中的文字不但是一個文學知識傳播的符號，文字本身就是一種（政治、經濟、文化）力量的運作，經文字交流運作，我們對歷史時空的感覺得以完整的表達，在消化文化時，他們也正在重新認識我們所處的時代情境。

所以出版在西方不再只是一個邊緣的問題，而是一個重要的社會關鍵和文學活動的環結。最後，文學出版事業是否有前途？在面臨大眾文學不斷的衝擊，有什麼樣的情形可以讓我們來預估文學的走向？我個人覺得文學成為文化建構的一部分，並非是天經地義之事，「文學是什麼」的問題，原本就是在歷史中不斷變化的。在現今面臨文學出版界不景氣之下，我們必需面對現實，承認想像中的文學最好的時代已過去了，或者還沒有來──這是很難說的。但是文學變成出版界重要的東西，曾享有過輝煌的時代，也是那麼一段時間。想像當年的曹雪芹創作《紅樓夢》時，他也沒想到在幾百年後，成了金石堂的長銷書，所以我們要有心理的準備，可能所謂的「嚴肅文學」作品的下場，會從大眾文化變成小眾文化或者是無眾文化，但即使在這樣的情形下，只要有文學出版的機制存在，文學在未來仍會扮演重要角色。但它所呈現的形象會是什麼？這就是更複雜的議題了。（吳秀鳳記錄整理）

文學圖書印刷設計之演變

光復五十年來「書的妝扮」之初探

◉王士朝

時代是在變，人心也在變，尤其是這十年來的台灣人──台灣住民，更是變得面目猙獰，舉世皆知。所有的價值觀、道德標準、言行規矩等等，都和二、三十年前產生太大的差異。而變的也不只是年輕人的代溝問題，甚至連一般的中年人、老年人，也因時代的急速變遷而被迫跟著轉變了自己原有的舊觀念。使得社會中，瀰漫著一股勢不可擋的「變」之力量，很多人都認為：「變總比不變好，先變再說，管它結果是好？是壞？不然就趕不上別人。」

社會價值急速轉變

由於有了這股「變」到「亂變」的推力，生活中便被壓迫得處處要去迎合時代「輕、薄、短、小」的浮淺看法，也落得很多以前的「美味佳餚」都漸漸的消失在眾人的胃口中。例如「文學作品」，就像餐桌上的「舊火鍋餐」，以前都要自己動手準備菜餚，現在則買現成冷凍食品，而舊式火鍋爐在大熱天時不用它，寒冬來時才找出來用，但因為已有電磁爐，又美觀又方便，不必加炭、吹氣，忙得全桌是灰燼。所以「文學作品圖書」，看起來，不管是內容或外觀裝幀，總讓現代的「社會新變形人類」──不只是年輕

者，認爲看似有用、可談，但又傷神、煩惱，乾脆就不去碰它，把它推到一邊涼快，或保持距離，少碰爲妙。

也因爲這樣，慢慢地文學作品少了，快快地，大家把它忘了。這時想來談談「文學圖書」，感覺上，好像是一種落伍的行爲，也似乎不符合現代社會潮流，如此這般的「人」，眞的有點「怪」。但「怪」也沒辦法，物以類聚，能在這個年代裏，還舉著文學大纛者，可能就只剩下這一小撮，希望這支旗子不要太重，也不要舉太久，以免支撐不住，而倒下來，壓傷了人。

圖書出版印刷設計

自古以來，「圖書出版」是最普及化的推廣手段，雖然目前已有「語音卡帶書」、「電子書」的出現，但傳統紙張印刷的型態還是圖書出版的最大宗方式。因此，要想把自己的思想、理論等形成具體的著作，「印刷」是密不可分的。所以，一個文字作者、一個圖書編者、一個美術設計、一個書籍行銷者、一個讀者、一個書評者，個個最好都要了解「圖書出版和印刷設計」的緊密關係。才可把村姑變皇后，也才能使「無形的內容價值」，藉助「有形的裝幀藝術」，使得圖書品質、價格更加提高，這是「印刷設計」能幫「圖書出版」的一點忙，造就「圖書價格尊嚴」的好助力。

談到「裝幀藝術」就要提到台灣的衆多出版社，那些負責人，還有作者們，是否眞懂得肯花錢去妝扮他們的產品──圖書，尤其是冷門，快要被遺忘的「文學圖書」。

在衆多的書海中，雜誌是爭奇奪艷，休閒娛樂書籍是花俏妖嬈，只有「文學圖書」常讓人有弱不禁風、保守落伍之態，使得一般消費者不想多留一眼的可惜相。因此，在這裏來談談這五十年來，「文學圖書」的「印刷設計」之演變，做個粗略的比較，好讓文學圖書出版的相關人士，能有提醒作用。只要再多花一點小錢，

便能使一本內容精彩的著作，更加有搶眼及吸引購買的動機，這是何樂不為之好事。但願文學圖書能起死回生，重新走上全面暢銷的榜首。

一、內文紙張

要出版一本書，紙張佔了最重要的成本，也是集成一本書的本體，要讓書能保存久遠，選對紙張非常重要。

光復初期，由於物資缺乏，紙張生產技術落後，所有圖書出版大部份都用60～80磅「模造紙」或「白報紙」、「印刷紙」、「新聞紙」。其紙質都略帶淺黃色，表面較粗糙，紙的密度（質地）較鬆，吸水性強，容易破爛，不宜久存，日久會發黃、碎裂，以致造成毀損，非常可惜。後來在民國六十年代後，慢慢有用70磅「印書紙」、80磅「道林紙」取代之，這種紙質較光滑，白度強。但印書紙也有為著保存古風及保護閱讀視力，加了一點淺黃色料，做成「米黃印書紙」，結果反應不錯，延用到今天。

而在民國八十年代後，更有用到最高級的100磅「雪面（粉面）銅版紙」，使得印刷效果提升很多，但也增加了不少成本，只是羊毛出在羊身上，自然書的價格也提高不少。這些高級紙張的使用，對書本身的保存有一定的好處，而對作者的尊重卻因人而異，有些比較古怪的作者，不見得喜歡如此亮麗特白的紙來印著作，但大部份都是欣然接受，更有一些少見多怪者，顯出一幅驚喜若狂狀。如果以今天站在保育森林的理念下，能少用如此高級紙張最好。

二、封面用紙

人要面子，書當然也不例外，但是在民國四、五十年間，「文學圖書」的封面幾乎都很簡陋。好紙張的欠缺是一大主因，加上成本的考慮及沒有適當的策劃人才，以致幾乎大部份的圖書封面都是用一些稍微厚一點，約120～150磅的「模造紙」去印刷，色澤總是暗淡樸素。

到了民國六、七十年間，漸漸有改爲150～180磅的「銅版紙」，這時封面就亮麗起來，書的價值感也增多不少。

民國八十年代後，進口的紙張降價，日本生產有色的粉彩紙類也普遍化，大家就想換換口味，成本雖然要高一些，但封面用紙量並不會太多，所以就有使用到200～250磅的色粉彩紙類去做封面，造成書市一片燦爛。

加上精裝書也慢慢出現，便有用「充皮布」、「充皮紙」去裱成硬封面的處理。目前也有用「銅版紙」印上彩色畫面再裱貼著，形成又能節省成本，又是精裝效果的優點。

三、前後扉頁

扉頁也有稱爲「蝴蝶頁」，它是黏貼封面（底）與內文的獨立一張紙，分前後蝴蝶頁。而書的內文有時爲著區隔不同的專題內容，也有增加扉頁之需要，因此文內扉頁也有稱做「隔頁（刊頭頁）」。

一般平裝書較不重視前後扉頁，只是加一張同磅厚的白紙或稍厚素色紙，以便讓人有可「簽名留言」的位置。但是在精裝書或較多頁數的厚書，扉頁就很重要，因爲扉頁是黏貼封面與內文的「拉力點」。如果沒有較厚、韌，約150～180磅的紙做「蝴蝶頁」，則就容易使封面和內文在多次翻閱或不小心把書掉落在地，所受的重力加速度時，發生封面（底）與內文分裂開來的不良情況。因此，更愼重者，在精裝書的封面書脊（背）內，還暗藏黏上「粗紗布」，以增加拉力及保護書的完整。

在早期的文學圖書中，這個過程較簡陋，可能是只重文字內容而不重外表之故。現在就不一樣了，每本文學圖書也多注意到要爲作者、讀者留下簽名的「好地方」，以增加視覺效果及提昇書的價值感。尤其是大套書更是想盡方法，用進口美術色紙或再印上特別色底紋，使它又美觀又有氣質，吸引讀者的購買慾，是一大進步。

四、書衣保護

在書的外層，加一張單獨可自由活動取下的封面紙，長度能包裹住封面和封底，並反折到封面裏（封底裏）者，整個總長度約原書開本的將近四倍寬，這就像替書穿上一件外套。它也可以直接做爲封面，黏貼在平裝本的書背，如果是精裝書，多以包住硬皮封面爲主。平裝書也有如此做法，只是把約30～40盎司的硬封面紙板改爲約300磅的薄紙板代替。

在台灣，自由活動的書衣一般較少使用，因爲常會脫落而損壞到封面完整美觀效果，所以在出版界較少有增加「書衣」的習慣，而讀者也較不懂得珍惜書衣，及要求有書衣來保護封面。

五、腰帶促銷

腰帶也是和書衣一樣的長度，但寬度約只有6～10公分，它是裏在書的封面（底）最外面之中下方。只印上書內容的重點提要或名家評論、推薦及特價資料，以便讀者能在書店攤位上看到書時，不用問店員或其他銷售告示廣告，就能了解該書的重點情節及銷售價格，可說是非常立即的推銷手法。

台灣出版界偶爾會用它，只是在「文學圖書」類上較少見，尤其在早期的出版品上，更是不懂得應用。現在還好，幾家較注重廣告促銷的出版社，已漸漸在重視它的存在。

而「腰帶」的存在生命很短，一般讀者把書買回去後，常常在很短的時間內，就會被拿下扔掉。因爲它的存在，會遮住封面的精彩圖案，又使閱讀時有牽扯糾纏的麻煩。所以，只要書買到手，大部份都會被讀者扔掉，只是它的作用已發揮到了，書也賣出去了，自然被扔掉是稀鬆平常之事。因此，在日後要去找出完整無缺的原始腰帶，常常都很困難，而設計者也都不主動提出此設計要求。

六、製版印刷

圖書出版除了紙張外，製版印刷也是一個主要角色，常常因爲

成本的考慮，出版社會在此過程中選用較便宜的版材，以致讓人有因小失大，得不償失之憾。也因爲如此，有些出版社都在書出版後，看到書籍印刷效果不良，而表現出悔不當初之態，就會感慨地說，下次要用好一點的版來印。但事過境遷後，到了下次要出版新書或再版舊書時，卻把以前的抱負又忘得一乾二淨，只想到反正「白紙印黑字」都看得清楚就好了。如此惡性循環地浪費了作者那麼精彩的內容，也造成了不小遺憾。

但是有時候想一想，在台灣大部份的出版社都是小本經營，沒有大財力投資、欠缺雄厚的週轉資金，再加上圖書市場購買力並不熱絡，尤其是「文學圖書」更加冷清。以保本的心態量入爲出，能省則省，也不能強人所難，站在出版社成本考慮立場，好像也不爲過。只是希望如果碰上好書、內容值得好好印製時，就該使出一點魄力，印出幾本像樣的「文學圖書」，來做爲出版社的面子，也好表現出版人對圖書出版品質及作者、編者、讀者間的尊重態度，這是所有出版社負責人應該要趕快了解的事。

回頭再看看光復初期的年代，台灣雖然已有印刷技術，但大部份是日本人遺留下來的設備。

如果整本書都是「文字」，沒有圖片，大都用「鉛字活版」直接組版上「四開機」印刷；而如果有需要照片或線畫圖案者，則可製成「鋅凸版」，剪裁好拼到鉛字活版上，再上機印刷。

假如整本都以照片爲主，就用「珂羅版」來印，珂羅版是平版印刷的一種，版的耐磨度低，每塊版只能印七、八百次，因此成本高。但因印刷上的連續版調墨色均匀，類似國畫中的水墨效果，因此，被喻爲最富藝術價值的印刷版，只是可惜後繼無人，目前此版種幾乎少有人用。

在此時期，利用油、水不相混合而排斥原理的「平版印刷」也開始被重視，所以較大量的印刷品，也有用此版種來印刷。

到了民國約五十年代，平版印刷中的「普通平版」——「濕版（蛋白版）」、「乾片陰版」，這兩種版最為普遍，大部份在一千冊以內的「文學圖書」都會利用此最便宜的蛋白版來印出。如果要加上圖片，就利用乾片陰版印刷，兩種版的效果，乾片較濕版好很多，自然也稍貴。這些都以單色為主，偶有套色處理。

在民國六十年後，「平凹版」就大量出現，由於它的印刷耐磨度較強，印個五千車次都沒問題，所以普遍都被用來降低成本的考慮，加上它可印後再保留印版，以便再版印刷時可用，是故延用到今。

這時，彩色印刷也大量的出現，「間接分色法」、「直接分色網」都趕在這時期出現，增加了書圖的精彩多變化。

慢慢到了民國七十年後，「PS版」和「電子分色技術」引進台灣，彩色印刷品質提高不少。而「電腦組頁」系統也在民國七十三年由日茂製版公司首先引進，使得台灣也跟得上國際先進步伐。以後陸續的增加，使得台灣到今天的印刷能力不可忽視。

尤其是民國七十五年後，「彩色平版印刷四色機、五色機、六色機」，大量購入，造成了印刷廠的設備功能，供過於求的過剩現象，自然圖書的印刷工資也就在印刷廠互相搶生意下，降價不少，這是出版社得到便宜的機會。

七、裝訂成冊

沒有裝訂，圖書便很難閱讀。裝訂這個工程雖然是在最後，但它又是要集合前面所有的大成，所以前面的各個工序即使樣樣都很好，但如果落到最後的裝訂不良，則就前功盡棄，非常可惜，這是千萬粗心不得的。

早期的裝訂，以「平訂」為主，就是把「鐵絲線釘」由書的首頁書背邊緣，直接打上兩根鐵線釘到末頁，外面再黏貼上封面（底），再三邊裁切修邊即完成。這種圖書裝訂在閱讀時，書的每

兩頁間無法平整地翻到中線底，總是會鼓起來。如果頁數少還不覺得，頁數一多，就很難閱讀，但這是最便宜的裝訂方式。

到了民國五十年代，如果頁數較多的書籍，大都改爲「穿線膠裝」，以便能使書的閱讀較方便，也免除平裝的鐵絲釘常會日久生鏽，造成封面（底）有凸起的劣痕，非常的難看及損傷到書。

穿線膠裝是精裝書必備的方式，它很牢固，又可無限的增加頁數（台數），是目前最貴的裝訂方式。

民國七十年代，「無線膠裝」出現，它速度快，成本低。如果是用「自動膠裝」，書背看起來都很平整，使得很多出版社大量採用，是「文學圖書」在裝訂上的一大改進。

一般來說，裝訂的品質要很注意，但裝訂的方式進步較少，只是技術和設備一直在改進，並以準確、省時、省人力爲要件，所以現在如果數量不少，更可用「全自動膠裝機」或「精裝機」來趕貨，非常方便。

八、上光加工

一般的書籍到了裝訂成册完成後，大致都已沒事了，尤其在早期的「文學圖書」就是如此。

只是在封面、封底的「防止污染」上，常常不易保持乾淨如新，因爲手的觸摸有手汗、桌面有灰塵，或不小心碰到水，甚至打翻了墨水、油料等，都會留下無法清理的痕跡。另外在書店的架上或攤位上，更是會因長久日曬褪色、落塵、受潮而清理不便，使得尚未賣出的新書，擺久了也不得不變成舊書，最後只好退回出版社。

所以在民國五、六十年間就有人想出用「透明塑膠書套」把書封面（底）包裝起來，看來是做到保護功能。但因塑膠書套的厚度稍厚，透明度稍差，整個書套的上下天地高度又比原書開數大約近半公分，日久更易碎裂，使得書的閱讀不順手，也減低了書籍封面

欣賞的精彩效果。加上成本、套書的工作時間，都浪費不少，後來就慢慢被「上光」取代。

早期的上光，也在民國五、六十年間就有了，只是那時上光材料不佳，雖然也是利用「薄的透明塑膠膜」加工裱貼在封面（底）上，但壓力密合度不均，常有氣泡或皺紋產生。使得封面的圖案看起來更形不良，也常常在使用一段時間後，封面書口處就會翹起來，甚至整片塑膠膜可撕下，把封面的印刷油墨色彩整層剝掉，造成無法挽救的慘狀，令讀者痛心不已。這種初期的上光就在日後技術改良後，完全被淘汰了。

民國七十年後，上光材料增加不少，到目前約有十幾種。但在「文學圖書」出版上，常用的也只有兩種，即「亮面上光」和「霧面上光」，它是利用透明塑膠料PP或稍早的PVC，具有保護作用，不受潮、不怕皺，又可增加亮度及氣質。因此，出版界應用很廣，比起二、三十年前的無上光或初期上光材料，不可同日而言。

另外這三、四年來，台灣參考日本、歐洲所自行研發出來的「局部亮面上光」也偶而會被使用，只是成本太貴，除非設計者的需要及出版社的同意，不然都很少用到。

九、特殊處理

對於特殊處理的項目，舉凡以上的各種圖書印刷必備工序外，都可列入特殊處理，但是也很少被用到，因為成本不低。

如：書的「硬外紙盒」、「加貼緞帶」、「仿古函裝」、「內頁的平行摺」等等，都很少用到。要用時，也幾乎是在精裝書、套書、典藏書上，這在「文學圖書」類來說，除非是出版社有意特別訂製一些屬於「餽贈品、紀念品」，不然很少有出版社會花比平常普通型態的書籍印製成本數倍的費用去製作。因此，設計人也就少有機會去表現此種設計能力了。

十、版本開數

以上所談的是有關書籍出版在「印刷」上的項目，現在來說說屬於「設計」方面的要件。

要出書，最先考慮的就是書的「版本開數」，也就是書的大小尺寸，如此才好定下「每頁版面」所能容納的文字內容之字數，及總頁數等相關事項。

在台灣所出版的「文學圖書」，都以四六版（78.7×109.2cm全開B1）的32開（13.2×18.9cm，B6，A6）和25開（15.1×12.2cm）爲多，25開也相當於菊版（62.2×87.6cm菊全開A1）的菊16開（14.8×21cm，B5，A5）。

以前在民國五十年間，也出現過一小段時間的40開本（10.6×18.9cm），但並未形成主流。現在也有出現一些特別尺寸的開本，其中以「詩集」最爲活潑，常常出現一些不按牌理的開本，雖然在印製成本上會吃點虧，但只要視覺效果佳，詩集本身印刷册數又不多，自然也不太傷本錢。

十一、版型規劃

有了開本的決定，再來就要考慮每頁「版型」的式樣，如果是系列叢書，大都蕭規曹隨，照抄即可。但是每個出版社也都有一些自己的風格，或是出版者、編輯人的個別喜好，在版型上表現一點「自我愛現」的藝術觀。

大體上來說，「文學圖書」的「版型規劃」最呆板，少有變化。只要定好：每行多少字高、每頁有幾行、頁碼位置、書眉位置、章節篇名字體大小、內扉頁（隔頁）的裝飾邊框、目錄、版權頁、書名頁等等，幾乎就沒事了。

因此，傳統上在文學圖書的內文版型，少有加重美術編輯工作的。以前只要把鉛字活版排一排，甚至還有些「菜鳥編輯」要全聽排字房「小師傅」的話。撿排工人說一，菜鳥編輯不敢吭二，因爲排字房的師傅是被很多老編輯「訓」出來的，而小編輯如果自己事

先沒有一點經驗或專業知識，則只好慢慢熬吧！等到有朝一日，自己熬成婆，再回過頭去訓訓檢排工人，但這卻萬萬使不得。

以個人的經驗，最好事先要多比較他人的版型及自我練習，多排些草圖及先請教同行前輩。把自己的疑惑向人討教，先填好自己「空空」的專業知識肚子，才和排字房研討，如此互相有溝通，自然就會減少很多專業的障礙，也才會得到最佳的版型。

早期版型大概都是「排排站」非常整齊的一路往下推，雖說單調，但在紙張利用的經濟上最划算，閱讀起來也很順眼，說它呆板，可是也很清新。不像後來有些版型反而故意雕琢得畫蛇添足，東一堆小花草，西一塊灰色塊，如果版面美編素養不夠，反而造成視覺上的干擾，並不見得美。所以，與其無法得到高水準的「版面設計」，還不如乖乖地一字一字、一行一行的平舖直述下去，反而來得平穩，這種方式看似毫無創意，但如駕馭得當，也不簡單。

到了民國六十年左右，可能是人心思變，版型的花樣就多了起來，那時好像有股流風，「變就是好」，也不管它變成什麼樣子。大部份的出版社主編或負責人，都認為花錢找人美編，如果只是內文排一排，好像白花了錢，覺得很冤枉。非得天頭戴一朵小花、地腳穿兩條線，或左邊加個網塊、右邊插幅小畫，整來整去就像村姑演歌仔戲，外行充內行，怪腔怪調的令行家倒胃口，但很多出版社老闆卻樂得自認是賺到了。

這些花俏的版型設計，在當初看起來或可取悅一時，但日久天長，常經不起時間的考驗，後來再看時，總覺得枝節太多，不夠大方清爽，也有的令人有「膩」的感覺。

在民國七十年後，台灣有心的出版界及用心的美編人員，經過了多年的摸索及觀摩國外先進版型的效果，慢慢地得到領悟，每一種圖書類別都有不同的風格和氣質。「文學作品」還是要還原它以文字內容為主體，版面上的無謂裝飾，令人有無病呻吟、少年強說

愁之態。因此，就有很多書籍在再版時，便又改回較平穩的版面，以清新好閱讀為重，這是返璞歸真的成熟現象。

我並非反對在版面上下「花俏」的功夫，而是要看書籍特性的需要，「文學圖書」最好能保持以「文字內容為主角」，如可不要亂增加配角，則就不要。但是在其他性質的圖書、雜誌等也要適可而止。不要把版面設計當做大花臉在塗，否則不能駕輕就熟，反而會落得成小丑，那就真的是「丟臉」了。

談了一大堆，到底什麼是好的「版型規劃」？

簡單說，就是在書的每兩頁內，文字和美術兩者的編輯人員要有共識，把每兩個跨頁的版面，當成一個完整的「畫面」來處理，因為進入我們視線內的，是同時把兩頁看成一個畫面。編輯人員必須要先了解「平面設計」、「視覺動線流程」、「字體感情特性」和「字號大小適性」、「字間」、「行間」、「行長字數」、「每頁排入行數」、「大題、副題、分題、小題」、「天地左右的空間」、「落網效果」等各種相互間的呼應感覺。看似簡單，但真能安排到得心應手，也不是三天兩下就能成功的。

所以，常常有些朋友會感到很奇怪地說：為什麼某人做的版面，也沒有什麼「東西」，但是看起來就是很順眼舒服；而某人的版面看起來，就總覺得有那一點不對勁？這就是功力火候、段數高低之分。

天賦雖然重要，但後天的肯學及多練習也可彌補先天不足，只要多花心思，「版面設計」還是可達到完美境界，出版人、編輯人、設計人們要多努力吧！

十二、字體搭配

有了版型規劃，此時版面尚是一片空白，因此，「字體的選用」非常重要，它是要使版型能具體化的要素，當把每頁版面排上字後，便可顯出視覺的效果。

　　這個「視覺效果」並非是「文字內容的含意」，而是要有讓人「享受閱讀的樂趣」。在尚未細讀文字內容時，便先看到版面字體的編排型態，這時是否能讓讀者「看得順眼」，也會產生影響是否再讀下去的吸引力。

　　如果第一眼就令人有厭惡的感覺，則如何叫人再讀下去呢？也可能就無法把書賣出去；反之，就可抓住讀者的視線及心思，引起他買書的「衝動」。所以不要小看「字體的搭配」，它雖然看似沒什麼了不起，但「高手」就是在這裏表現出功力，它不是三言兩語就能解釋清楚的，也常要讓一個編輯人或美編人花盡數年苦功，才能體會出個中巧妙。

　　字體的種類很多，尤其是現在更是雜亂。但回想光復初期，台灣的印刷字體以鉛字活版為主，很長的時間都用「上海體」鑄字模，後來也引進「日本體」鑄字模，都是以手排版為主。

　　到了民國五十年後，「普通色帶鉛字打字」就風行起來，因為它的設備便宜，只要單人就可在家中從事打字工作。不像鉛字活版廠，那一大堆的鉛字架及大空間廠房及眾多排版工人，對經營排版業務壓力很大。所以部份「文學圖書」也迎合降低成本的需要，改用「普通色帶鉛字打字」及用普通平版印，只是它的字體變化少，字的號數（大小）少，以致搭配應用較單調。

　　再到民國六十年後，日本的「照相打字」普遍化，由於它的功能強，變化大，每個字打沖出來，都是非常完整無缺（但難免也有字盤底片受傷的字）。個個字都很飄亮，又可變型成平體、長體、斜體，因此，有些出版社為求好心切更狠下心，大膽地花大錢用照相打字去排打整本「文學圖書」。

　　當時的排版費用：(A)「鉛字活版」每一千字約新台幣180～250元，(B)「普通色帶鉛字打字」每一千字約新台幣30～50元，而(C)「照相打字」每一千字則要約新台幣350～500元。所以看到有出版

社用照相打字去排打整本書，都會令同業間驚嚇不已，暗地裏會偷笑著說「是不是頭殼壞掉了？想要早點死？還是他們家太有錢？」真是會嚇死同行。

可是如果把以上三種不同設備的字體做個比較，照相打字是美過頭了，就好像現在的妙齡摩登女郎，一天到晚就想要瘦身兼凹凸顯眼地搶風頭。而普通色帶打字則像是粗手粗腳的農婦，一襲粗花布衫，上山下海都穿它，連自己的丈夫都引不起注視的眼光，真是可憐。至於鉛字活版給人的感覺，又好像家道中落的貴婦人，雖然也打扮得有模有樣，但身上穿的，手上戴的，幾乎都是成年舊貨，是很珍貴，但不太入時。

這三者給人的差異，隨着每位讀者、編輯人的眼界而不同。比較上，照相打字吸引了大都的設計人的需要，而普通色帶打字就只能騙騙一些貪小便宜的外行人，而鉛字活版較吸引一堆有點年紀的成年人。冥冥中，我的這個比喻也和現時生活的習性差不多，可說有點妙。

到了民國七十三年，台灣引進第一部「電腦排版系統」──紀元電腦排版公司（好時年出版公司關係企業），對傳統的書籍排版造成很大的衝擊，當時引起舊排版業的一大恐慌。它的多種優點、功能都讓出版界、設計人雀躍無比，加上每千字約新台幣140～220元，所以慢慢地很多電排公司出現，整個業務量也倍增不少，把舊傳統的排版業務搶得苦不堪言。

但也好景不長，在民國八十年間的最近，個人電腦再加上網路連線，很多出版社又因成本及時間掌控的要求，大都在工作量能養活PC排版職員時，都自行增設了「電腦排版」設備，而以自給自足為原則，幾乎可說是肥水不落外人田，也做得不亦樂乎。

上面所說的兩種「電腦排版」是有差異的，不論「字體造型」、「列印精細度」、「設備價格」、「投資金額」都是天地之

別，此處就暫不表，留待日後有機會再聊。

扯了這麼長，到底什麼是「字體感情特性」？什麼是「字號大小適性」？

以前傳統的「鉛字活版」字體造型種類少，大概就是：宋（明）體、黑體、楷體、仿宋體等。再以此各別有大小之分，如：最大的「初號」、「一號」到「六號」，另再加上各種「新四號」、「新五號」等等常用大小，而各種字體本身的筆劃並沒有「粗細」之分。

到了引進日本的「照相打字」後，字體造型就增多了，如：圓體、隸書體、行書體、草書體、空心體等等，每種字再分為「細、中、粗、特、超」等不同寬度筆劃。還有一些日本自創的所謂「美術字」的「怪體」，如：綜藝體、淡古體、新草體、重疊體等等，真是五花八門，讓人看得眼花撩亂，最好少用為妙。

照相打字利用各種不同鏡頭倍率的組合，字的大小可從最小的「7級」，階段性的跳到「100級」。再因變型的處理，又可使原來「正體字」的「高度」、「寬度」，變成有：「平體」、「長體」、「左（右）斜體」。而每種變體再區分成「一、二、三、四」的不同高度、寬度，在應用上非常方便。

電腦排版字體和照相打字一樣，但種類較少，而PC的字體目前尚不成熟，使人看起來有點彆扭。

「字體感情特性」，就是字本身的造型給人的感受，是隱含何種感覺？如黑體字使人感到「粗獷、勇猛、男性的」等等各種情愫。在你編輯內文時，就要針對文章內容性質去選用最合適的字體，以表現「文字造型」的另一種情感。

而「字號大小適性」，就是要區分出：書名、篇章節、大題、副題、分題、小題、本文、註釋、引言、頁碼等等各種在書內要出現的文字。它在何種位置、份量的輕重，以達到最佳的「視覺告示

效果」。

　　所以，如果能把最單純的「字體」在版面上應用得當，就是一位「大設計師」，其他多餘的技巧都可免了。

十三、封面設計

　　封面設計雖然不是「文學圖書」的主體，但卻是很重要的「配件」，設計得當就有「畫龍點眼」之妙，否則就是「畫虎類犬」的弄巧成拙變敗筆，反而壞了書本身的價值。

　　光復以來，五十年間的「文學圖書」之「封面設計」，走向及趣味隨著時代的推進，也有了不同的演變。尤其是「政治氣候」、「藝術思潮」、「流行風尙」等，都對作者、編者、設計者及讀者們，在封面設計的「品味」需求上，產生不小的影響。

　　記得「文訊雜誌」在民國八十三年一月號（總號第99期），也做過一個非常好的專題──「封面面面觀」，邀請不少專家各別提出相關專題、座談來闡述「封面設計」的問題。

　　本人也忝爲執筆人之一，提出一篇拙文：面子一斤值多少──淺談台灣「封面設計」的變化（第20、21頁）。除了大略說出一個從事封面設計者應有的基本認識外，並把民國38年到82年間的封面設計表現方式，區分爲「八種型式」。現在再把各型式名稱贅述於此，有關詳細說明，煩請查閱當期「文訊」內容，此處不再另表。

　　光復五十年以來，台灣「封面設計」的變化之「設計表現型式」及「年代時期」區分如下：

　　㈠簡單一筆型（1945～1960年）

　　㈡套色圖案型（1961～1965年）

　　㈢西洋老大型（1966～1970年）

　　㈣自我意識型（1971～1975年）

　　㈤東剪西貼型（1976～1980年）

　　㈥百花齊放型（1981～1985年）

㈦整體統合型（1986～1990年）

㈧自我表現型（1991～1995年）

細看以上的年代時期及型式分類，也都能配合時代的進步及印刷設備的改良、自由民主的進程、經濟活力的提昇，和時代脈絡相密合。

文學圖書期待美景

很高興能參與這次「慶祝台灣光復五十周年／五十年來台灣文學研討會」論文發表。雖然個人才疏學淺，本文也不敢稱為「論文」，只是提出個人從「印刷設計」的立場上，來看看「文學圖書」出版品在印刷設計上的應用表現，及對文學圖書出版的一點關心。

想到要如何振興「文學圖書」的市場，增加和吸引讀者能再多購買文學圖書出版品，在此提出野人獻曝的一點淺見。

㈠教育課程：從國民小學的國文教科書內容做起，增加文學作品篇幅，以養成從小喜愛閱讀文學的習性，並增加小學生文學發表機會、競賽，使對文學的興趣能自小培養起。

㈡文學研討：各個文學相關團體、媒體多舉辦文藝營，最好是針對中、小學生來紮根。

㈢文學競賽：各大眾媒體、文學刊物、文學出版社等，各多舉辦大小不一的「文學獎」，以提攜新秀發表機會，增加知名度，培養使命感。

㈣文學出版：不論是著作或期刊，最好總頁數不要太厚，讓讀者方便拿錢購買，容易讀完該書（期刊），如此，自然就較有人購買。

㈤加強設計：文學出版品要多注重「書籍裝幀設計的藝術」之優質效果，讓讀者有想購買收藏的慾念。

　　㈥促銷活動：在各種節慶時，可和企業配合專題活動，廣爲宣
傳大力促銷。

　　綜觀本拙文，雖然是說「文學圖書印刷設計之演變」，但如能
使文學出版品更擴大市場，更有讀者愛閱讀文學作品，則「文學圖
書的美景」就不久矣！

特約討論

⊙王行恭

　　王士朝先生的論文，很清楚的報告了五十年來台灣有關文學書籍印刷及封面設計的演變。雖然書籍設計目前是一種專業的服務，但在五十年前並沒有形成氣候。美術工作者參與文學書的設計歷史，我以軍政、訓政和憲政時期的劃分方式來看，民國三十四年到七十年是軍政時期，八十年以後有訓政時期的雛型出現。回頭看軍政時期，民國三十四年至三十八年，在文學創作上，因廢除日文，使原本以日文寫作的作家，一時無法馬上轉換，而造成了創作的斷層。第二個值得注意的現象是民國三十八年時，大批的大陸內地文學工作者，因政局的轉變，而到台灣來從事文學創作，在此時期原來日據時代培訓的一批文藝、美術工作者，也因戰爭而損失了許多精英，如畫家陳春德在光復後二年就去世了，此種政治、經濟、文學斷層及文化工作者的凋零，都使那時文書圖書的印刷、設計發展受到極大的限制。

　　民國三十八年後，直到七十年，為軍政時期，是以政治因素來歸類。當時的文學發展是文化工作下的重要任務，由政府機關以各種手段來達到政治性的目標，難免犧牲文學的一些可能性，作者也較無法盡情發揮，此點可由各種文學作品看出。此時的文學作品基本上可分兩類：①反共抗俄文學，②西化文學。此時作品表達的內容狹窄，封面設計變化也不大，且當時皆以活版來製版印刷，原本

在大陸內地一些水準較高的水版印刷、刻鏤版技術都沒傳到台灣來，加上當時台灣社會的變化，使印刷工人喪失了工作機會，更造成了印刷技術、經驗的斷層。不過近年來，如漢聲出版社，就回頭去找出台灣早期印刷的方式，創造出了漢聲雜誌封面特殊的質感。

在民國四十多年能看到的大多是一些鴛鴦蝴蝶派的書籍，是三、四十年代上海的文藝作品，在當時台灣的特殊時代背景下，鴛鴦蝴蝶派正好在夾縫中，所以可以在台灣接觸到此類大陸作品，但它不似詩集有嚴肅的意涵，大部分的封面都以男女為主。直到七〇年代後，以文學為主要圖書出版品的出版社，開始注意到封面的設計，隱地的爾雅出版社出書時，都親自挑出一張適合此書內容的照片來設計封面。現在很少出版社這樣做了，但現今的封面比較不像以往穿著制服般，變化也比較多。

設計、印刷和當下的社會政治、經濟有很大的關係，沒有那樣的創作和技術及許可的想像空間，就沒有那樣的設計。到了憲政時期講求對封面解構，標題倒著放或不規則的放，使封面設計更加豐富了。然而現在的封面設計者，仍大都以兼職的方式從事此工作。

（吳秀鳳記錄整理）

從著作權糾紛看台灣的文學出版

◉邱炯友

　　文學出版形式的藩籬是難以絕對劃分。曹雪芹的《紅樓夢》與狄更斯（Charles Dickens）的《雙城記》，即使其文學的歷史價值未改，「小說」卻也不再成為文學出版的唯一重心。生活中的散文、詩歌和小說，或許也是出版的絕佳題材。這些屬於文學類（fiction）作品應該是出版活動裏最為廣見的。此外，另一種來自不同領域的「非文學」類（non－fiction）出版──描寫時潮下的廣泛事物；例如傳記、歷史事件、藝術美學、應用管理、心理勵志、科學、參考工具書等，盡皆馳騁於書市中。而他們與歐美出版界習稱之「非一般類書籍」（non－general books）、「非商流書籍」（non－trade books），或新近稱謂「非商業化書籍」（non－commercial books）三名詞之間，乃幾乎化為同義詞。如今，非文學類與文學類出版品相列為書市之二大族群，尤其是利用他們做為暢銷書排行榜（bestsellers list）上之形式分類。除了暢銷書排行榜上所臚列的文學類與非文學類出版之外，出現在出版市場上各個主題的出版統計，也同樣僵化地被類分成若干項目；譬如總類、哲學類、宗教類、自然科學類、應用科學類、社會科學類、史地類、語言類、文學類及藝術類，或頂多再增列出兒童出版品、教科書和漫畫類等。文學出版的屬性在這種分類法則裏，並無法真正地被呈現與廓清。

　　事實上，「非文學」類出版品也可能是另一種的「文學（literature)形式」；或者說是一種屬於多數的「大衆文學」和「通俗文學」作品。因為，在多元的出版市場裏，這些非文學作品之中，有些作品蘊蓄著辭章內涵之美，而呈現出一種不同於所謂「純文學」(belles－lettres)的變貌。變貌下所構成的這些「非純文學之文學類」出版品，才是傳統書市上的一大主力。這種以所謂「文學類」出版為書市主導的潮流，於民國六十九年底才開始有所變動，此肇因於福格爾(Ezra F. Vogel)所寫的《日本第一》(Japan as No. 1)在台灣掀起風潮，連同繼之出現的托佛勒(Alvin Toffler)的《第三波》(The Third Wave)等書，同在市場生態上產生巨大的轉化作用。（註①）也就在同時，電腦應用類書籍之市場已悄然形成，在圖書出版多元化的環境下，「文學類」出版終於在民國七十三年首次出現統計數字上的衰退，開始居次於應用科學類和社會科學類出版品二大類別。（註②）

文學出版品可以恰是一盤豐盛的佳餚；也可以像一碟可口的開胃小菜。其對於文學的重要性或對於出版本身之價值就在於文學出版品所表現的雋茂和雋永。圖書出版活動是一項文化生意，在社會動脈中塑造屬於大衆或小衆的閱讀興趣。然而，涉及利益的商業行為便賦予了出版業「擁有」與「使用」間的種種保衛戰。著作權與盜印(或曰盜版)是始自十八世紀的一個老而新的問題，對社會道德秩序產生維繫或離散的效應。著作權問題不論創作、翻印或翻譯，他們的爭執焦點不僅在於作品權利歸屬的實質性，也在於衍生曖昧問題的種種爭議本質。文學作品「翻譯」行為下，所產生之事端更是複雜，因為它涉及著作權益與社會文化結構的消長。

本文主要就台灣光復以來「文學類」出版與其著作權間之爭議做探討；然而，在就若干問題探討之際，對於坊間部份歸屬於非文學類出版之作品，在大衆文學與純文學之間必然會互相交疊滲透之觀點下，便也不能不提出具邊緣屬性之(非)文學出版為輔例，如此將會有

助著作權糾紛事例之釐清。

歷史中的合法盜印

著作權上的糾紛導因於「所有者」與「使用者」之間權利關係的失衡。著作權所要保護的是表現概念的方法與形式，而非概念本身。然而「概念」和「形式」是相對的比較觀念。（註③）就因為如此，著作權保護之實施難有絕對的客觀標準。這對傳統的圖書出版來講，將因為平面傳播的紙本閱讀涉及了思想的最深層，除了既有的困難外，多了一層固有文化和政治原則間的僵持，更何況有些國家仍須考量本身的經濟環境與能力。

著作權糾紛最為大惡者，當然該屬圖書出版的海盜行為(pirating)，或稱之為著作權侵權行為(copyright infringement)。除此之外，尚存在許多非關盜版的權利糾紛，例如：著作權交易之授權、讓與、繼承等皆屬之。台灣的盜印(版)文化得先由著作權法上的沿革談起。許多文獻資料曾針對台灣探討其隱匿於「盜印」背後的若干因素，這些因素不外乎──中國傳統觀念不恥金錢物質，而重精神名山事業之廣為流傳、立法與執法之延宕和不逮、昔日經濟與政治的動盪不安、出版通路之不健全、學術環境對外文書籍之仰賴(亦即，缺乏足夠市場需要之中文翻譯書)等，皆導致整體對著作權觀念之養成緩慢且薄弱。誠如凱塞(David Kaser)在他所撰的《Book Pirating in Taiwan》(台灣之圖書盜版)一書中提到人民的收入和生活水準低落是形成盜版的主要原因之一。（註④）然而，與一般開發中國家所面臨的情況一樣，台灣需要面對的不僅是翻印問題，還有翻譯的問題。翻譯問題是其中最感棘手的，它必須面臨內外環境之交迫。對內可能存在著授權版和未授權版的權利交戰；對外可能需要極力爭取授權，否則隨著翻譯權保護的來臨，出版商必然成為盜版商。

在出版用語上，若用「未授權版(unauthorized edition)」一詞似乎與「盜版(pirated edition)」爲同義詞，然而兩詞性之間，有必要做出適當區隔。前者應視爲立法下灰色產物的一種中性名詞，並未涉及主觀之認定，以及並未觸犯當地法律所禁止出版之事項；後者則主述作品的出版並爲取得著作權擁有者的允許和認可。唯一共通的是：兩者都是不道德而有違倫常的出版行爲(unethical publishing)。就台灣的情境而言，「未授權版」是時代背景所造成，它雖未獲得著作權擁有者的同意出版；但卻受到所屬國家法律的允可。基於此項理由，同時以「未授權版」暨「盜版」二詞來針對個案說明，方能展現台灣所有著作權上之不道德出版行爲，也才能眞正適切地對那些「準盜版」或「合法的盜版」給予合理且「合法」的指控。如此中庸定位，才不致偏頗。

民國七十四年以前的台灣在著作權註冊主義下，對於未向政府註冊的外國出版品，並無禁止其被翻印、翻譯及銷售的規定。因此，自民國四十七年起，翻印西書的範圍與種類逐年增長，不只在台灣銷售，民國五〇與六〇年代，台灣翻印書竟出現在美國市場與其原版書競爭起來，情況之嚴重早在民國五十年三月二十三日行政院外匯貿易審議委員會就已宣佈：「所有在台翻印之西書，列爲管制出口貨品，一律不准出口。」（註⑤）然而，民國七十二年台灣西書出版商竟大膽地出口大批翻譯英國出版商的未授權之台灣翻印書，以貨櫃運到奈及利亞而遭奈國海關查扣。此後台灣在處理西文翻印書時，雖然法律允許，只見政府份外的小心與惶恐。

再就翻譯市場而論，時報文化出版公司與版權代理商洽談一本《企業家寫給女兒的25封信》前後延宕三個月，書一上市卻整整比盜版遲上兩星期，「兩個星期就等於永遠」，（註⑥）在競爭搶譯環境中，這是一項殘酷的鐵律。魯西迪(Salman Rushdie)的《魔鬼詩篇》(The Satanic Verses)在台灣同樣遭禁，但是，書攤上卻已

「上市」，該書英文版是盜印自美國紐約維京企鵝出版公司的版本。（註⑦）事實上，時報文化出版公司原已預定在民國八十年將已譯妥的《魔鬼詩篇》中文版本在其「大師名作坊」書系中推出，卻為顧及整體報系因而臨時改弦易轍。同年轟動一時的影集作品《清秀佳人》(Anne of Green Gables)系列一窩蜂的搶譯，國內至少可以找到世茂出版社與可筑書坊等四種以上的譯本。（註⑧）原書作者蒙哥瑪莉(Lucy Maude Montgomery)是在一九〇八年開始寫下這膾炙人口的愛情勵志小品，但就熱潮當時的台灣著作權法而言(民國七十九年舊法)，著作財產權之存續期間僅為著作人終身加其死後三十年。因此依照舊法之著作權保護期限，則《清秀佳人》在台灣也已成為公共財(Public domain)之著作物，然而出版該系列最大宗的世茂仍向堅持擁有國際中文著作權的大蘋果版權代理公司洽取授權，其它出版社卻略過授權，在台灣爭先出版。一場出版商們、代理商與著作權歸屬間之爭執於焉展開。另外，佛斯特(E. M. Forster)的《Howards End》在國內就出現多種不同的譯名版本；像業強版本名為《此情可問天》，而聯經版為《綠苑春濃》。當然一書多譯並不是文學出版的專利，書市也多的是例子。（註⑨）舉凡這些暢銷的翻譯西書不論有否取得國外之授權竟然都在台灣書市上「齊聚一堂」。

根據民國八十一年六月十二日生效之著作權法，目前台灣的著作權保護期限為作者終身再加五十年。然而更新近的發展是歐洲繼德奧後，英國與法國亦將延長其著作權原有終身加五十年保護年限使之成為終身加七十年。法案生效後，使得原本許多介於一九四五至一九五〇間去世而即將結束保護期的作家作品得以再繼續二十年。比如威爾斯(H. G. Wells)和史坦夫人(Gertrude Stein)；一九四〇年代初逝去的作家，像英國的伍爾芙(Virginia Woolf)與喬伊斯(James Joyce)等，其作品都將因而重新獲得保護。（註⑩）

因受到美國持續的貿易制裁壓力，依民國八十一年著作權法之溯及既往規定，該法實施前所出版的未授權翻譯書籍，在給與兩年之過渡寬限期後將不再視爲合法，須依新著作權法的認定而視爲侵權圖書禁止銷售。是故民國八十三年六月十一日是爲最後期限，亦即所稱「六一二大限圖書」。即使少數出版社將版權頁上的出版日期往前虛報，也只能暫避耳目，無法規避圖書六一二大限的到來。文學出版雖不若科技叢書之未授權翻譯本比例之高，但仍有不少作品例如：正中書局的《世界名著選譯》等受到波及。影響所及雖有「文化斷層」一說，事過境遷卻也證明台灣出版業藉此有了成長。遺憾的是針對六一二期限後將停版的翻譯書籍而舉辦的促銷活動拍賣現場中，據估實際與六一二大限有關的圖書竟只佔百分之二十左右，（註⑪）其餘大多爲市場上的廉價書。這些廉價書包含了那些已屬公共財者或著作權仍有疑義但非關六一二大限所限定之範圍的翻譯作品。

另一項「六一二大限」圖書銷售所造成的的爭議是──造成出版市場書價折扣之激烈競爭，以及連帶興起的量販書城式的低價策略，例如：原地球出版社及華一書局的「五六七量販書城」。不僅威脅到其他出版社的市場競爭能力，也影響到出版社在有限的利潤中對於旗下出版品價格統一(不二價)的期望。然而量販業者以爲將出版社與書店門市合爲一，使其代替原中盤商居間的利潤剝削，或者明白言之，只是爲了自身求生存而削價。以著作權之法律問題爲肇因，而以市場經營型態之糾紛爲終，是始料所未及的。

爭訟連連的國內著作權戰場

民國五〇年代中期，文星書店藉著四十八開袖珍型本之「文星叢刊」揭開了一場文庫式小書的熱烈序幕，即使在文星停業後，繼之而起的傳記文學社與大林出版社接續其叢刊發行，依然暢銷不

絕。其後，四十開本的文學叢刊像商務編印的《人人文庫》、水牛出
版社推出的《水牛文庫》、三民的《三民文庫》、以及志文出版社的
《新潮文庫》等將書市帶動至高潮，直至一窩風的出版惡習讓此小開
本的文學出版成了票房毒藥而消褪。在此著作權保護仍採註册登記制
度的時代裏，真正辦理作品著作權執照登記的，據估僅佔歷年來出版
量百分之十以下。（註⑫）

　　民國六○年代的出版業者在經營型態上最主要者可略分爲：國學
書、教科書、通俗暢銷書、考試用參考書和西文翻譯書等五類。（註
⑬）一些國內知名的出版社幾乎都有遭盜版的案例，譬如遠景出版社
的《開放的婚姻》、《人子》和《小寡婦》；純文學出版社的《人生
光明面》；文化圖書公司的《羅蘭小語》、《羅蘭散文》；國語日報
的《古今文選》以及皇冠雜誌社之瓊瑤和華嚴兩位作家的小說等等。
侵害著作權而引起訴訟者，熟悉的例子，像早期王藍的《藍與黑》、
胡適的著作權官司以外，在當時要屬盜印中華書局的《中國文學發達
史》被判刑十個月，以及鄭豐喜的《汪洋中的一條船》盜印者被判刑
一年的處分爲最，只是如此刑罰嚇阻不了盜版風氣的蔓延。商務出版
鹿橋的《未央歌》、沈櫻翻譯的《一位陌生女子的來信》、梁實秋的
《雅舍小品》、陳之藩的《劍河倒影》、水芙蓉的《一頁一小品》等
等知名作品，卻依然淪爲盜印商覬覦的對象。（註⑭）在追究盜印事
實時，卻無奈於被盜印的書籍因未辦理著作權登記，而使得著作權官
司難以勝訴。只有轉而訴請以民法之侵權行爲做爲彌補。許多的盜印
糾紛往往因而以私下和解終結。有趣的是同樣的《中國文學發達史》
再次遭他人盜印，但是不同的是此次的盜印者舉證該中華書局所出版
之書實爲大陸所出版，且未眞正獲原大陸作者授權，所以中華書局於
法並無擁有著作權，最後被告（盜印者）獲判無罪。（註⑮）事實有據
的「盜印者」侵害了「未獲授權之侵權者」之合法譯作，然而「盜亦
有道」的弔詭中，台灣出版市場便在如此非常環境裏成長。

　　著作權的法律釋議確實也困擾著許多文學作家與出版社。儘管許多人瞭解著作權之人格權專屬著作人本身，不能讓與或繼承；而著作財產權則可。著作權的賣斷(轉讓)與否雖以雙方簽定之契約爲憑。但是，即使「讓與」一事，便在作家與出版社之間引發多起糾紛。李敖在民國七十六年協助文星書店復業，控告起九歌出版社蔡文甫及多位「文星時代」的作家，因爲這些作家在昔日已將她(他)們的作品出版權「賣斷」給文星，後來隨著文星的結束，作家們紛紛另謀其他出版社以求再出版。過去文星時代的結束造就了另一番出版群雄的文學出版盛世，而今的著作權糾紛卻爲文學出版界帶來一個有別於「盜印」的歷史回憶。

　　首先登場的大陸作家在台著作權糾紛是民國七十六年大陸作家鍾阿城的作品《棋王樹王孩子王》，由作者本人重複授權給美國傳文(代理)公司以及台灣的新地文學出版社事件。民國七十七年元月，遠景出版社與躍昇文化公司各自宣稱擁有大陸作家張賢亮《男人的一半是女人》的授權，再度引發第二次大陸作品授權風波。民國七十八年第三度爆發大陸作品重複授權，大陸傷痕文學作家白樺的《遠方有個女兒國》分別授與三民書局(透過作者本人授權)和萬盛出版公司(經由北京中華版權代理公司授權)。諸如此類的授權糾紛反映了海峽兩岸出版界，上至負責機關下至作家本人，對於著作權問題的認識不足或認知有差距因而造成矛盾。（註⑯）這些衝突有的幸而得以平和落幕，譬如像另一發生於民國七十九年之事例，大陸學者何博傳的《山坳上的中國》一書出現重複授權予風雲時代出版社和國文天地雜誌社，而二者終得以在台灣順利地採合作出版模式解決。但是大多數的爭執仍令人十分氣餒。

　　講求策略行銷的民國八〇年代，用低價行銷正版書來打擊盜版，遠流出版公司《諸葛孔明》一書僅賣六十九元的創意發行政策就是做爲「市場消毒」的手段。在書市的競爭下，國內首宗編輯著作權糾

紛：漢藝色研文化公司出版顏崑陽策劃的《幽夢影》被控抄襲呂自揚編著的《新編幽夢影》，長達一年多的訴訟終以和解收場。（註⑰）同為知名出版社之遠景控告風雲出版社盜印及偽造文書，涉及之作品包含高陽、鍾肇政、倪匡、林語堂等作家的多種著作。（註⑱）

五十步與百步之爭

　　由於海內外圖書館及漢學研究者對於中國古籍善本的需求增加，使得出版界興起影印或重排已成公共財的古籍，蔚成時潮。從民國六〇年代直至民國七〇年代初，十年來在市場利誘下，尤其是古籍的整理排版流程之耗工耗時，若干出版社則逕自冠以自家出版社之名義盜印起中國大陸現有之點校製版成果，於是大陸出版社重新編校的《永樂大典》、《資治通鑑》等鉅著相繼在台翻印出版。（註⑲）事實上，「製版權」之觀念早在民國五十三年之著作權法裏形諸於文，其規定：「無著作權或著作權年限已滿之著作物，經製版人整理排印出版繼續發行並依法註冊者，由製版人享有製版權十年。其出版物，非製版所有人，不得照相翻印。」（註⑳）「製版權」規範了法律上的要求標準，卻約制不了政治上的脫軌。兩岸的隔閡變相地透露著互不著力的現實窘境。諸如此類屬於政治灰色地帶之現象，無獨有偶地也存在於彼岸。民國七十六年台灣商務印書館完成耗資台幣一億五千萬元的《景印文淵閣四庫全書》以每套一百六十萬元之售價推出，旋即受到大陸之上海古籍出版社「翻印」並售以五萬人民幣(時值約商務版價格的六分之一)。（註㉑）雖然商務於實質上仍大有斬獲，然而上海古籍版的四庫全書卻也充塞在許多不明究細的海外漢學中心和圖書館之書庫裏，例如：倫敦大學亞非學院(SOAS)圖書館。

　　隨著民國七十六年七月十五日解嚴的到來，「台灣地區戒嚴時期出版管制辦法」也就正式成為歷史名詞。海峽兩岸之間的著作權

紛爭似乎盡在這一時期隨之浮上檯面。根據同年九月中國時報之報導：「國人作品被盜印在大陸發行的，以管理叢書、小說(文藝愛情、歷史)、新詩、散文爲主，個人方面則以瓊瑤、高陽、柏楊、林海音及三毛等人的作品最多。」（註㉒）台灣作家們對於自己的作品在大陸被盜印時有耳聞，儘管有可尋得版稅補償之說，作家們卻仍爲之傷神。畢竟該如何透過兩岸間合法管道與程序，仍未甚明朗。也儘管盜版的猖獗，一個存在的事實是：早在一九八六年五月中共頒布其著作權法(一九九〇年)之前，就已明示台灣可「參照」港澳人士之作品，在中國大陸享有與大陸作家同樣的著作權保護。（註㉓）然而就現實環境而言，中共也不得不同時承認大陸與台港澳地區「三方彼此都可不承認保護版權的義務」唯中共爲了「貫徹愛國統一戰線政策」，（註㉔）仍於一九八八年三月明令重申「台灣同胞對其創作的作品，依我國（中國大陸）現行有關法律、規章，享有與大陸作者同樣的版權」。（註㉕）一九八二年中共國家出版局發佈「關於涉及對台關係的文學作品出版問題的請示」提到：（註㉖）

> 今後出版涉及對台關係的文學作品要慎重，應當服從中央對台工作的方針政策，其中涉及重大題材或涉及重要人物的作品，應將書稿報送出版社上級主管部門審核提出意見，經我（國家出版）局轉報中央對台小組辦公室審批。」

相對於大陸的反應，台灣在民國七十四年亦告示：「淪陷區人民亦屬我國人民，其著作自應受前揭法律（創作主義原則）保護」，（註㉗）而在廢除戒嚴時期相關法規時，中國國民黨文工會對解嚴後的出版市場曾提出下列四項建議：（註㉘）

一、大陸出版作品應開放進口，惟中共首長、幹部及傳播共
　　產思想的著作，不得進口；

二、申請、審查辦法從寬，執行從嚴；

三、先申請者有優先印行的權利，以免造成一窩蜂搶印某本
　　書；

四、出版者可透過第三者代爲洽談出版事宜：或成立基金
　　會，代爲保存出版者支付大陸作者的版稅，以便於適當
　　時機提付原作者。

　　往後台灣針對與中國大陸之文化和出版交流，舉凡大陸作品第
三地第三者仲介授權原則、著作權註冊申請、作品輸入等，大體上
皆遵循了此建議。（註㉙）前者意謂著大陸作品的引進應與自由國
家或地區之獲原著作權或製版權人授權出版者簽約授權。而凡以中
共機構或人員爲著作權人或製版人者，皆不授理在台之註冊登記。
（註㉚）截至民國七十六年十月中新聞局出版處的資料顯示，完全
透過此合法程序申請在台出版的大陸作家作品，只有經濟與生活公
司的《方勵之自選集》和光復書局的《沈從文選讀》兩種。換言
之，其餘出現在書市上的大陸作品都是「不合法」的。（註㉛）直
至民國七十七年七月，新聞局才取消出版大陸作品需仲介授權的規
定以符現實狀況。（註㉜）實際上，除了間接透過自由國家或地區
取得授權以外，尚有出版社透過海外學者引介、香港三家中資出版
（香港商務印書館、香港中華書局和香港三聯書店）、或者直接取得
大陸作家授權、兩岸與香港合作編輯以及經由甫於一九八八年在北
京與香港成立的大陸之「中華版權代理公司」授權。（註㉝）時至
今日，台灣出版社直接向大陸出版單位洽談著作權授權者已頗爲普
遍。過去的問題癥結在於圖書開放程度和審查標準上，新聞局仍無
法掌握明確可行的辦法。地下大陸書市的興起與政府無法有效的執

法也就可以理解。

　　事實上，台海兩岸作品的相互侵權並非一夕，就如同自大陸淪陷以來，並非所有大陸文史哲作品在台灣都完全消聲匿跡；只是在動盪嚴苛的時局中未能公開擺進書店。回顧三〇年代「陷匪而附匪」的早期文學作家，像老舍、巴金與魯迅等之創作，在台灣因礙於曖昧的政治邏輯，而造成難以遏阻的剽竊，實則形同盜版。過去乃囿於現實，無法也無從追究起。對於歷史（或曰政治）所默許的合法「盜版」，其中仍以內政部於民國四十八年所發佈的行政命令，規定年三〇年代大陸作品在台灣准予「將作者姓名略去或重行改裝」一事，乃爲現代版之版本校讎學上的「僞書」。（註㉞）這樣的行爲當然也嚴重的損害了民國五十三年著作權法業已明定的著作人格權精神：不論受讓、繼承、或著作權保護年限已滿者皆「不得將原著作物改竄、割裂、變匿姓名或更換名目發行之」。所謂「新僞書」呈現在書市上的，除純粹將簡體字版變換成繁體字版的「未授權版本」外，約可分爲若干類：（註㉟）

一、將書名與作者姓名兩項或其中之一項擅改後印行。例如：在台灣由中華書局出版的《中國文學發達史》並未署明作者，其正名該爲劉大杰著之《中國文學發展史》。再者《世界文學史》在台署名「陳鍾吾」，而實爲上海出版之「由稚吾」。此外，亦出現許多翻印之大陸書籍雖仍保留其眞實作者，但同一版書卻出現多種書名。

二、竄改內容後更版印行。例如：朱光潛的《我與文學》被冠以「孟實」之名出版，且原序文亦遭竄挪而成爲「台版」。

　　新地出版社將鍾阿城的《棋王樹王孩子王》在台灣正式推出，也就如同宣告了新僞書時代的結束。

　　民國八十一年，作家羅蘭和大陸海天出版社共同起訴大陸卓越出版社之侵權，獲得勝訴。由台灣出版社出資、大陸學者蒐集整理

的《全宋詩》，在大陸之出版社亦投入競編下，由於售價考量，黎明文化公司不得不終止與編者黃永武之合約而放棄在台之出版（民國八十一年九月）。兩岸經濟的差距及相對低廉的工資使得台灣可能只要以二分之一的本地稿酬便可提供令對方滿意的價碼，在委由大陸人士著譯與編輯的環境下，台灣便容易忽略根本之人才培育。就翻譯作品市場言，我們的社會缺乏對文學翻譯工作者的認同，不論是來自精神的或物質的。長久依附大陸之翻譯資源，台灣能主導掌握的西方文學研究與國內出版資產將愈形窄化。影響所及，或許也將使台灣的文學地位在大陸學界與業界眼中更形邊陲。以一個反向角度思考，台灣的文學作家倘使能以大陸爲市場，誠如作家黃海所言：「有了這樣的『革命性的未來認知』，台灣作家創作時，就會站在『全中國』的觀點上，而不致過分的強調『鄉土特色』。」（註㊱）

一九五六年初，中共國務院第二十三次會議宣佈通過「漢字簡化方案」。從此兩岸華人除政經社會制度上之差別外，亦不再「書同文」。於形式而言，簡繁二體似乎可看成兩種不同文字的「版本」，若承認這種差異適用於「版本」（version）一詞之概念時，出版界便不能不拋開「文化」涵義上的意義，而從其出版商業用語上之認定。然而，這種觀念對外國出版商來說更是清楚且單純，他們相信「全球中文著作權」之外該另有可搾取的空間；就像我們日常飲用的牛奶得以脫脂（skimmed）般。一九九二年中共成爲伯恩公約（Berne Convention）和世界著作權公約（Universal Copyright Co-vention）的會員國後，至少象徵了中國大陸的盜版問題較往常會有更好的改善機會。相反的，在台灣的出版者除了出版腹地小，況且還未能有效地掌握大陸銷售通路。外國業者瞭然於此，自然開始分簡繁體版（或地區）授權以圖最高的版稅利益。而今漸至香港歸屬中國之年，即使台灣出版社僅取得繁體中文版（中國大陸以外的地區著

作權)也可能同樣面臨中文著作權的「九七大限」，未來不適用於香港的必然是糾紛迭起；也令外國作品翻譯授權環境益形複雜。（註㊲）

時代機會與機會時代

如今時代背景裏的「合法盜印」已漸杳然，文學出版界對外面對以美國為首協商下而產生的西書翻譯權等問題；對內除了既有盜版爭訟外，則有著出版商之間或與版權代理商間的種種著作權糾紛，這些問題甚至也涉及了與中國大陸出版關係之矛盾。雖然著作權糾紛並不是文學出版所特有，然而文學出版品的處境似乎是更尷尬與脆弱。在未來，為圖加入關貿總協（GATT），台灣甚至無法再保持開發中國家所享有之「翻譯強制授權」優惠。過去幾年來，從事翻譯的出版社已為翻譯權保護付出不少以前可能毋須支付的多餘行政支出與版稅。我們不禁不做如此想：在歷史上，台灣的文化社會曾失去一個黃金的合法的翻譯年代。遠在彼時的絕佳時代機會裏，台灣卻不曾有系統地善用它來進行國外文學翻譯；不曾如我們的鄰國日本始終積極在尋求翻譯作品上做努力。文學創作是文化經驗的傳承與累積，而文學翻譯更是另種形式的創作，文化與創造之間是絕對相連的。

論台灣的文學書市，輕、薄、短、小的「輕文學」，在市場上可能遠較重、厚、長、大的「重文學」出版容易受到讀者的青睞。新閱讀時代裏，強調多媒體感官的閱讀世界，圖像資料凌駕文字閱讀之上，當文學作品也可以電子出版化的時代裏，我們得思索究竟要的是怎麼樣的文學出版環境？文學絕不是速食文化，盜版文化之形成並非純粹的單一因素，但一般的著作權糾紛卻多少意謂著我們的社會缺乏一份深沉的人文省思和秩序。當文學出版，不論「輕」或「重」文學環境式微後，整個出版市場結構轉移成輕(忽)文學出

版而重（視）非文學出版時，整個人文閱讀環境竟像我們的文學出版環境一樣的躁進與不安。期待再次文學出版的興盛，則待出版人的道德感和文化心了。

附註：

①黃明堅，〈商業書縱橫談〉，《新書月刊》，9期，民73年6月，頁53～57。

②從《中華民國出版年鑑》之統計可看出端倪。然而值得注意的是電腦類書籍於此年鑑中乃歸於自然科學類而非國外所習見的應用科學類。

③賀德芬等編《著作權法之立法檢討》，（台北：行政院研究發展考核委員會，民83年），頁22。

④詳細之台灣民國五〇年代外人眼中之盜版，見Kaser, David. Book Priating in Taiwan. Philadelphia, US：Univ. of Pennsylvania Press,1969. 美亞圖書公司獲此書之台灣版（英文）翻印授權。

⑤《中央日報》，民56年1月4日，第3版。

⑥見《臺灣時報》，民81年2月10日，第12版。

⑦見《民生報》，民78年4月20日，第14版。

⑧世茂版的《清秀佳人》據估至少賣出三萬冊，另一可筑版本則出版至第十九版。二書廝殺之下仍分佔金石堂八十年度文學類之第六名與第十九名。相關報導見《中國時報》，開卷版，民81年4月10日，第33版。

⑨如：民國72與73年間流行出版的《大趨勢》（Magatrends）：《經濟日報》（聯經發行）、長河、志文、逸群、允晨。又如：里歐・巴斯卡力（Leo Buscaglia）的Loving each other：the challenge of human relationships一書曾出現以下不同書名──《愛你我》（業強）、《愛被愛》（遠流）、《相親相愛》、《互相親愛》、《彼此相愛》。另參見黃明堅，〈商業書縱橫談〉一文之例證。

⑩參見林志明，〈歐洲著作權延壽〉，《中國時報》，民84年8月24日，第47版。

⑪《中央日報》，海外版，民83年5月2日，第7版。

⑫從民國三十九年起到民國五十九年間計算出版社申請並取得著作權執照者（中文書刊）合計僅爲2086種。見內政部編《民63年內政部統計題要》。

⑬顧俊，〈高潮激起的出版狂瀾〉，《出版家》，50期（民65年9月），頁53。

⑭〈聲嘶力竭談盜印〉，《出版家》，44期（民64年11月），頁20～23。與〈必也興訟乎〉，《出版家》，52期（民65年11月）。

⑮呂榮海與陳家駿著，《從出版現場瞭解：著作權、出版權》（台北：蔚理法律，民76年），頁118～20。

⑯其他類似而顯著的糾紛尙有多例。見陳信元等編著，《兩岸出版業者合作發行書籍之現況調查與研究》，頁62。

⑰見聯合報，民81年3月26日～28日，第7版。

⑱自立晚報，民80.3.27，第9版。

⑲連文萍，〈文化資產淪爲票房毒藥？〉，中國時報，民84年4月13日，第42版。

⑳據悉民國84年內政部公佈著作權法修正草案第一與二稿，皆傾向廢除。然仍多所爭議而有待商榷。見蕭雄淋〈評著作權法有關出版方面的修正〉，出版界，42期（民83年12月），頁36。

㉑見中央日報，海外版，民80年3月5日

㉒中國時報，民76年9月19日，第3版。

㉓中華人民共和國。國家版權局《關於內地出版港澳同胞作品版權問題的暫行規定》，(86)權字第30號。新聞出版署圖書管理司編，《圖書出版管理手冊》（瀋陽市：遼寧大學出版社，1991），頁472～74。

㉔同前註及《關於當前對台文化交流中妥善處理版權問題的報告》，(87)權字第57號。新聞出版署圖書管理司編，《圖書出版管理手冊》，頁479。

㉕國家版權局《關於出版台灣同胞作品版權問題的暫行規定》，新聞出版署圖書管理司編，《圖書出版管理手冊》，頁482。

㉖王德年與張秀英編，《圖書出版管理手冊》。頁93～94。

㉗內政部法規委員會編，《內政法令解釋彙編（著作權類）》（台北：內政部，
　民78年），頁19。

㉘陳信元等編著，《兩岸出版業者合作發行書籍之現況調查與研究》（台北：
　行政院大陸委員會，民82年），頁56～57。

㉙參見吳興文，〈兩岸出版交流回顧與前瞻〉，《中國論壇月刊》，32卷10期
　（民81年），頁48～53。

㉚見《內政部受理淪陷區人民著作著作權或製版權註冊案件處理原則》，行政
　院台77內第20596號核定修正。民77年7月19日。

㉛《中國時報》，民76年10月14日，第3版。

㉜行政院新聞局。淪陷區出版品、電影片、廣播電視節目《進入本國自由地區
　管理要點》，民77年8月8日。

㉝陳信元，〈探討海峽兩岸著作權問題〉，《出版之友》，48期（民78年9
　月），頁33。

㉞《該圖書審查標準》見內政部48.9.11臺(48)內警字第16428號代電。

㉟鐘麗慧，〈另一種唐山過台灣：大陸出版品在台熱前熱後總整理〉，《中國
　時報》，民77年5月22日，第23版。

㊱黃海，〈台灣作家的未來在大陸!?〉，《中國時報》，民81年6月1日，第32
　版。

㊲民生報，民84年5月7日，第15版。

特約討論

◉謝銘洋

　　邱先生此篇論文，把文學界會碰到的智慧財產權等事實列舉得很清楚，但所提到的「合法盜版」，從法律的角度來看，是不合法的。不過這是發生在八十一年實施智慧財產權法以前，不得已的現象。其實在八十一年以前美國就一直施壓了，民國七十四年時，實施創作保護主義，不需經註冊就可受保護，沒經授權翻譯的許多外國著作是非法的，但因年代久遠也無法追究，所以似乎風平浪靜的過了，但如果依法律追究的話，是要負責的。

　　歷史發展和國家發展的過程，的確免不了要經過盜印外國著作的過渡期，日本等國也是如此，因為雖然智慧財產權法是在保障文化的提升和擴散，但人類的文明和文化是要經學習和累積的，如果無法接觸到先進文化的知識，如何能創造、提升新文化？但在實施智慧財產權法後，就要注意這方面的問題，尤其翻譯書的授權問題，才不會誤觸法網，損失自身的權益。授權契約要清清楚楚，包括：授權此出版公司可出幾本？可再版幾次？是否可出電子書？可出英文版、法文版？經銷的區域是那些？中文版是否包括台灣和大陸等等……？都要清楚寫明。越落後的國家越不注意這方面的保障，如美國的出版社也許只用十幾元的美金就完全買斷了落後地區作品的智慧財產權，出了中、英、法文版，經銷全球各地，就算賺了上百萬元，那位作家也沒有任何辦法，所以能了解著作權法，就

可以仔細的處理版權問題，保障自身的權益，而免於糾紛。（**吳秀鳳記錄整理**）

文學圖書的廣告與行銷

⊙林訓民

前言

　　爲了慶祝台灣光復五十周年，主辦單位希望研討五十年來的台灣文學圖書出版活動，特別針對其中的廣告與行銷發展歷程提出專題報告。

　　這樣的研究論題本應有其學術價值和歷史意義，但要以專業的眼光和條件來進行並完成這樣的專題研究，其實十分困難，甚至可說是緣木求魚般的困難！

　　基本上，文學圖書出版的廣告與行銷之研究，應是實證的（Empirical）而非純理論的。做法上要對台灣的文學圖書出版事業，從一九四六年到一九九五年，這先後五十個年頭中，整體文學圖書業界，在廣告和行銷的活動領域上，加以分析、研究，並歸納、整理出一些變遷沿革及發展中的重大的演變和趨勢，首先，就必須整理出這五十年的文學圖書出版大事記，尤其是有關這類出版業者的報導或記錄報告，特別是與廣告和行銷活動相關的史實和資料。早期的廣告或許仍可由當年的雜誌和報紙及宣傳、促銷品等實物來進行研析考證；而行銷活動則必須仰賴當時的記錄和報導。另外可能的途徑就是請曾經全程親身經歷的過來人，以「現身說法」的方式來口述表陳自己的做法和經驗，如能查訪到更多人，則再由專人加以綜述整理。不然再退而求其次，就是蒐集到此方面的研究

報告或相關文獻。

就目前我所能掌握的資料和所能瞭解的知識，上述的各項均付之闕如，也做不到。因此，從事這樣的專題研究報告是危險的，也就可能不夠精確、完整，因此在目前如此的研究基礎和條件下，在價值與意義上就顯得有些薄弱。以下以十年爲一分期，分別探討各時期文學圖書廣告及行銷的狀況及特色。

㈠一九四六年～一九五五年

首先是從一九四六年到一九五五年的第一個光復後的十年。這期間的前半段時空內，台灣因二次大戰結束，脫離五十年的日本殖民統治並光復了。此時的台灣文學出版圖書業仍在異國（指日本）不同文化與文字影響下的文學圖書出版活動，必然是既零星且僅是官方象徵性的活動；此時期文學出版品根本是匱乏或根本不存在，所以更談不上任何廣告和行銷了。至於後半段的時景，則因中國大陸內戰，國民黨政府失利撤退來台，以及發生在一九四七年的「二二八事件」。這些戰亂與政治的動盪不安，加上民生凋蔽，百廢不舉，因此文學圖書出版談不上什麼規模或雛形。總之，在這光復後第一個十年，可說是台灣文學圖書出版的空窗期。不管史實，留存資料或既成文學出版品都是一片空白。戰爭的摧殘以及本國或外族政權和統治階層的爭奪、嬗遞，文學圖書出版的活動通常也必然飽受壓抑和破壞。

㈡一九五六年～一九六五年

一九五六年到一九六五年爲台灣光復後的第二個十年分期。此期間台灣經濟和政治已逐漸恢復常態，且開始了土地改革及民生建設的工作。

文學圖書出版雖然在當時出版產業仍在發芽起步階段，卻已成爲出版活動的主力出版品。其時，出版社爲數不多，主要著名出版社也多以出版文學及文藝性的圖書爲主。出版社的經營者及主要文學圖書的作家大都是由大陸播遷來台者。由於當時休閒活動欠缺，

閱讀文學圖書，爲當時主要休閒活動；在民衆有限的購買能力環境下，知名作家的圖書，都自然有其口碑和市場；因此文學圖書的廣告和行銷，主要仍以小幅的報紙和雜誌廣告爲主。廣告內容都是簡單的出版訊息，主要是書名、作者，出版社和售價的告知。廣告呈現方式則是純文學的黑白稿。至於文學圖書的行銷，一般書店爲最主要的通路和賣場。

㈢一九六六年～一九七五年

至於一九六六年到一九七五年的第三個十年，此時台灣登記的出版社已有一千三百多家。文學性圖書持續並拓大爲出版市場的主流產品。當時市場上最受歡迎的是長篇小說創作的圖書。其他言情小說、詩集、散文，甚至像談論電影的著作、思想、哲學等方面的圖書也都各擅一方，盛極一時。由於當時台灣廣播媒體正值鼎盛之期，因此廣播電台，電影院以及發行較廣的日報，如「中央日報」、「新生報」、「中華日報」等，還有在當時頗爲轟動且曾引起渲然大波的「文星月刊」、「傳記文學月刊」、「皇冠」等文學相關的雜誌都是當時文學圖書業的主要廣告媒體。雖然未曾查閱當時廣告內容及版面的實際資料，但研判當時的文學圖書廣告訴求重點，仍應以拓大已有的顯性購書者爲導向。至於文學圖書的行銷則仍局限於零售系統的傳統書店。但是在圖書發行上已逐漸由前一時期的以大都會爲主的點式發行，進而發展到全省性較多的書店賣場。當時的文學圖書發行銷售的組織和人員已略見早期的雛型，由於文學圖書出版社及出版品種類增多，使得文學圖書行銷人員漸受重視，這些人對文學圖書的出版的發展產生了前所未有的影響力。此時期的圖書基層行銷人員及幹部，甚多人於日後自立門戶，成爲新出版公司的創建者！

㈣一九七六年～一九八五年

從一九七六年到一九八五年的十年間可說是第四個十年的分段

年代。此時期的圖書出版業的最大特色就是出版社家數的快速、具爆炸性地以倍數成長。到了一九八五年已登記的圖書出版社家數高達二千六百餘家。在短短十年之內，出版社如此蓬勃擴張到前一期的一倍，這種現象在世界出版史上應算是世界上少有的奇蹟和記錄。出版社呈倍數成長主要是由於經濟高速成長，教育普及以及出版與印刷等相關行業的快速發展。當然，政府政策的開放和民間購買能力的大幅提昇都具有相輔相成，互為因果的關係。

由於圖書出版業者數的激增，出版品的類別也必然走向多元、複雜且呈現多樣的面貌。相對而言，此時間的文學圖書已不再像往前一樣，在整個出版業界的總出版冊數、新書量，及總營業上佔有舉足輕重的比例。由於圖書分類在認定技術及分類定義的差異，使得圖書類別的釐定和統計常有不明確及混淆的困擾。但整體言之，此時期內廣義的文學圖書出版尚可稱為整體出版業的大宗，因此用它來說明或分析當時的業界狀況應仍具有代表性。至少應不致有以小喻大的誤失。

因此，以下的文學圖書廣告與行銷的論述將對圖書出版業以整體性的觀察來「管窺」文學類圖書出版的狀況與現象。此期間內一些重要的廣告與行銷事例與演變可大致分述如下：

㈠國際性圖書出版公司加入台灣圖書出版市場；以中文版圖書投入台灣的圖書零售行銷體系和目錄圖書郵購的廣告、促銷做法。此以美國讀者文摘公司為主要典型。該公司在台以前所未有的中文版月刊雜誌最高發售份數，成功地將台灣的雜誌及圖書零售網建構完成一個較專業化與現代化的行銷體系，亦即圖書零售系統由過去的點、線，至此終於有了全「面」性的發展，此點對台灣圖書零售網路的舖設和經銷體制的現代化，的確奠立了很好的基礎和也發揮了催生與示範的作用。

㈡「讀者文摘」公司的單本圖書郵購廣告行銷的作法，應可說

是台灣圖書郵購行銷作法的濫觴，這種既獨特又專業有效的圖書行銷作業技術與制度，是該公司自一九二〇年起，創建成功圖書郵購行銷做法以來，至今仍是全世界獨佔鰲頭的Know－How。至今國內已有一、二十家圖書郵購廣告行銷公司，且有部份業者也已經營出相當不錯的成果，但正本清源，他們都是師法讀者文摘的圖書郵購的廣告與行銷的手法與作業模式。

　　㈢約在一九七五年前後，美國時代生活出版公司，透過去設在香港的亞洲地區分公司，開始在台灣，與陳氏圖書公司合作，展開以系列套書的人員訪問銷售的做法。這種人員套書直銷對台灣圖書出版的規模（指銷售及後勤人員）和營業額也帶動，長期倍數成長的效果。套書人員直銷的做法早已風行於四、五十年代的美國。二次戰後隨著日本經濟的重建，套書直銷在六十及七十年代的日本也極為盛行，這段時間可說是日本的套書直銷的黃金時代。台灣的套書直銷可說是美日兩國的綜合體。不管美國時代生活出版公司在台導入此種套書直銷制度的前後，台灣本土的圖書出版業者是否已有人開始嘗試此種圖書行銷的新途徑；但如以專業程度，以及組織規模而論，則時代生活公司應為此種圖書行銷方式在台灣的始祖與開路先鋒。即使在台灣發展至今已達二十餘年的套書直銷業，目前所有圖書直銷業者的營業方式和行銷做法仍不離開時代生活公司的模式和範疇！換句話說，台灣圖書直銷業者的人員與作法，八、九成以上都是源自此公司的做法！

　　㈣一九八〇年代前後可說是台灣圖書廣告行銷在報紙媒體寫下輝煌戰績的風雲時代。特別是遠流的「中國歷史演義全集」，名人出版社的「名人偉人傳記全集」以及時報出版社的「歷代經典寶庫」等以全頁報紙廣告行銷模式。這種形態的圖書廣告行銷方法，一般也都是高價、多冊的套書出版組合，再用既連續又密集的全頁報紙廣告來促銷、廣告採大幅圖片配合聳動，震撼性標題，輔以特

價誘因，吸引看到報紙廣告的可能購書者，再用郵政劃撥方式來預付部分書款，顧客即可全部或分成多期擁有廣告上所促銷的整套鉅冊的圖書。這是一種高風險、高報酬的圖書行銷方式。由於前期所需投資金額頗大，投機性質相對地濃厚，但如押到寶成逮到好時機，盈利也十分可觀。總之，這種圖書行銷方式較適合一九八〇年代的圖書行銷環境，其成敗關鍵在於廣告的內容及訴求文案以及相同類產品的競爭力；甚至出版社的知名度，促銷時機，報紙廣告費用的多寡等等都是重要的影響因素。至於其他在此期間的圖書出版報紙廣告，也有非以立即直接銷售為目的的促銷做法。例如陳氏圖書曾刊登了系列「與書為友，天長地久」及「以書當嫁妝」和「以書為禮」的報紙全頁巨幅的圖書企業形象廣告。這是一種創造需要，鼓勵買書和看書風氣，促進購書慾望的間接性之企業形象廣告；這既是為直銷人員的銷售預做鋪路的廣告，也為刊登廣告的出版及行銷公司大大提高知名度與形象。

　　(五)促銷圖書的書訊雜誌。由於在此時期，出版業雖快速蓬勃發展，競爭必然日益激烈，相對地，圖書廣告行銷費用與成本亦因之節節上升。為此，有些圖書出版業者，為了節省報紙與郵購型錄促銷的開支；亟思另闢圖書廣告行銷的蹊徑。就以申辦書訊雜誌的名義，定期出版有關自己公司的出版新書預告，以及以專欄或連載方式，報導自己出版品的目錄與內容簡介，以及相關的讀書、出版訊息。這種以收集特定購書者名單、深入又密集，周詳地介紹，推介自己出版品的做法，可說是圖書廣告行銷的新嘗試，初期均有頗佳的促銷效果，但成功的先決要件是要擁有或取得較好的寄贈書訊的名單。但後來因書訊的印刷編輯成本高漲，加上郵寄費用倍增，使得任何單一出版社想把原本要花費在報紙及雜誌媒體的廣告行銷費用，轉移到自行印發贈閱型的書訊刊物，冀期以更低的費用，獲取更有效的促銷成果的理想，愈來愈無法實現。因此，目前相同類型

的促銷書訊能持久可見者已是少之又少。

㈥由於在此期間內爲台灣圖書出版業的高度成長發展期，因此，幾乎在當時所有可能嘗試及運用的廣告方法和行銷模式均被充份地利用，也各見其成效與利弊。像電視廣告也曾被少數幾家圖書出版業者嘗試運用來廣告與促銷其出版品，但因電視廣告的製作費動輒數十萬或上百萬，加上廣告播出時段費用以秒計，至少每檔播出也得花費一、二十萬元，由於圖書的單位售價和利潤空間，以及可能創造的銷售量均十分有限，因此，電視廣告實不適合用來廣告、行銷圖書出版品，此理甚明，因此，至今會突發奇想用電視廣告來拼力一搏的出版業者並不多見。至於戶外的看板或公路、鐵道旁的戶外大型看板，圖書出版業者也偶有幾家以製作企業形象廣告方式爲之；但用來銷售圖書的戶外廣告則未曾見過。

㈤一九八六年～一九九五年

台灣光復後的第五個十年大致爲一九八六年到一九九五年。此時期內，台灣圖書出版業登記家數已達到四千五百多家的歷史性高峰。在一個只有二千一百多萬人口的國家或地區，卻同時存在有這麼多家的圖書出版公司，這已不是奇蹟而應是異數，這數字的玄虛與眞相已非本文所能論述。

在如此衆多的出版業者中，各種類別各種規模的出版社可謂五花八門，花樣繁多；文學性圖書出版公司已退居爲少數。代之而崛起的新秀類書，爲兒童、科技、漫畫、實用、經營、理財、休閒、電腦、健康等新穎，而能順應社會大環境變遷所衍生出來的新需求的出版品和出版事業。

此期間的圖書廣告與行銷表現，除了延續上一期間的各種做法外，值得提出來加以研討與檢驗的一些較重要的發展現象和做法有如下：

㈠連鎖書店的興起。金石堂是國內第一家以圖書出版品爲主的

專業連鎖店。在十多年內已將書店拓增到全省，達五十餘家。其他後起之秀如何嘉仁、新學友、敦煌、永漢及誠品；後面的幾家顯然仍未達連鎖書店的經濟規模的開店數，因此，經營績效並不突出。至於金石堂除了率先推動所謂暢銷書排行榜，用以推廣社會流行閱讀訊息與書單外；在圖書的配銷流通與展售販賣上，嚴格來說是形成流通障礙大於促進流通的功能，尤其是其內部經營管理出現瓶頸，與賣場和配送作業部門（近又改組為兩個不同公司）的相互制肘與牽制，造成無效率，都是亟待改善的地方。連鎖書店的出現本應對圖書的流通銷售產生助銷展售配送的功能，但如經營手法過度商業化且欠缺應有的行銷配送效率反易形成圖書行銷的龐大障礙或成為有人戲稱的「圖書行銷怪獸」，此點實應所有相關人士出版深思詳查。

　　㈡國際書展與圖書禮券。自一九八八年起，主管圖書出版的新聞局開始舉辦每兩年一次的台北國際書展，雖然此國際書展原先的定位並非現場的圖書展銷而是版權交易。但因現場在展期內湧入數萬的參觀人潮；許多民眾平日無暇也無心逛書店買書，趁此書展機會買些想看的書也是促銷宣傳好書的做法。因此近似此類的書展也常是圖書出版業者廣告行銷的大好機會。另外在新聞局的鼓勵支持下，台灣幾家兼營書店的圖書出版也以發行圖書禮券來廣告行銷其所出版或銷售的圖書；只可惜雖經多年的提倡，但一般人仍未有購買圖書禮券的習慣，因此，成效並未彰顯出來。

　　㈢非傳統書店的圖書銷售賣場及銷售管道的興起。近年來台灣的便利商店、超商、連鎖零售店以及百貨公司與量販店在十年之內如雨後春筍般大量擴增，全省所有上述新型賣場總數已達數千家，且仍以極快速度向全省各地蔓延拓增中，這些新型賣場也為圖書提供了便利，快捷又較長開店期間的購書服務。其中又以統一超商全省已超出一千兩百家最具規模與影響力。只可惜目前泰半的便利商

店所展售的圖書都只是暢銷流行性的漫書及平裝本暢銷書爲主。如此對一般冷門且較具品質內容的好書的行銷則毫無助益。至於量販店則以巨額殺價作爲進貨折扣條件，以致淪爲劣質或盜版廉價的主力賣場，此點殊爲奇特也敎人惋惜。至於其他嬰童店、玩具店，以及連鎖藥局則象徵性地偶而進些童書點用來綴賣場的氣氛，如此對圖書出版品的行銷至今依然助力有限。

　　㈣多層傳銷爲新興圖書行銷管道。由於上述傳統套書人員直銷已因整個行銷經營環境的變化而陷入困境。爲了圖書行銷另創新機，自一九九五年起，新成立的靑林國際出版公司，開始與台灣規模最大，創立最久的美商安麗多層傳銷公司合作，由前者負責開發出版圖書，再交由後者去獨家全力經銷配送。此外如統健以及其他數家多層傳銷公司也都開始嘗試在其多層傳銷的數十或數百類商品中，加入圖書作爲其新的產品線，如此作法希望能爲台灣的圖書創建另一嶄新的效的行銷管道。

　　㈤信用卡名單行銷；電話行銷以及有線電視的廣告行銷。這些近年來所衍生出來的新興媒體或行銷手法，許多腦筋動得快或手腳靈活的圖書出版業者也躍躍欲試地進行試銷，但因行銷經驗曲線累積不足或費用過鉅，以及可能適銷圖書類別太少，至今仍未見有可觀的成功案例。

結論

　　以上紛雜無序地以簡易分年斷代式的描述，談及了台灣這五十年來，文學及一般性圖書的行銷與廣告相關的發展、現象及事例。由於個人事務繁忙，無心亦無暇對此專題做深入又完整的調查、研究、分析報告，實不足以做爲研討會的論文。匆促簡略草成此文，旣於心不安也有愧主辦者一再的催逼，特此致歉，也寄望此種專業性的論題能有學術專業界人士或研究者，重新針對此專題進行調

查，蒐集研究，以斧正誤謬，以免有積非成是，以訛傳訛之弊。

但在提筆此文之際亦有下述數項感慨，特此謹提出以就教各方。

㈠圖書出版事業深受政治、經濟及傳播媒體影響既深且遠。尤其政治因素常左右圖書出版業的興衰成敗至鉅。過去半世紀以來，政府官方政策以資源預算分配及出版法規扮演幕後掌控的黑手角色，基本上是壓抑，忽視及點綴式獎勵。僵硬的法規及監控是台灣圖書出版未能成為重大行業反成為教人受害之艱困行業的主要原因。

㈡政府、學術機構，甚至圖書出版業者常重編輯、創作而輕廣告行銷。一般在各種場合或相關活動，對創作者及編輯常給予較高的評價和尊重；而對廣告行銷人員則視為生意商業人士；學術界和官方在意識及形象上都未能給予應有的重視和瞭解。此點與歐洲、美國的出版界之作風與認知有絕大的不同。此種現象，多少亦影響了台灣圖書廣告與行銷專業能力的發展和此方面人材的培育。

㈢台灣有關圖書廣告與行銷的史料、資料、研究、統計報告高度匱乏；個人或私人企業無法獨立進行此類專題的研究調查；民間機構社團如協會、公會也欠缺研究經費與人材。希望政府主管專權機構能多撥專款，針對此種既冷門又專業的論題進行長期、深入的收集，調查研究，則為台灣圖書出版業之福，亦是關心圖書廣告、行銷人士之幸。

參考資料：

①Publishing and the Book trade In Taiwan Since 1945 by Teong yeou Chiu 1994.

②〈四十年來台灣的出版史略〉，陳銘磻，文訊月刊，32期，P.259～268，民76年1月，33期P.243－P.250，民76年12月。

③《世界出版概觀》，陸本瑞主編，中國書籍出版社，1991年。

④《出版社傳奇》，游淑靜等著，爾雅出版社，1981年。

特約討論

⊙羅文坤

　　一九七五至一九七六年（民國64～65年）時，我國國民平均所得從美金888元跨到美金1039元。此數據具有很大的意義，因為根據許多國家發展經驗顯示，當國民所得達到一千元以上：㈠國民用紙量會遽增，文化出版品活動隨之活絡，從物質層面的需求轉向對精神層面的需求；㈡商業活動增加，如：DM增加，各種廣告活動也隨之活絡；㈢商品重包裝，而產生了許多文明的垃圾，行銷也開始起步發展。此時文學出版品的界限也趨向模糊，從原來的小說、詩、散文，擴大包含報導文學、環保文學等等。以下是我的補充報告：

　　一九八一年時，我當時有幸參與陳氏圖書公司，以當時自身參與文學出版品行銷工作的一員，我認為行銷不是以生產者為導向，而是要以消費者為導向，應該以滿足讀者的需求為主，這也是目前和未來演變的趨勢。

　　誠如麥塔奇先生在一九六四年談到行銷的「4P」，我願以此角度和大家分享：

　　①product（產品）：針對消費者的需求為主。大陸上有一種「按件出書」的制度，先印書皮封面和內容大綱，分發到各地的門市或聚點，調查各地所需的總數量，再根據此數量印書，印完了，就不再印和再版，這是一種計劃型經濟的圖書出版方式。在這多元

社會中，我建議也可「按需定件」，以社會大眾所需的數量印製，可透過跨媒體的方式（如：電視、廣播……）來發行廣告，甚至以電視和廣播方式呈現，加強封面設計、書的內容……等，來活絡大眾對此書的認識和想像，以達行銷目的。

②price（價格）：要創造出一種價值感。有的書因封面設計美觀，而使價值提升許多，有的附上產品的各種售後服務，如：澳洲有一家兒童圖書公司的推銷員，以心理測驗量表和V8，把測驗小孩子的情形及活動都錄下來，回公司後請專家做分析，再建議家長，小孩子應朝那方面發展，及在學齡前應該看的書和玩具等。這個公司賣的是一種教育，因而產品便身價百倍。

③place（通路）：如論文中提到了「7−11」的零售是很重要的銷售通路，「7−11」的零售占了零售報的3／4，再如信用卡，E−mail、mail−order的購書方式，都是未來的趨勢，電子書也是另一種方式。

④promotion（推廣）：文學出版推廣不要只限於報紙，也可加入電台跨媒體的行銷活動（歌友會、書友會……），都會是很好的方式。（**吳秀鳳記錄整理**）

從暢銷書排行榜看台灣的文學出版

以九〇年代金石文化廣場暢銷書排行榜為例

◉吳興文

一、消費文化的成形

八〇年代台灣的產業界爲了因應新時代的挑戰，傳統企業集團有的開始從事多角化的經營，特別是六〇年代締造經濟奇蹟的紡織業，度過七〇年代兩次能源危機，面臨進口原料與工資不斷上漲的壓力，以及國際間與日俱增的保護主義浪潮，促使他們從出口導向的勞力密集產業，轉而朝向感性消費的服務業發展，例如：南紡集團投資的統一企業，產業規模較小的高砂紡織公司則朝向下游零售業發展，並發展出以書店爲主的金石文化廣場，至一九九五年十二月爲止，全省共有五十一家分店。

一九八三年一月二十日，高砂紡織公司以其原先廠房改建住宅大樓的地下室，由於靠近台北市南區的公館商圈，每天固定經過此地的上班族，及附近學區的青年學生，佔公館地區流動人潮的主力，於是參考日本東京都會區的大型書店，成立第一家大眾化新型書店——金石文化廣場。同時首創暢銷書排行榜、新書品評會及作家演講等動態性活動。

　　尤其是暢銷書排行榜在隔年就達到發展與爭議的高峰。當時出版界唯一的一份出版資訊與評論刊物《新書月刊》，在選拔一九八四年十大出版新聞時，即以高票選出「暢銷書排行榜蔚然成風」這個事件，並導致知識界對暢銷書排行榜與文化工業的反應，因為這並不只是一個狹窄的文學或出版的問題，而是配合著一個全面性的社會現象：消費文化的成形（註①）。

　　而這個消費文化的成形，特別是有關書報雜誌支出（參見表一，註②），主要是九〇年代台灣的大型連鎖書店已組合成形，影響未來的出版生態。以金石文化廣場為例，到一九九五年十二月為止，全省已有五十一家分店，其營業面積每家約二百多坪，可陳列書種近四萬種，預計一九九六年起全省各店將可提供約二十五萬筆書籍資訊查詢（由此可見書種可能被逐出書店的狀態）。每月現接受新書一千二百種，約占實際出版量的六、七成。其營業總收入約占全省書店通路總收入的百分之十二（註③）。

二、金石文化廣場暢銷排行榜的代表性

　　此外我們從表一可知：九〇年代台灣的出版事業比八〇年代不論出版社總數、雜誌社總數、新書出版量、書、雜誌總營業額、書店總數、書報雜誌支出等都有大幅的成長，特別是金石文化廣場，從一九九〇年十三家、一九九一年十七家、一九九二年二十四家、一九九三年三十一家、一九九四年四十一家，到一九九五年的五十一家，約占全省大型連鎖書店營業面積的五分之二；營業額也由一九九〇年八億、一九九一年十億、一九九二年十二億、一九九三年十五億、一九九四年二十億，到一九九五年的二十五億（註④），約占全省書店通路總收入的百分之十二。而且自一九八九年即已跨出台北市，成立中壢店、永和店，至一九九五年已是在台北地區十六家、台北縣八家、桃竹六家、中部九家、南部八家、基宜四家，

表一：1983～1993年間台灣出版事業產銷簡表：

	1983年	1990年	1993年
出版社總數（家）	2426	3238	4112
雜誌社總數（家）	2543	4336	4761
新書出版量（種）	9008	16156	14743
書、雜誌總營業額（億美元）	約4	約23	約32
國民所得（美元）	2573	約7285	9636
人口總數（千人）	18603	20401	20944
學生總數（小學以上，千人）	4531（1982）	5043	5079
每本書平均售價（書店，台幣）	約80	約183	約187
書店總數（家）	約2000	2000～6000	約5000
金石文化廣場總數（家）	1	13	31
金石文化廣場營業額（千萬元台幣）	約1	約80	約150
中盤總數（家）	約30～40	45～60	約70
書報雜誌支出（每戶每人，台幣）	2,028	4,594	5,267

註：1.書價的推算以經驗法則推估，表上所有的匯率，1983年的美元、台幣
以1：40算，1990年以後以1：27.5計算。

2.出版社雖多，但能年出1書以上的約佔1000家，能年出20種以上的算是
活躍的出版社了（約200家），可以年出書100～400種的不超過20家
（而能進入書店販售的雜誌，約300種）。

全省除苗栗、台東、花蓮外都有分店的大型連鎖書店。

雖然目前台灣除了書店、中盤（經銷）書商按時公佈暢銷書排
行榜以外，媒體方面則有中國時報開卷版只刊出國內已眞正實施電
腦化銷售統計的銷售實況，不分類別，刊出前十名，每月刊佈一
次；聯合報讀書人版配合香港《明報月刊》、台北聯經出版公司、
何嘉仁書店每月公佈「華文出版市場大型連鎖書店暢銷書排行
榜」；《小說族》雜誌與有合作關係的中、下游書店，依實際銷售
册數公佈前三十名每月文學類暢銷書排行榜。但是這些書店、中盤
書商和媒體，都不像金石文化廣場自一九八三年成立即首創暢銷書
排行榜，分爲「文學」和「非文學」兩大類，一直以電腦統計資

料，並自一九八六年元月開始公佈年度電腦統計資料，一九八七年八月更新增漫畫排行榜，至今已是全省五十一家分店、年營業額二十五億的大型連鎖書店，所以其暢銷書排行榜具有相當程度的代表性。

三、以九○年代金石文化廣場暢銷書排行榜看台灣的文學出版

其實從一九八九年金石文化廣場的「暢銷一○○」分析，鐘麗慧即指出：上榜的文學暢銷書，與正統文學漸行漸遠（註⑤）；同時吳繼文在分析當年的文學出版現象時，也指出「窘迫而疲憊的一年」（註⑥），那麼在金石文化廣場暢銷書排行榜下，九○年代台灣文學出版生態如何，以下我們主要依據其每年二月出版的《周年紀念特刊》加以分析。

表二、1990～1994年度「暢銷書分類比例圖」分析：

	1990年	1991年	1992年	1993年	1994年
散文類	25%	19%	26.6%	37.3%	37.1%
小說類	19%	13.1%	16.5%	4.9%	9.25%
詩詞類	1.5%	1.6%	1.6%	—	—
語言類	3.5%	3.5%	2.3%	0.8%	—
小計	49%	37.2%	47%	43%	46.35%

註：1.1990年按「暢銷200」資料統計，從1991年起按「暢銷100」統計。

2.1993年起取消詩詞類，增加傳記、勵志、生活禪三類；1994年取消語言、傳記類。

表三、1990～1994年度「暢銷新書分類比例圖」分析：

	1990年	1991年	1992年	1993年	1994年
散文類	19.5%	28.9%	31.4%	29.5%	13.6%
小說類	22%	17.2%	19.9%	13.2%	15.5%
詩詞類	0.5%	1.4%	—	—	—
語言類	2.5%	—			
	44.5%	47.5%	51.3%	42.7%	29.1%

註：1.1990年按「暢銷新書200」資料統計，從1991年起按「暢銷新書100」
　　統計。

　　2.1991年起取消語言類，1992年增加宗教類，取消詩詞類，1993年增加
　　傳記、勵志、生活禪三類，取消家教類，1994年增加軍事、政治、命
　　理三類。

　　從表二、表三可知：散文類暢銷書上榜的比例越來越高，雖然在一九九四年暢銷新書上榜比例銳減，但是年度暢銷比例還是維持一定水準，由此可知散文類暢銷書上榜的長銷性；小說類暢銷書雖然在一九九四年有提升，但是暢銷新書上榜提升的幅度有限；詩詞、語言兩類到一九九四年，不論是暢銷書，還是暢銷新書皆墨。

　　雖然從表二、表三還不能看出文學出版的生態，但是在每年《周年紀念特刊》的「文學類概況評析」中，已可以看出整個文學出版生態逐漸走向通俗化的趨勢，甚至已達到令人輕蔑自己身處的當代，而爲當前的文學事業感到不安（註⑦）。

　　以下請看這五年「文學類概況評析」的重點分析：

　　1.一九九一年，陳雨航雖然指出：「出版業沒有不景氣，文學書也沒有。」但是該年幾種特別突出的類型，例如：勵志、感情與婚姻等兩性題材、佛法與禪、笑話，加上暢銷的小說多半與電視、電

影等強勢媒體的改編有關（註⑧），文學類暢銷書已和正統文學距離越來越遠了。

2.一九九一年，張照弟延續當年作家隱地的看法，指出「如果扣掉一些摻雜其中的勵志、禪語、短句、笑話虛構成的文學書，眞正的文學書就眞的很少了（註⑨）。」

3.一九九二年，陳雨航則指出「這一年來，我們是在既定的潮流裏走（註⑩）。」

4.一九九三年，陳彥文更開家明義地指出「通俗類文學作品仍躍居排行榜的閱讀大宗，顯示普遍文學性不足的作品，還是主導去（一九九三）年文學書出版的主流派，而此通俗文學的出版，預期仍將持續發燒（註⑪）。」

5.到了一九九四年，楊照已爲整個文學出版生態感到不安，很坦率的指出：「更糟糕的是，這幾位暢銷作家（指劉墉、林清玄、侯文詠等）本身創作功力頗旺盛，然而作品的多元企圖卻顯然付諸闕如（註⑫）。」

就連一九九四年度金石文化廣場每月舉辦的文學類強力推薦書，也只有五月份艾蓓《叫父親太沈重》（上、下）、九月份張曉風《我知道你是誰》等三本上了暢銷書排行榜，其中還有一本是七月份劉墉《作個飛翔的美夢》，而八月份孟瑤《風雲傳》則連邊也沒有站上，形成劉墉、林清玄、侯文詠少數作家長期佔踞暢銷書排行榜、新人很難上榜的現象。更值得注意的是：這一年文學類的強力推薦書只有這四本，其他都是非文學類的，顯見主其事者就書店的行銷觀點而言，並不看好文學類的新書。

而這種少數作家長期佔踞暢銷排行榜的現象，其實早在四年前，鄭林鐘、崔靜萍分析一九九一年暢銷書排行榜時，就已指出「紅者恆紅、慘者恆慘——暢銷書慣性定律（註⑬）」。文學出版在掌握「品牌原則」、「強力促銷原則」、「不擇手段先登上暢銷

排行榜原則」等原則之後，那裏會不呈現通俗化，而且不易更動的趨勢呢？難怪評論者會對這種現象感到不安。

四、現況：一九九五年「文學不安」的時代

從一九九五年元～十月暢銷排行榜新上榜的書單，也可看出這種文學出版現象的延續。

元月份：劉墉《我不是教你詐》、光禹《親愛酷爸爸》、林清玄《煩惱平息》、小野《輕少女薄皮書》。

二月份：侯文詠《誰在遠方哭泣》、劉墉《冷眼看人生》。

三月份：李約《秦始皇大傳（卷一潛龍在田）》、赤川次郎《玩的過火殺人遊戲》、《琥珀色日記》、《迷日的新郎》、《歡迎蒞臨吸血鬼同好會》。這五本都是以低價促銷，掌握「不擇手段先登上暢銷排行榜原則」。

四月份：侯文詠《做個健康快樂的智慧人》、林清玄《多情多風波》、曹啓泰《結婚眞好！》、龍應台《在海德堡墜入情網》（強力推薦書）、陳美倫《20位名人的青春心事》。

五月份：張繼高《必須贏的人》（強力推薦書）、黃麗穗《在旅行中成長》、玫瑰之夜創意小組《玫瑰之夜──鬼話連篇》、小野《碗豆家族》。

六月份：周麗玲編《接好生命的變化球》、司馬遼太郎《台灣紀行》（強力推薦書）、小野《酷媽不流淚》。

七月份：劉墉《迎向開闊的人生》、心情故事創意小組《心情故事(5)》、周寧《中國人的點子》（以低價促銷）、侯文詠《頑皮故事集》。

八月份：蘇有朋《我在建中的日子》、柏楊《醬缸震盪：再論醜陋的中國人》（強力推薦書）、夏玲玲口述《終極伴侶──夏玲玲完全馴夫手册》、小野《痴狂老寶貝》。

九月份：光禹《天天有智慧》、《蘇菲的世界（上、下）》（強力推薦書）、玫瑰工作小組《知心小故事(7)》、劉墉《在生命中追尋的愛》。

十月份：羅伯丁華《麥迪遜之橋》、尹萍《出走紐西蘭：一個母親的教育》（強力推薦書）。

這份新上榜的暢銷新書，不是掌握「品牌原則」（例如：電視明星曹啓泰、夏玲玲、蘇有朋，電視節目「玫瑰之夜」，廣播明星：光禹、陳美倫，電影「麥迪遜之橋」，作家小野、心情故事創意小組等）、「強力促銷原則」、「不擇手段先登上暢銷排行榜原則」、不然就是劉墉、侯文詠、林清玄的新書上榜，或者是舊書又再上榜。平均每個月上榜的新書不到四本，扣掉舊書又重新上榜，眞正的新書上榜幾乎不到三本。

此外，從一九九五年底、一九九六年初三篇回顧文學出版的文章，不論是「文學書減產，令出版人卻步的眞正原因是『不是不出文學書，而是找不到值得出的文學書』（註⑭）。」或者是「文學並沒有消失，更沒有死亡，只是空間被壓縮了。被什麼壓縮？被書店的書架和創作者本身（註⑮）。」還是「所謂『求新求變』並不是強調要迎合市場，走商業路線；而是建議出版社摒除『老大』心態，秉持一貫的文學良心與堅持，相體裁衣，爲每一本書尋到最貼切、最雅俗共賞的風貌。出版人以個人喜好爲導向，『經營小花園』的出版時代恐將成明日黃花（註⑯）。」都可見這是一個「文學不安」的時代，終究在銷暢書排行榜行之有年以來，形成文學出版朝向通俗化，而且不易更動的慣性定律；值得我們出版人深思的是：不是文學人口跑了，而是沒有眞正好看的文學書，例如：白先勇《台北人》、高陽的歷史小說、和金庸的武俠小說等。

五、結論：期待眞正好看的文學暢銷書

台灣光復五十年以來，本土的大眾文學始終面目模糊、性格不

彰，無可避免地沾染上濃重的美式舶來色彩，一直要到六〇年代，瓊瑤的崛起才算稍稍扭轉了大眾文學中強烈倒向美國、西方的傾向，至少把文學故事裏的場景拉回台灣來（註⑰）。進入八〇年代，由於書籍出版及零售業的重大變革，尤其是暢銷書排行榜現象顯示了文化工業的下游部門（書店）所扮演的角色越來越重要，同時通俗文學終於取得了初步的合法正當性（註⑱）。但是不可否認的，由於暢銷書排行榜本來就是一種商業性的行為，只能因勢利導，不能倚之為出書的目標，所以到了九〇年代，形成文學出版通俗化，而且不易更動的慣性定律。

不論是「大眾文學」是一種普遍消費性文學的集合總稱（註⑲），還是從文學社會學而論，是與「嚴肅文學」（「高級文化」）之間區別的「通俗文學」（「大眾文化」）（註⑳），我們期待的是：真正好看的文學暢銷書。

一九九五年立春以來，前年年底成立的實學社以一百萬高額獎金，推出「第一屆羅貫中歷史小說創作獎」，皇冠雜誌社、皇冠文學出版有限公司也計劃每兩年舉辦一屆「皇冠大眾小說獎」，首獎獎金的金額一樣是一百萬元，並由他們提供作者為期三年的預付版稅。後者已於十月底前揭曉入圍作品，分別是五本風格不同的長篇小說；出版社將五部作品合成一套，以讀者直選、低價方式促銷，並於一九九六年元旦在金石堂、新學友、何嘉仁等全省各大書局同步上市，預定於三月間由讀者以選票決定首獎作品。

雖然出版人在為讀者企劃真正好看的文學暢銷書，還有待實際數字來驗證，但是無論如何，我們需要的是一套整體而有效的出版計劃，而不是隨著暢銷書排行榜的榜單，來決定企劃出版什麼樣的文學書，假如還只是隨著暢銷書排行榜的波浪而動，終不免陷入文學出版通俗化、不易更動的慣性定律的窘困，藉由本文的探討，提供文學出版人參考。

附註：

①林芳玫，《解讀瓊瑤愛情王國》，時報，一九九四年八月三十日，第七章第三節「知識界對暢銷書排行榜與文化工業的反應」，頁二○二～二○七。

②參考王榮文，〈台灣出版事業產銷的歷史、現況與前瞻〉，收入《中華民國八十三年出版年鑑》，行政院新聞局，一九九四年十一月，頁十一。

③同註②，頁十七。原文爲「金石堂分店三十八家，其營業額總收入約占全省書店總收入的百分之八至十二」，但是現在已有五十一家，而且只是一九九五年七、八月間全省書店就已經結束二十幾家，所以推估爲約占百分之十二。

④參考彭杏珠，〈金石堂要在公元兩千年設下一百家據點〉，《商業週刊》，第四二一期，一九九五年十二月十八～二十四日，頁七十四。

⑤鐘麗慧，〈年度「暢銷書排行榜」分析〉，出自《出版情報七周年紀念特刊》，一九九○年二月，頁五十一。

⑥吳繼文，〈片面之言：一九八九年文學出版現象管窺〉，出處同註⑤，頁六十八。

⑦張大春，〈輕蔑我這個時代——爲《文學不安》所寫的狂序〉，出自氏著《文學不安：張大春的小說意見》，一九九五年十月，頁十一～十五。

⑧陳雨航，〈思索變與不變的現象——七十九年文學類圖書概況評析〉，出自《出版情報八周年紀念特刊》，一九九一年二月，頁六十九。

⑨張照弟，〈八十年文學出版暢銷概況：文學最寒冷的冬天？〉，出自《出版情報九周年紀念特刊》，一九九二年二月，頁六十二。

⑩陳雨航〈寂靜的春天？——八十一年度文學書出版暢銷概況〉，出自《出版情報十周年紀念特刊》，一九九三年二月，頁五十八。

⑪陳彥文，〈八十二年度文學書出版概況：通俗文學小說開創文學書的春天〉，出自《出版情報十一周年紀念特刊》，一九九四年二月，頁五十六。

⑫楊照，〈八十三年度文學書解讀：蔑視文體複雜性的社會代價〉，出自《出

版情報十二周年紀念特刊》，一九九五年二月，頁五十八。

⑬鄭林鐘、崔靜萍，〈八十年暢銷書排行榜分析〉，出處同註⑨，頁四十八。

⑭王開平，〈眞是一個不需要文學的時代嗎？〉，出自《中國時報，開卷特別專刊一九九五十大好書》，一九九五年十二月二十八日，四十二版。

⑮林邊，〈連結一九九五～一九九六出版課題①：被壓縮的文學空間〉，出自《聯合報，讀書人周報》，一九九六年一月一日，四十二版。

⑯羅本奇，〈連結一九九五～一九九六出版課題②：好看的文學書哪裏去了？〉，出處同注⑮，四十三版。

⑰楊照，〈四十年台灣大衆文學小史〉，收入氏著《文學、社會與歷史想像：戰後文學史散論》（聯合文學出版社），一九九五年十月，頁二六～二七。

⑱見註①，頁一八八～一八九。

⑲見註⑰，頁二八。

⑳見註①，頁一五。

特約討論

⊙林芳玫

　　此論文提供了豐富的數據和史科，可爲我們論證思考的基礎，尤其是頁三的表一，可看出1983～1993年台灣整體社會在出版界、文化界的種種變化，如國民所得和文化生產，支出的成長關係和事實等。

　　吳先生此篇論文主要探討暢銷書排行榜和文學之間的關係，爲何要把這兩者放在一起？又，台灣文學消費是否和其他消費活動一樣，可單純從暢銷書排行榜來看文學消費的現象？如果以文學的標準來看，上榜的書有多少文學類的書？是否有逐年減少的趨勢和輕薄短小的現象？或者也可看暢銷書排行榜是否影響文學生產力減低？或者主導文學創作的方向？但可能暢銷書排行榜的力量並沒那麼強。

　　吳先生認爲排行榜是一種商業行爲，我同意此點，但是吳先生似乎在言詞中有一些遺憾。其實我們可以消費文化來看暢銷書排行榜，而不要以文學角度來看排行榜，讓文學歸文學，商業歸商業。文學方面可以從文學作品本身，兩大報的文學獎、開卷版、讀書人版和各種文藝營來看。而暢銷書排行榜和文學的交集，在這種分化和多元化走向的社會趨勢中，一定越來越少，所以有通俗小說、言情小說、漫畫越來越流行的趨勢。但文學也有越來越專門化的趨勢，許多後設小說、晦澀艱深難以閱讀的小說和許多意識型態的小

說出現，探討同性戀、環保等議題。如《荒人手記》一開始就有冗長的婦科知識和描寫。我們一方面看到很通俗的東西出現，也看到專門性的文學出現，這是多元和分化的結果，所以可以把暢銷書排行榜和文學分開來看。

再回到暢銷書排行榜來看，我和吳先生同樣期待有好的文學暢銷書排行榜出現，但如從社會消費層面來看，該期待的是好的暢銷書排行榜，而不是好的文學暢銷書排行榜，譬如現在金石堂暢銷書排行榜，為何有少數作家的上榜率如此高？若把書和文學換另一種角度來看，大眾喜歡的書是什麼樣的？如星座、烹飪、保健……等，都可以做得很精緻，和當地的文化有很大的關聯性。我建議暢銷書排行榜應和文學分開來看，去探究現在暢銷書排行榜本身的現象和問題，使它更多元、普及。（**吳秀鳳記錄整理**）

五十年代台灣文藝雜誌與文化資本

◉應鳳凰

一、前言

五〇年代是國民政府遷到台灣之後的第一個十年，一般評論家所謂的「反共文學」時期。若要再細緻一點來劃分這個時期起迄時間，目前為止有兩種分法，第一種認為這個時期該從一九四九年底算起，到一九五六年為止：原因是民國三十八年八月一日起，國民黨總裁辦公室從大陸遷設於台北草山，而在民國四十五年，官方的「中華文藝獎金委員會」停辦文藝獎金，《文藝創作》月刊停刊，且夏濟安的《文學雜誌》在同年創刊。

第二種分法把時間向後延伸到民國四十九年（1960）：只因這一年三月，白先勇的《現代文學》創刊，從這一年起，台灣文學史的分期便進入另一個「現代主義文學」時期；而這樣的分期法，也剛好與西元的1950到1960年，所謂的「五〇年代」完全吻合。葉石濤的《台灣文學史綱》便採用的是第二種分法。

本文也願採用第二種分期，我的理由跟前面兩種分法一致的，也是以「雜誌」作為分期的依據：以雷震、殷海光等大陸自由主義知識分子為首，所創辦的〈自由中國〉雜誌，就在1949年創刊。而雷震被捕的日期在1960年；換句話說，五十年代結束，這一波由右翼知識分子主導的民主運動也隨之而結束，拿它作為反共文學時期的分段點，豈不也十分恰當。

正如王德威在他論文中說的：「不論我們如何撻之伐之，反共文學是台灣文學經驗中的重要一環。它的興起與『墮落』與彼時的政治環境緊緊相扣」（註①）。本文即以五十年代的文藝雜誌作爲討論對象及範圍，且將這時期由文藝雜誌及作者、讀者、編者所形成的中文讀書市場／文壇，看作一個整體的文化生產領域，嘗試回答：「反共文學如何主導了一個時代台灣文學的話語情境？」（引自王文，同註①）。換句話說，希望能以具體的資料，呈現或追蹤這十年的反共文學，是透過什麼樣一種社會機制而產生。同類題目，王德威在1993年12月台北聯合報召開的文學會議上，發表有〈五十年代反共小說新論〉；林淇瀁在1995年4月師大召開的學術研討會發表〈戰後台灣文學的傳播困境初論〉（註②），本文希望與他們產生一些對話。

二、他們爲什麼辦雜誌？

從《文藝創作》、《軍中文藝》，到《文壇》、《文學雜誌》，台灣在短短十年之間，竟陸續創刊了近三十種文學性雜誌——尤其在一下子膨脹了一百多萬人的典型移民社會：台灣小島上，當時說著各省方言的百萬人馬，才從旅途的倦憊，離鄉的惶惑中，試著怎麼把生活在這裏安頓下來——在這麼一個精神不安定，物質又極匱乏的台灣社會，卻有這麼高的文藝雜誌密度，不論從社會或文學的角度看，都是個有意思的現象。想想看整個七十年代或八十年代，台灣社會有幾份新的文學雜誌創刊，別說三十種，只怕不到十種。

分析各刊的創刊詞或發行宗旨，可從它們不同的內容及特性，不同的發行對象，大約歸納出這時期文藝刊物的四種類別：

第一類，兼具陶冶與娛樂性，以愛好文藝及一般人士爲對象，例如（依時間順序）：

《寶島文藝》（潘壘主編，1949年10月創刊，12期後停刊）

《半月文藝》（程大城主編，1950年3月創刊，1955年停刊）

《野風》（師範等人主編，同年11月創刊，1965年停刊）

《火炬》（孫陵主編，同年12月創刊，至少發行六期）

《文藝創作》（中華文藝獎金委員會會刊，1951年創刊，68期之後停刊）

《文壇》（穆中南主編，1952年創刊）

《皇冠》（平鑫濤主編，1954年2月創刊）

《復興文藝》（1956年創刊，1959年至21期停刊）

除了《文藝創作》官方色彩較濃厚之外，《寶島文藝》、《半月文藝》、《火炬》等各刊，都是本身喜歡寫作的文人以個人力量創辦，編寫校一手包辦，這些靠極有限的資金及無限熱情支撐的刊物，壽命大半都不長。

穆中南的《文壇》情況較為不同。它一段時間成為五○年代發行量最大，也較有影響力的刊物，不只因為它的開本體型特大，每期容得下字數極多的稿件（因此刊登了許多長篇小說），還因為穆中南與軍方的關係，經營有方的兼辦了一個賺錢的「關係企業」：文壇函授學校，他不只因此而名利雙收，更培育了無數軍中的、偏遠的、因遷徙流離而失學的青年，靜下心來練習提筆寫作。

若問這些作家為什麼要辦刊物？穆中南在創刊號的「編後」上寫道：「能體味到『母親為什麼要生孩子？母雞為什麼要抱窩？』的人，就會了解到從事文藝的朋友，死活要想有個像樣的文藝刊物了。」

這句話不只譬喻生動，也最能顯現作為媒體的文學雜誌，長於「生產讀者」的基本傳播功能。作家寫出的作品，須要有發表的園地；雜誌最大的功能，就是把作家寫好的作品印刷「生產」出來，送到廣大的讀者面前。也即是，把作家的創作，送進大眾閱讀的

「市場」。

五〇年代文藝刊物的創辦人好些與穆中南有相同的出身背景，不是早在大陸已有新聞工作經驗，就是像辦《半月文藝》的程大城一般，是隨軍隊來台的流亡學生（程是河南人，開封中學後，考進國立西北大學政治系，來台之後，還曾一邊辦刊物一邊在台北師大附中教書）。也就是說，這些主編大半是有著一定黨政軍關係的熱情知識青年。

這幾個刊物中，又以《野風》最具純粹的小市民文學氣質；是由台糖公司一群愛好文藝又有編輯經驗的青年創辦的，光看它別出心裁的名字，就可略見其桀傲的、新潮的、浪漫的色彩。連發刊詞也與眾不同：竟用一篇題為「任務」的純粹小說來代替，巧妙的把必要的口號都免了。他們一直把創刊宗旨清清楚楚印在每期雜誌上——「創造新文藝，發掘新作家」。也因為它的通俗性，努力與大眾結合的結果，據主編師範的回憶，《野風》十幾期之後，每天會收到三百件以上的稿件。

《野風》當時的風格，接近今天的《皇冠》。現在回頭看，《文壇》的壽命超過三十年，直撐到八十年代，《皇冠》至今更在「熱賣」中；不過五〇年代的《皇冠》還偏向刊登綜合性及翻譯作品，與當時的文壇關係尚不密切。

第二類：兼具文藝性及教育性，以學生群眾為發行對象，例如：

《晨光》（吳愷玄主編，1953年創刊）

《幼獅文藝》（中國青年寫作協會機關刊物，1954年3月29創刊）

《中華文藝》（李辰冬主編，1954年創刊）

《晨光》的發刊詞說：「我們無論從任何方面來看，目前要培育青年的朝氣和加強一般人思念大陸共復國仇的熱潮，這是刻不容緩的事」。如果不了解台灣此時特殊時代背景的人，簡直不能明白這兩件

事怎麼會並排出現。

《幼獅文藝》創刊的話，開宗明義就說：「辦一本刊物不容易，辦一本文藝刊物尤其困難。……但正因為『吃力不討好』才投合我們的胃口：敢於向困難挑戰，這就是獅子精神。」

因為屬於救國團，又是青年作協的機關雜誌，初期便採取輪編制度，分別由協會的理監事：馮放民、鄧綏甯、劉心皇、楊群奮、宣建人、王集叢輪任主編。細看這張名單，有一半是終身職國大代表，一半是國民黨文宣黨官。事實上《幼獅文藝》「生命史」上，對台灣文壇最有影響力，內容也最紮實的黃金時代，是朱橋、瘂弦擔任主編的時期，但那已經是下一個十年，1965年及1969年以後的事了。

《中華文藝》的發行對象是「中華文藝函授學校」的師生，所以創刊詞說：「本刊的使命是提高創作水準與探討寫作技巧」，作者群包括謝冰瑩、梁容若、覃子豪等教授作家。

有別於上述兩大類，卻又是五〇年代極具代表性的兩個文藝刊物，其一是標榜戰鬥性，以軍人為發行對象的《軍中文藝》。

《軍中文藝》最早創刊於1950年6月，當時名字是《軍中文摘》，隸屬國防部總政治部，主編王文漪女士，1954年改的名，1956年再改名《革命文藝》。從其再三改名的原因，也呈現雜誌發展的幾個階段：初期的「文摘」只是服務的目的，旨在提供軍人精神食糧，第二期便進一步開闢了軍人自己的創作園地，因為「近兩年來，軍中寫作已蔚為風氣」（發刊詞）；到了第三階段，則為了「要使軍中文藝的力量和社會文藝的力量交流互注，以擴大革命事業的陣容」，也就是與「社會見面」，走上擴大對外發行。

軍中文藝風氣一步一步成長，軍中作家，所謂兼拿「筆桿與槍桿」的人數不斷擴大，正是五〇年代台灣文壇的一大特色，為其他各時期所稀有。這自然與台灣社會在1949年前後，一下子從大陸移入八十萬軍人有關，再加上政府為了「加強心防」，不遺餘力努力提倡：

例如當時任總政治部主任的蔣經國，在1951年曾發表〈敬告文藝界人士書〉，號召「文藝到軍中去」。事實上，前述青年作家協會與反共救國團，也皆由蔣氏主持。

其二是較傾向學院氣質，台大英文系教授夏濟安主編，創刊於1956年的《文學雜誌》；合作創辦者還有同爲英文系出身的吳魯芹。未將本刊歸入前述兩大類，是因爲雜誌內容的偏重性有別：在創刊號的「致讀者」上，夏濟安言：「文學理論和有關中西文學的論著，可以激發研究的興趣；它們本身雖不是文學創作，但是可以誘導出更好的文學創作。這一類的稿件，我們特別歡迎。」就其創刊精神來說，《文學雜誌》可說是《現代文學》，甚至目前台大《中外文學》一系的前身，有別於其他大眾性文藝刊物。

況且《文學雜誌》的創辦，明顯是與五○年代瀰漫的「戰鬥文藝」氣息相抗衡的。編者在同文中說：「我們的希望是要繼承數千年來中國文學偉大的傳統，從而發揚光大之。我們雖然身處動亂時代，我們希望我們的文章並不『動亂』。我們所提倡的是樸實、理智、冷靜的作風。」

另外該附帶一提的是尉天驄主編的《筆匯》革新號也已在這年代末的1959年創刊，除了創作，也介紹西歐新思潮。但尉等人的舞台應與《現代文學》一樣，皆屬於即將來臨的六十年代了。

三、文藝雜誌與台灣中文讀書市場的形成

1949年前後隨蔣介石來台的大陸黨政軍人士，各書提供的數目從一百五十萬到兩百萬之間不等，總之，這個數字再加上在台灣的本地知識分子，（1945年時剛脫離日本五十年殖民統治，四年之間，學習能力快的，也許已能逐步從日文的閱讀習慣轉換爲中文）——這些人正是五○年代台灣社會讀書人口主要的組成分子。必須分清的是，掌握閱讀能力與充分運用中文創作，是兩回事，它

們所需的時間長短完全不同，這也說明了為什麼此時整個台灣文壇的作家生態，大陸來台第一代文人佔絕對大多數。

1949年國民黨大軍剛撤退來台，1950年6月25日，韓戰即爆發，隨後6月27日美國第七艦隊協防台灣海峽，從此時到1965年，台灣政府得到的美援超過一點五億美金，國民黨政局因此日漸穩定。1953年實行「耕者有其田」；1954年「中美協防條約」簽訂，1958年台灣度過驚險的八二三金門砲戰，1959年中南部八七水災。用這些簡單的社會大事，為下面將討論的讀書出版市場，先畫出一個大概的輪廓。

在1945年戰後的幾年，大陸出版的一些期刊，尤其上海一帶，還皆能利用航空版行銷台灣，並且擁有不錯的銷售量。但1949年初上海撤守之際，幣值巨幅波動，所有雜誌幾乎全部斷絕。

根據台灣省雜誌協會的統計，1949年全台擁有雜誌，包括從大陸遷台復刊的，總數不過四十餘家，其中還一大半是消遣性雜誌。（註③）

但是《寶島文藝》、《半月文藝》、《野風》等陸續創刊之後的十年，情形便逐漸改觀。1956年全部雜誌已增至三百五十五家，1959年則增至六百六十六家。至於單家雜誌的銷售量，根據野風主編師範的一篇回憶，他們創辦了半年之後，即差不多出刊了十二期左右（野風初期為半月刊），已經把每期的發行量突破到超過五千份。這個數字與今天的雜誌比較，仍覺十分可觀，更別說那個物質匱乏的時代。

而造成他們成立這份刊物的原因是，他看到當時台灣社會一份相當暢銷的雜誌：《拾穗》半月刊，刊載的卻全部是翻譯作品，因此他們要辦一個類似上海《西風》的雜誌，是以創作為主的（也許這與取名「野風」有關）。

官方支持的《文藝創作》，也同是1951年，在第八期的封底印

有一小塊聲明：「本刊以篇幅太多印刷成本太貴，所以贈送很少，實銷約兩千餘。因此之故，本刊目前已可自足自給。」這裏透露的讀書市場訊息是：雜誌的印數只要超出兩千本，就能回收成本，不致虧累。

1950年以後，各文藝團體也相繼成立：最大也最早的「中國文藝協會」就在1950年5月4日成立，這日在台北中山堂召開大會，由張道藩等國民黨中央宣傳部及相關文化人士籌備發起；從成立時的基本會員一百五十餘人，至1960年的十年之間，增加到一千二百九十人。（註④）根據該會印行的資料顯示，這一千多人中，女性會員約佔六分之一，大學以上學歷佔一半以上。他們更陸續在全省分別成立南部中部分會，也在台北舉辦過為期半年的兩期小說研習班，及開設「小說寫作研究講座」、「星期文藝講座」等等文藝活動。研習學員的名單中，不乏後來的成名作家，如王鼎鈞、蔡文甫，及前述的野風主編。

接著是「中國青年寫作協會」在1953年8月成立，輔導其成立的是蔣經國任團主任的「中國青年反共救國團」，初創會員即二百五十六人，十二年之後，總會員三千多人，筆友會員則高達兩萬餘人。又會員學歷，大專者佔百分之七十八點七；就性別說，男性佔百分之七十二點四；以職業分，學生佔百分之八十點二。（註⑤）

青協比上面的作協更深入各地基層，救國團所屬各大專院校分會與各縣市分會多半還各自出版刊物，如各大學中學校刊；而這麼多分會，也可想像總會出版的《幼獅文藝》有多大的讀者群。青協尤其在年年暑假配合救國團辦戰鬥文藝營隊。

1955年5月5日，台北再成立「台灣省婦女寫作協會」，也有會員三百多人；本會一大特色是出版：計出版集體創作的文集《婦女創作集》九輯，個人創作集十八部。

以上數量可觀的文藝團體成員，都是台灣讀書市場的中堅人

口。我們還可舉一個五○年代的特殊例子——學員龐大的函授學校。創立於1954年李辰多的「中華文藝函授學校」，及成立於1957年的「文壇函授學校」都先後接辦過「軍中文藝函授班」。主持人穆中南曾回憶：「我在半年之內建立起一百五十萬字的講義——每星期五發講義，在星期四裝講義，——我在一個小樓上，每天只有兩三小時的睡眠。」（註⑥）他以這筆財務的源源收入，來填補文藝雜誌的虧損。

函授學校發達盛行於五○年代，應當與大陸這些年戰亂，大批人因而喪失受正規教育的機會密切相關，有意思的是，負擔起這份彌補工作的，竟然是文藝媒體，這又可見文藝雜誌的傳播力量，及其建立讀書市場的另一個功能。

葉石濤在他的史綱中，談到五○年代文學思潮時，說到：「來台的第一代作家包辦了作家、讀者及評論，在出版界樹立了清一色的需給體制，不容外人插進。」（86頁）他認為此時台灣作家的作品既少水準又不高，原因有兩個，一是面對語文轉換的艱辛，不容易運用中文寫作，其二是四○到五○年代的政治彈壓，造成了他們的畏縮和退避。（註⑦）

關於本省作家寫作與投稿的困難情況，從1957年4月間，由鍾肇政在朋友間發起的小型油印刊物《文友通訊》，可略見一般。這份維持了一年四個月，用手刻鋼板印刷，只在文友間互相郵寄傳遞的刊物，是以作品輪閱及評論，並互通訊息為目的。這群文友包括陳火泉、鍾理和、施翠峰、廖清秀等九人，全部內容曾在1983年出版的《文學界》第九期刊出。鍾肇政在發表時有一篇回憶性的前言提到：「當年他（鍾理和）也是『退稿專家』，他那些精緻的短篇小說，竟是每篇每篇都是到處碰壁的！讀者將可在文友通訊上看到，他的〈故鄉〉四部，當年是如何受到文友激賞與推崇……」（也算足跡）。這麼小型的傳播工具（發行對象僅九人），對照《鍾理和書簡》看的

話，卻發現它另有連繫和鼓舞的莫大功能。

台灣在1956年整個雜誌數量增至三百五十家的時候，發行的各類報紙也有十四家，此時三大文藝團體也都已成立，可以說此時台灣的讀書市場已逐漸成熟，也因之形成了一個可稱之為「文壇」的文學領域。也就是說，台灣從1945年以前的整個用日文書寫與傳播的市場，到了五〇年代，由於使用中文的統治階層大力推行，台灣已經轉換成整個用中文書寫與傳播，並形成中文的讀書市場與文壇。不能掌握這種文字書寫的人，只好被消音。

讀書市場的成熟，文壇的形成，按照社會學理論家安德森的說法，正是一個「想像社群」的由來。安德森的「想像社群」理論，這兩年經常被引用，特別在討論到認同（identity）問題的時候。所謂Imagined Communities（也是他的書名）（註⑧），原是他用來解釋國家觀念如何形成的一個創見；為什麼「國家」是一個想像的社群？因為「即使是最小的民族／國家，其成員大多既不熟悉，也從未謀面，甚至也沒聽說過對方，但在每個人心目中卻存在著彼此團聚交會的景象。」這當然是透過這個社群共同擁有的傳播媒介發揮的功能，才得以完成。此處所謂「想像」特別強調文學作品透過市場傳播（如文藝雜誌）之後，在讀者之間所造成的時空感，即讀者對作者的經驗有所認同。

安德森認為「印刷資本主義」（Print Capitalism），就是靠著印刷媒介的大量生產，透過這些傳播媒體來達成，（給予）散居各地的民眾，一種屬於整體的歸屬感。這種有所歸屬的認同感，即是「想像社群」（或「想像的生命共同體」）的由來。

四、文化領域中反共文學如何生產

把這一理論用在五十年代反共文學的影響，看得特別清楚。由於越來越多居住在台灣的讀者大眾與作者群有共同的想像，認同他

們的反共經驗，特別是青年讀者，才有下一個世代的「大中國意識」或所謂「中國結」的產生。最淺顯的，光看上述所有文藝社團或機關單位名稱，無不頂著中國、中華、反共；雖然一切規模，格局及運作，都僅在目前這麼一個小島上。翻看當時的文章，在台灣，人人必須提到自己的國家時，異口同聲，都自稱是「自由中國」。雷震的雜誌名稱真該去申請專利，這四個字整個呈現五十年代一個想像社群的中心觀念。

一般討論文藝雜誌的文章，不會把《自由中國》收在裏面，例如薛茂松的〈台灣地區文學雜誌的發展〉（文訊27期），這當然是沒有錯的；就像一般也不會把《文星》雜誌歸入文藝雜誌的範疇。然而，當你討論台灣五十年代文學，尤其是反共文學的時候，卻絕不可遺漏了它。《自由中國》列有文學一欄，雖然就其篇幅多寡來看，每期所佔的百分比不是很高，然而，現在已過三十多年的歲月回頭看，就會發現五十年代好些重要作品，特別是反共文學中口碑較好的代表作，像陳紀瀅的《荻村傳》、彭歌的《落月》都是最早在這兒發表的。跟其他文藝雜誌一樣，負責文藝欄主編的聶華苓，本人也是寫小說好手，《自由中國》幾乎網羅了當時文壇最活躍的作家在這裏發表作品，小說家如朱西寧、林海音（〈城南舊事〉、〈綠藻與鹹蛋〉）、司馬桑敦、孟瑤、郭良蕙、童真、於梨華；散文家如梁實秋、陳之藩、吳魯芹、思果、艾雯、張秀亞、謝冰瑩；詩人如余光中、周策縱等都有作品。

反共文學是怎麼產生的？若想得到答案，我們不妨找一找承載整個文學領域的，幾家重要雜誌的徵稿審稿標準。

《自由中國》最是清楚，他們同一個「徵稿簡則」，數年如一日，每隔一陣就會在封底或內頁出現，徵稿簡則共十一條，除了後面五則是事務性的說明之外，各則原文如下：

㈠凡能給人以早日恢復自由中國的希望，和鼓勵人以反共的勇

氣的文章，都爲本刊所熱烈歡迎。

㈡介紹鐵幕後各國和中國鐵幕區極權專制的殘暴事實的通訊和特寫。

㈢介紹世界各國反共的言論，書籍與事實的文字。

㈣研究打擊極權主義有效對策的文章。

㈤提出擊敗共黨後，建立政治民主，經濟平等的理想社會輪廓的文章。

㈥其他反極權的論文、談話、小說、木刻、照片等。

明顯的，朱西寧早期一系列刊在該刊，描寫共產黨如何陰狠毒辣的短篇小說，陳紀瑩寫大陸鄉村小人物傻常順兒一生遭遇的《荻村傳》，以及彭歌的中篇女伶故事《落月》，都是因符合該刊「反極權」的徵稿原則而刊出的。

林淇瀁在他的論文提到「媒介霸權理論」，「即媒介運作之決定因素乃是來自意識形態的霸權」。這個理論不知道能不能也用在《自由中國》上，特別是這麼清楚的反共意識形態。但他在論及戰後台灣文學整個傳播困境時，是把《自由中國》放在反對陣營，放在「對於宰制性意識形態國家機器的反撲」的脈絡上。也許林文的視角是該雜誌的「組黨要求」這一面，否則他們的意識形態並非與「國家機器」對立的。

《自由中國》還不過是一家民營雜誌，眞正大量生產反共文學的是當時由張道藩主持的「中華文藝獎金委員會」（直屬中央黨部第四組，以下簡稱文獎會），媒體則爲《文藝創作》月刊。文獎會之成立，比文協更早，1950年4月；頭一年本身還沒有發行刊物，純粹只向外徵稿，發給獎金（得獎作品推薦給各報刊刊登）。即使如此，第一年的成績便非常可觀──送稿來參加者合計三千餘人，文藝稿件共約四百萬字；其中得到獎金者四百餘人，約八十萬字。

《文藝創作》第九期（1952年元月）刊有該年度徵稿辦法：

「本會徵求之各類文藝創作，以能應用多方面技巧發揚國家民族意
識及蓄有反共抗俄之意義者爲原則。」

　　徵求類別，包括詩、小說、劇本、文藝理論計有八大類，各類
獎金，我們比較同一年《自由中國》徵稿簡則所登的稿費標準——
每千字付給稿費新台幣十元至二十元（當時《自由中國》每册定價
一元。1955年，鍾理和發表4600字的〈野茫茫〉，得稿費四十
元。），就知道文獎會付的最低獎金也比一般稿費高出十倍以上。
文獎會小說各類獎金如下：

短篇（五千至三萬字）　　頭獎三千元　　二獎二千元　　三獎一千元

中篇（三萬至十萬字）　　　六千元　　　　五千元　　　　四千元

長篇（十萬字以上）　　　一萬元　　　　八千元　　　　七千元

　　文獎會在1956年底停辦之時，張道藩在《文藝創作》的停刊說
明裏，曾總結該刊五年八個月以來，六十八期雜誌刊載的總成績：
總共刊登論文三百三十三篇，短篇小說一百五十八篇，中篇小說二
十部，長篇小說八部，四類合計字數近七百萬字；加上還刊登各種
劇本、歌詞、詩選等，總字數「約在一千萬字左右之譜」。文獎會
給的獎金分兩層，稿件一經審查合格，即給予稿費採用，最佳者再
給予獎金。近七年間，舉辦過徵獎十八次，共七十三項。

　　比較這兩份雜誌的文學生產，雖有相似的意識形態徵稿標準，
但因爲官營與民營間的資本實力（投下的資金）不同，生產的「產
量」也就有很大差異。根據上面的數量統計已經非常清楚。但是，
有沒有可能再比較一下兩份雜誌生產的「質」高下如何呢。

　　王德威在他的論文中，討論到反共文學代表作不同的情節情境
安排時，連續列舉了十位小說作家及作品，從陳紀瀅、姜貴、張愛
玲、司馬中原、尼洛，到彭歌、王藍、潘人木、朱西寧、端木方。
我們假設這些比較上是經得起時間考驗的優秀作家作品。然後回頭
看他們是哪家「原廠」出品。

潘人木和端木方（好巧，都是木）兩人是文獎會的得獎作家，所寫作品也都由該會出版、也都因得了該獎而嶄露頭角，成名。

而論文中舉出的陳紀瀅（〈荻村傳〉）、彭歌（〈落月〉）及朱西寧（《大火炬的愛》），這些作家作品卻是在《自由中國》最早刊出。論人數，十名中佔有三名，明顯的，民營的這家還比文獎會的作家高出了百分之十。

五、結語：文化場域不同的遊戲規則

只有把台灣整個文壇及讀書市場，看成一個大的文化生產領域，兩家雜誌如此比較，及比較的結果才能顯示其意義。上述的例證顯示：文化市場本身，或說文化生產這個領域，與其他領域，如經濟領域、政治領域不同，例如說經濟領域自身的種種投資規則，不一定能拿來用在文化領域上，政治領域亦同。就文化生產來看，反共文學作為一種文化產品，也許它的質與量不成比例。例如在面臨文學史家嚴格要求「具備永久的文學價值」時，在「質」的一面，收獲量也許不大，這也說明了葉石濤、彭瑞金等何以在他們的文學史書中斷定反共文學「終於在文學史上交了白卷」（史綱頁88）；反共文學「文學的收成還是等於零」。（註⑨）

五〇年代由於國家機器的強力運作，我們從上述的具體資料，包括文藝雜誌、文藝獎金、文藝協會，也看到了反共文學如何在這樣的社會機制下大量產生，因而主導了一個時代的話語情境。我們同時也找到了它為什麼在質與量上不成比例的答案──事實上國家機器在文化生產領域的種種運作，本來不是在作「文化投資」而是作政治投資。就像法國有名的文化評論家P. Bourdieu說的，不同的場域，如政治領域、經濟領域、文化領域，本身各以不同的「遊戲規則」在各自運作。（註⑩）政治投資的目的本來就是要收獲「政治」而不是「文化」──也只有從文化領域與文化投資的概念，我

們才能正確評估五十年代反共文學的功與過。

附註：

①收入《四十年來中國文學》，張寶琴等編，1994年台北聯合文學出版

②收入《第一屆台灣本土文化學術論文集》，師大人文教育中心，1995年4月
　出版

③《民國43年版中華民國雜誌年鑒》

④《文協十年》，1960年中國文藝協會出版

⑤《中國文藝年鑒》1966年平原出版社

⑥《筆耕的人》1987年九歌出版社

⑦《台灣文學史綱》文學界雜誌社，1987年

⑧Anderson, Benedict, Imagined Communities. New York; Verso. 1992

⑨彭瑞金《台灣新文學運動40年》，自立晚報出版部1991年出版。

⑩Bourdreu, Pierre. The Field of Cultural Production, 1991.

特約討論

◉隱地

一九五〇到一九六〇，也就是民國三十九到四十九年，就我自己的年齡來說，那時是十四歲到二十四歲，正是我文藝青少年時期，要我來回憶那個年代的「文壇往事」勉強可以，要我來談論那個年代的「文藝雜誌」以及其他種種就顯得吃力了。

應鳳凰和鍾麗慧十年前對台灣的文學史料投下許多心力，編書目、做資料，曾經是文壇雙俠；特別是應鳳凰，最初在中央銀行上班，由於對文學醉心，對文學史料的鍾情，辭掉被一般人認為的金飯碗，到報社做編輯，甚至重回學校唸書，拿到文學碩士，還不罷休，現在仍然在美國德州大學奧士汀分校繼續深造，攻讀博士學位。這些年來，不管她人在何處，最最不能使她忘懷的仍然是文學和文學史料，應鳳凰是一位百分之百的書癡，任何時候，你只要和她談書、談文藝雜誌、作家或文壇現況，她永遠有講不完的話題。

透過「五十年代台灣文藝雜誌與文化資本」，我們對五十年代「文風鼎盛」的現象有了鮮明的回憶。從一九四九年的全部只有四十種雜誌，到一九五九年的六百六十六種，約十年當中，雜誌以每年十五倍的速度成長，而文學雜誌，在五十年代，竟然同時存在著將近三十種，想想看，今天我們幾乎有四千五百種雜誌，而真正屬於文學、文藝和文學史料有關的，只有「聯合文學」、「中外文學」、「文訊雜誌」、「幼獅文藝」、「明道文藝」、「台灣文

藝」、「文學台灣」等極少數的幾家，而早在四十年前，我們就曾經擁有三十種文學和文藝雜誌，兩相比較起來，若非有確切的統計數字，真的無法使人相信。

再來看雜誌的印數和銷量。譬如創刊在四十六年前的「野風雜誌」，它在創刊半年之後，發行量就突破五千冊，今天的文學雜誌，也許「聯合文學」印量稍微多一點，其他如「中外文學」等能按期按時出版已經不易，想佔有一定的市場量，還是一個字：難啊！一本雜誌是否好銷，只要到書店和書攤前一站，答案立刻揭曉，凡是容易買到的，一定是銷量大的雜誌，而需要滿街尋找，問得滿頭冒汗仍然買不到，印量多少，不問可知。

文學雜誌的流通，和文學是否受人歡迎且引人注目，有著密切關連。五十年代，物質匱乏，生活單調，讀書是生活裏唯一比較有趣的活動，五十年代的雜誌和書籍，除了知識的傳布，同時也扮演著娛樂的角色。到了今天，已經是一個完全不同於以往的世界，交通的便利和資訊的發達，使我們有目不暇給的遊樂活動，現代人，再也不是有時間不知如何打發，而是恨不得一天能有四十八小時，電視節目三台之外，第四台有七、八十個頻道，操控在我們手裏，單單電影頻道，一天幾乎有十部中外影片正同時播放著，對像我這樣年紀的人來說，做夢也想不到可以坐在家裏收看奇士勞斯基這樣的世界級導演所導的「藍、白、紅」三色系列佳片……多元化的社會，使得我們每個人的休閒生活有各種選擇，現在是報紙看不完、雜誌讀不完、廣播和CD聽不完的時代，原先廣大的文學讀者，被波濤洶湧的政治書籍分走了，被目迷五色的情色書籍分走了，被八卦風水算命星座斗數說鬼的命理書籍分走了，也被投資理財的財經書籍分走了，商業化以及娛樂走向，使得文學已經變成小眾，甚至成為弱勢團體。

在應鳳凰的論文裏，我們也讀到許許多多前輩作家的名字，像

梁實秋、謝冰瑩、李辰冬、姜貴、陳紀瀅、穆中南、王文漪、鍾理
和、劉心皇、夏濟安、司馬桑敦、吳魯芹、林海音、思果、馮放
民、孟瑤、端木方、艾雯、鍾肇政、葉石濤、王鼎鈞、師範、童
眞……然而經過了四、五十年，如今要在書店裏繼續找這些作家的
作品，除了少數幾位，許多前輩作家的名字，我們年輕的讀者都不
知道了，更不要說，還記得他們所寫作品的書名，就「文化資本」
來說，是一大損失。文學應該是連續的，文學經典作品，也應該是
一代流傳一代的，然而我們書店裏陳列出來的書種，都是當紅作家
的作品，缺少前輩作家的經典名作，譬如姜貴的「旋風」、「重
陽」；陳紀瀅的「荻村傳」，鍾理和的「笠山農場」，夏濟安的
「夏濟安日記」，司馬桑敦的「野馬傳」等等等等好書都失傳了，
連我們的許多圖書館，也未系列性的收藏。西洋和日本，在書店
裏，我們都看得見他們作家的全集，而我們的作家，幾乎一位一位
都逃不過「人亡書失」的命運，讓我們覺得，我們的所謂文壇，只
有「左右」，沒有「前後」，今天當紅的作家不尊重上一代作家留
下的作品，同樣，明日新起的一代，也會不尊重這一代作家的作
品，一代否定一代，一代顚覆一代，這樣沒有歷史的文壇，是敎人
十分傷心的。

　　作家王鼎鈞在一篇「與生命對話」的文章裏說：「生命的特徵
只有遺留或遺失！」對文學作品和文學史料，道理不也一樣嗎？尊
重前人的作品，文學就會遺留，不尊重前人留下的作品，文學也
好，文學史料也好，最後只好遺失，遺留或遺失，端看我們這些後
代子孫對文化遺產尊重與否的心態而定！

　　文學是一種心靈的充實，我個人深信，一個社會在物資充裕，
敎育普及，度過不安和不確定的時期之後，還是會回歸藝術和文
化，所以，一個理想的人文社會應當是可以期待的。

　　往後，要緊的是敎育的改革能否知恥知病。敎育如能提昇我們

全體國民的氣質，如果每一個中國人都能朝理性和篤實的路上走，我們的未來，應當還會有一個美夢實現，那就是，滿街都有典雅的書店，書店裏多的是文藝雜誌和文學書籍。我們期待有這樣美好的一天！（**書面稿**）

台灣書評雜誌的發展

——從《書評書目》談起

◉沈謙

　　從宏觀的角度談台灣書評刊物的發展，首先要觸及三項課題。

　　第一，二十世紀後半世紀台灣文壇主流方向的發展演變，大概可以分作四個階段（註①）：

　　㈠五〇年代——大陸文化的回顧。

　　㈡六〇年代——海洋文化的嚮往。

　　㈢七〇年代——本土文化的熱潮。

　　㈣八〇年代九〇年代——多元文化的激盪。

　　第二，近半個世紀文學性期刊的風起雲湧。最令人懷念的首推民國四十五年創辦，夏濟安主編的《文學雜誌》。民國四十九年，《文學雜誌》停刊，同年白先勇、王文興等創辦了《現代文學》。六〇年代中期，尉天驄主編的《文學季刊》、林海音主編的《純文學》月刊相繼問世，使得台灣文壇呈現了一片朝氣，足以與二〇年代鄭振鐸主編的《小說月報》爭相輝映。到七〇年代這些刊物都先後「休刊」。朱橋、瘂弦主編的《幼獅文藝》異軍突起，朱立民、顏元叔、胡耀恆等在台大外文系創辦了《中外文學》月刊，令人矚目。八〇年代以後在文壇上繼續活躍的雖有《聯合文學》《幼獅文藝》《明道文藝》等，但似乎總令人感覺盛況不復。

　　第三，台灣文壇上專業的書評雜誌，則四十多年來，只有三

家，一是隱地、陳秋坤、王鴻仁、陳恆嘉等主編的《書評書目》，
二是周浩正主編的《新書月刊》，三是李瑞騰、封德屏主編的《文
訊》。嚴格說來，《新書月刊》是尚未成長的夭折兒，《文訊》只能
算半個，而且自民國七十二年以來，雖然在「文」學「訊」息與「
書評」方面獨領風騷，但屢次風聞叫停，存活率堪虞。令人感覺既
愛又怕，不知道什麼時候會在文訊上看到休刊的訊息。以下專論《
書評書目》的幾項特色。

一、風雲際會應運而生

　　從民國六十一年九月創刊，到民國七十年九月停刊，《書評書
目》的生命，整整九年，共一百期。比起《文學雜誌》的四年四十
八期，《現代文學》的二十年七十三期，《文學季刊》的五年十二
期等純文學雜誌，壽命並不算低。而書評書目之誕生背景，其來有
自。就整個台灣的文化背景而言，七〇年代正是經濟起飛的階段，
而且文壇上，從《文學雜誌》、《純文學》中正和平不偏不倚的樸
實風格，到《現代文學》的大力提倡現代主義，乃至於《文學季
刊》的熱心關顧本土文化。《書評書目》的問世，適逢六〇年代
「海洋文化的嚮往」與七〇年代「本土文化的熱潮」相互激盪時
期，也正是台灣教育普及，知識爆炸，出版業蓬勃而青年又對文學
風迷的時候。

　　就實際的催生者而言，當然是洪建全教育文化基金會的簡靜惠
女士與文壇老編隱地先生的結合，有錢出錢，有力出力。當那交會
時互放的光亮，照亮了文壇與文化界。隱地曾經表示，《書評書
目》是扭轉他一生的關鍵。事實上，他當時正是三十五歲的壯年，
先後編過《警備通訊》、《青溪雜誌》、《新文藝》等，並且曾經
籌創「年度小說選」，又曾協編林海音女士的《純文學》月刊。
《書評書目》的創辦，正是經驗、智慧、眼光成熟而又活力最充沛

的時候，也正是最能有所著力之良緣。隱地的人脈廣，人緣奇佳，自民國六十一年九月的創刊號，至民國六十六年五月的第四十九期。五年的期間，不但主編的整個生命力投注，而且動員面廣遠。＜告別書評書目＞：「曾經協助或實際參與編務的工作人員先後有楊添源（一至七期）、陳芳明（八至十四期）、覃雲生（十五至十九期，四十四至十四期）、張伯權（二十至四十三期）、周浩正（廿一至卅八期）、王鴻仁（卅九至四十九期），還有未掛名、支薪，完全無條件經常幫助編務的景翔、沈謙、鄭明娳等。」

隱地在＜告別書評書目＞中自稱（註②）：「我把生命中最好的青春年華獻給《書評書目》，而《書評書目》也讓我實現了自己的理想。令人聯想起兩段話。一段是朱炎教授民國六十七年在中央研究院美國文化研究所所說：

「一個人必須在三十五歲至四十五歲之間充分發揮所長，錯過機緣，再也難以有所作為了！」

一段是筆者民國六十年＜懷念文學雜誌＞（註③）：

「在台灣被稱為『文化沙漠』的時期，《文學雜誌》是沙漠中的青溪，灌溉著許多生意盎然的綠洲，而主編夏濟安先生可謂這條青溪的『河神』。」

隱地辭去《書評書目》主編，專心發展「爾雅」出版社，與林海音女士停辦《純文學》，專心發展「純文學」出版社，同樣令人遺憾，但就他們本身而言，理當無憾。

執掌《書評書目》第五〇期至一百期編務的，先後是陳秋坤（五〇至五六期）、王鴻仁（五七至六四期）、陳恆嘉（六五至一百期），還有經常幫忙的李利國。創業維艱，守成不易。他們也都貢獻心血，投注生命力，有所發揮。編得最久的是陳恆嘉。作為《書評書目》的末代主編，陳恆嘉曾經在＜再來一百期書評書目＞（註④）文中表示「始終懷著一份傷痛與愧疚」。其實，愧疚大可不

必，傷痛卻是所有愛書人的共同傷痛，並非陳恆嘉一個人的專利。

《書評書目》應運出世，立即受到廣泛的矚目。創刊號的內容，就奠定了一百期的基本風格：

首先是鏗鏘有力的發刊詞。

論述有兩篇：關於書評（思兼）、談黑澤明和他的電影（林柏燕）。

評介有五篇：評顏元叔《文學的玄思》（高全之）、讀奧斯朋的《應用想像力》（黃崇民）、評劉靜娟《響自小徑那頭》（梅遜）、簡介《金剛經》（臺闐提）、簡介《六法全書》（楊少麟）。

讀書隨筆三篇：讀子于的《艷陽》（尉天驄）、我讀《父母怎樣跟孩子說話》（劉靜娟）、碧竹談書（碧竹）。

短評：報紙來帶頭（添源）。

出版界專訪：三民書店、晨鐘出版社（程榕寧）、大江出版社（史亮）。

另有水牆的「兩月新書」與「書目」。

這七項內容，後來陸續有相當的增添與調整，但僅就此而言，已經相當可觀了。

二、書評體現社會脈動

《書評書目》，無疑以書評為主，＜發刊詞＞開宗明義指出：

「我們將以三分之二的篇幅刊載書評，其餘的刊登書目。書評部份，論述、評介、讀書隨筆，都是我們想努力開墾的，一方面我們將提倡知性的評介，同時也不忽略感性的讀後感，我們相信一鱗半爪的吉光片羽，其價值固不若認真的嚴肅批評，然而亦有其親切、可愛處。……任何人──只要喜歡書，我們都歡迎你寫下對書的印象和感覺，使別人也來分享你愉快的心得。」

「我們希望所有愛書的人都是我們的伙伴，這本雜誌是屬於愛書人的！」發刊詞發出迷人的訊息，令讀者雀躍不已。衡諸《書評書目》的內容，最多的篇幅，最大的貢獻，仍然是書評，最值得稱道的有兩點：

第一、書評量大質精，空前絕後

一百期的《書評書目》刊載了將近一千篇的書評書介，量大質精，在中華民國出版史上，不但堪稱空前，恐怕也將絕後。而且書評的類型方式繁多，從描述型的書評，摘要型的書評、源考型的書評、比較型的書評、感發型的書評，乃至於讀書心得、雜感，無所不有。另外還有許多藏書、讀書、寫書的可愛文章，有情有趣，其味雋永。例如王鼎鈞的＜寫書、藏書、讀書＞，亮軒＜一個讀書的故事＞、子敏的＜大街小巷都走走＞，羅蘭的＜我的讀與寫＞、琦君的＜三更有夢書當枕＞……，迄今仍耐人咀嚼。

第二、書評籠罩廣遠，無所不包

《書評書目》所評介的書籍，籠罩廣遠，無所不包。大概有十三類，㈠總論：序跋、發刊辭、譯評，㈡哲學，㈢宗教，㈣自然科學，㈤應用科學，㈥社會科學，㈦史地，㈧語文：報導文學、散文、小說、詩、傳記、混合、戲劇。㈨藝術：音樂、影劇、美術、攝影，㈩兒童文學，(十一)圖書目錄學，(十二)法學，(十三)文評。從「六法全書」、「歐美科學新書簡介」到「大學論文研究報告寫作指導」，從「中國民謠選集」、「電影雜誌中國電影專號」到「黏土塑造與陶藝教學」，乃至於「楊柳青版畫」、「中國美術史」，眞是琳瑯滿目，不勝枚舉。

以歷史與傳記爲例，如楚戈編的《中華歷史文物》、余英時著的《歷史與思想》、周策縱的《五四運動史》、張身華譯的《世界文明史》、張玉法著的《中國現代史》、李長之的《司馬遷之人格與風格》、林語堂《蘇東坡傳》、唐德剛《胡適雜憶》、趙聰《新

文學作家列傳》、陳慧劍的《弘一大師傳》、蔡仁堅《古代中國的科學家》、史耀古譯《成吉斯汗傳》、譚繼山譯《宮本武藏》、陳默譯《李小龍傳奇》、隱地編《琦君的一生》等,《書評書目》都有專文評介。

至於西洋的人物傳記介紹,政治人物的傳記有《希特勒傳》、《老羅斯福傳》、《麥克阿瑟新傳》、《季辛吉傳》等。文學藝術家傳記有《梵谷傳》、《沙特自傳》、《鄧肯自傳》、《杜斯妥也夫斯基懷憶錄》、《貝克特傳》、《高更傳》、《蘇菲亞羅蘭傳》等。

我一向主張,閱讀的對象有二:一則是古今中外經典性的名著,一則是此時此地最新的佳著。即使是從事文學工作的人,也應該兼涉獵其他不同領域的新知,《書評書目》的書評書介,量大質精,籍罩廣遠,恰能滿足讀者多方面的需求。尤其是新書的介紹,頗能體現社會脈動,確屬難能可貴。

三、文評掌握文壇主流

《書評書目》的書評書介,乃至於深入的專論,仍然以文學居最大宗,展現的成果最豐碩。<發刊詞>堂而皇之揭明:

「名為書評雜誌,絕對少不了的是客觀、公正的批評稿件,我們歡迎透過判斷、分析、比較、欣賞而後寫出的評論稿,希望它能幫助讀者逐漸提高文藝鑑賞力。」

《書評書目》的文評,大概可以分為三方面:

㈠文學批評與書評的理論

批評理論的建樹,是《書評書目》的當行本色,這方面有分量的論述,最值得稱道。文學批評如:吳詠九——泛論批評與批評家、姚一葦——批評的主觀性與客觀性、談文學上「懂」的問題、文學欣賞的三個層面。吳魯芹譯——新批評、高大鵬——建立批評

的批評、蔡源煌——談文學論評的寫作、張健——中國文學批評的方法論、陳香——談金聖歎式的批評、沈謙——文心雕龍論批評方法、黃維樑——偏激失當的批評。書評理論如：思兼——關於書評、歸人——書評與書評家、王壽來譯——談書評、張玉法——關於書評寫作的一些問題、陳三井——漫談書評與學術風氣等，其中不乏擲地有聲的傑作，迄今仍值得細讀。

㈡文學理論與文學史的書評

七〇年代台灣出版文學理論批評與文學史的著作，斐然可觀。《書評書目》對此類書籍的評介，不遺餘力，如：陳芳明——評葉維廉《秩序的成長》、李家祺——評介徐進夫譯《書評要門》、洪國雄——讀王夢鷗《文學概論》、王熙元——黃慶萱著《修辭學》評介、鄭明娳——評介王鼎鈞《講理》、評孟瑤《中國小說史》、思兼——讀顏元叔譯《西洋文學批評史》、評介林以亮編《美國文學批評選》、讀香港中大《英美學人論中國古典文學》、評施友忠《英譯文心雕龍》、應鳳凰——簡介三本中國文學批評史：《中國文學批評》、《中國文學批評史》、《中國文學批評史大綱》、黃維樑——評沈謙《期待批評時代的來臨》。李歐梵——評中國現代文學研究叢刊的二十本書、笑傲樓主——我和看倪匡《我看金庸小說》等，除了少數舊書新評之外，多係當時受人矚目的新書。

其中有兩本具相當價值的新文學史，更是一評再評，即司馬長風的《中國新文學史》，先後有趙聰（四十期）、黃里仁（六十期）的書評，陳少廷的《台灣新文學運動簡史》，先後有葉石濤、鍾肇政的介紹。

㈢當代文學的批評

文學批評既須賦古典以新貌，又須關顧當代文壇。《書評書目》兩者兼而有之，就後者而言，堪稱掌握了文壇的主流。除了詩、散文、小說、戲劇等作品的書評之外，綜論或專精的批評，也

頗多令人精神振奮的論文，如：龍寶麒——中國現代文學的幾個問
題、何欣一論黃春明小說中的人物、陳森譯一論姜貴小說的主題、
林清玄一黃春明‧小說‧黃春明、羅青——俳諧論、紀弦、黃森峰
——《碾玉觀音》主題和技巧的分析、蕭蕭——洪醒夫小說裏的一
個象徵結構、黃武忠——小說家的社會關懷：兼談子于＜迷惑＞與
楊青矗＜工廠女兒圈＞之比較、張良澤——鍾理和作品概述、林柏
燕——回顧《荻村傳》的農村背景。

　　至於當時文壇上的新潮流——報導文學，《書評書目》刊出相
關的文章十餘篇，光是六十三期就有：王谷、林進坤——報導文學
的昨日今日明日、黃年——報導文學的兩個層面、翁台生一報導文
學的基礎與體認。還有引起廣泛討論的王文興實驗文體的小說《家
變》，第六期則有專輯評論，一口氣刊出了許多篇文章：景翔——
家變與文變、李寬宏——試論《家變》、隱地——《家變》與《龍
天樓》、石公——變則通乎？楊惠南——《家變》及其他、關雲—
—漫談《家變》中的遣詞造句、王鼎鈞——《家變》之變等，洋洋
大觀，頗有看頭。

　　記得當年膾炙人口的幾件大事，如歐陽子在《書評書目》一口
氣發表了十篇對白先勇小說的深入評論：〈永遠的尹雪艷〉之語言
與語詞，〈一把青〉裏對比技巧的運用、〈金大班的最後一夜〉之
喜劇成份、〈花橋榮記〉的寫實架構與主題意識等，篇篇鑑鏘，而
且精采得不一樣。胡有瑞一系列的「現代學人專訪」：王雲五、梁
實秋、吳大猷：沈宗翰、林語堂、李方桂、鹿橋、趙麗蓮、薩孟
武、魏火曜、毛子水、池寧靜等，迄今風流未沫，張拓蕪《代馬輸
卒手記》的大兵文學崛起，《書評書目》三十六期同時刊出三篇評
論：震撼文壇的作品（司馬中原）、不問生生死死來時路（羚
野）、大兵文學代表作（鄧文來），在文壇上頗爲衆人津津樂道。

　　此外，《書評書目》大量刊載新書的序跋，還有各種發刊詞，

如「年度小說選」的後記、編選緒言、《文學評論》的發刊詞、「草根」詩社的宣言等。這些文章在其他報刊並不容易集中展現，《書評書目》著意於此，也替讀者搭築了通往當代文壇之橋。

四、書目提供治學津梁

《書評書目》的第四項特色是書目，顧名思義，當然少不了這一環。〈發刊詞〉聲言：

「書目部分，我們將分三個單元進行，出版社和書店為第一單元，以作家的次序排列為第二單元，圖書分類為第三單元。」

創刊號即推出水牆的「兩月新書」，還有三民、晨鐘、大江三家的書目。此後迭有調整與增添。當時彭歌也在〈書目重於書評〉文中提出兩點建議（註⑤）。

第一，書目一定要按世界圖書館界的標準分類，文學歸文學，歷史館歷史，不能眉毛鬍子一把抓。

第二，書目一定要力求其全。甚至於「不按正常法律手續出版的書籍」，也必須收容。人間有些「父不詳」的私生子，但你不能因此否定其存在而不發身分證給他。

《書評書目》在書目方面的貢獻主要有兩點：

(一)新書目錄與書評索引

《書評書目》前八期是雙月刊，每期有「兩月新書」，由水牆、黃士旂執筆。從第九期開始改成月刊，即推出「每月新書」，由黃淑惠、衛書、書坊、多皇、巫文等執筆。自五十二期，又改進為「每月新書分類目錄」，由金帛、應鳳凰、吳興文等執筆。另外自第二期──九九期推出「批評索引」、「書評索引」。這是當時讀書人的一大福音，按圖索驥，十分方便。

(二)分類的專題書目

王鳴盛《十七史商榷》嘗言：「凡百學問，必自目錄入手，必

從此問途，方能得其津逮。」《書評書目》從第七期起陸續推出許
多分類的專題書目，最引人矚目。從趙天儀的「哲學導論圖書目
錄」、梅奇仁的「食譜書目」、羅青的「現代詩入門詩集及重要詩
篇」、鄭明娳的「近二十年短篇小說別集總目」、黃武忠的「關於
小說技巧的十四種書」，乃至於鄭繼宗的「二十世紀中國作家傳記
資料書目初稿」等，種類繁多，雖然不見得十分周全，但卻令讀書
十分受用，以下且舉「語文」與「兒童文學」爲例。

　　語文方面的專題書目有六種：1.國文系學生必讀書籍舉要（王
更生），2.我國神話研究書目提要（古添洪），3.中國文學史書目新
編（青霜），4.比較文學中文書目（鄭樹森），5.比較文學書目選註
（李達三），6.修辭學的十三種書（沈謙）。

　　兒童文學方面的專題書目也有六種：1.《兒童文學》周刊總目
錄，2.我國兒童讀物發展概況——附研究兒童文學參考書目（馬景
賢），3.兒童期刊目錄（梅奇仁），4.兒童期刊目錄更正及補遺（林
武憲），5.有關兒童詩集書目（謝武彰），6.兒童讀物選目（馬
路）。

　　如此分類專題書目，即使有部分時過境遷，仍不乏參考價值。
當然，專題書目給人印象深刻的還有許多，如應鳳凰曾編撰八個世
界文豪的中文書目，杜斯陀也夫斯基、史坦貝克、赫塞、海明威、
托爾斯泰、川端康成、狄更斯、馬克吐溫等，如果讀者對其中的任
何一家有興趣，自然想要去按圖索驥了。還有彭歌的〈談談自己的
書——回顧與自省〉、丁邦新的〈屈萬里先生學術論著簡目〉、黃
文範譯〈美國十年來的暢銷書〉，也都讓讀者難忘。

　　當然，《書評書目》也沒有忘記自己，第十期有「書評書目一
至一○期總目錄」，廿一期有「書評書目十一至二十期總目錄」，
五十三期有「書評書目二十九至五十二期總目錄」，一百期有「書
評書目五十三至九十九期分類總目錄」。從總目錄到「分類總目

錄」，可見《書評書目》是不斷地在進步。同時，更可喜的是在《書評書目》停刊五年之後，王谷主持的書評書目出版社出版了徐月娟等編輯的《書評書目分類總目作者索引》一書，眞是緣盡情未了。老實說，像「純文學」、「書評書目」，賠錢的好雜誌休刊，不賠錢的出版社繼續維持，作風並不可取。但一份雜誌在休刊五年之後仍能出版這樣一本分類總目作者索引，作爲臨去的秋波，也算得上是光榮的結束了。

《書評書目》十年一百期，貢獻良多，有目共睹，以上所論，不過就是犖犖大者概略而言罷了。《書評書目》的停刊，固然令人遺憾，留人去思，然而在遺憾之中也有令人欣喜之處。從宏觀的角度論台灣書評刊物的發展，有三點值得檢討。

第一、書評書介蔚爲風氣

《書評書目》休刊十五年，留下一百期的雜誌以及無恨的懷念。遺憾之中不太十分遺憾的，是《書評書目》對文化界與文壇的影響廣遠，精神與我們同在。陳恆嘉〈再來一百期書評書目〉文中說得好：

「細心的人應該可以發現，《書評書目》所努力的目標，已經蔚爲風氣，漸具雛形，比如今日廣被引爲書籍廣告的暢銷書排行，就是《書評書目》一度想做的，後來因爲缺乏像『金石堂』這樣經由電腦管理的，有客觀數據爲依據的書店，便只好做成『書市行情』這種型態的籠統『排行』；又如造成旋風的龍應台批評，也是當年《書評書目》努力過的……當年爲了建立批評的態度，首先開了『每月小說選評』……本來預備逐頭開展，再開每月散文、每月新詩選評，最後達成每月新書選評的……」。

衡目前文壇的實況，聯合報有「讀書人」，中國時報有「開卷」，中央日報有「讀書‧出版」，《文訊》有「書的世界」，《聯合文學》有「新說書」……。九歌、爾雅、洪範等文學出版社

也各有自己的書訊，難免多少受到《書評書目》的啓發。我記得
《書評書目》曾登過一篇文章〈何不再來一個《聯合文藝》和《時
報文學》〉？

《書評書目》雖已進入歷史，但其精神早已經滲透進當前文化
界和文壇的血脈中，甚至可以說，書評書目的精神不朽！

第二、書評書目無可取代

二次世界大戰名將麥克阿瑟嘗言：「老兵不死，只是逐漸凋零
！」《書評書目》雖然精神不死，影響廣遠。但浪漫與激情之餘，
冷靜地思考，《書評書目》的地位仍然是無可取代的！

《書評書目》的批評論文，其學術性深度也許不如《文學評
論》與《中外文學》，《書評書目》的專題書目，也許有《書目季
刊》和其他專業性的刊物取代。每月新書，則中國時報、聯合報、
兒童文學學會等都有各種好書推薦之舉。然而，當我們翻開目前的
報章雜誌時，總覺得有所欠缺。有一回跟隱地兄談論及此，隱地感
慨地說：「現在的書評，都是短短的，一千字，甚至五百字，讀起
來不過癮！」的確，少了《書評書目》，不但很難看到有分量的書
評，更令人遺憾的，適合一般知識分子的專題書目也不容易見到
了！還有，許多深入淺出，其味雋永的談書的隨筆雜感，似乎也與
《書評書目》同時失踪！

第三、期待書評書目復活

《書評書目》是中國歷史上第一本專門的而又通俗的書評雜
誌。想起美國從一九〇五年創刊的《書評摘要》月刊（Book Re-
view Digest），還有一八七二年創辦的《出版人週刊》（Publi-
shers' Weekly），前者每年介紹美國本土出版的書籍四五千種，
後者以書目爲主體，全美四五萬家圖書館必訂，作學問的人必翻
閱。《書評書目》這樣的雜誌，在我們自詡的文化大國才「存活」
十年，似乎太說不過去了。因此，效法孔子知其不可而爲之的精

神，要期待《書評書目》復活！其實，這話已經有人更有資格也更早說過了。那就是陳恆嘉：「唔！對了！再來一百期新的《書評書目》雜誌如何？」

《書評書目》休刊後，最能夠與其薪火相傳的是《文訊》，自民國七十二年七月迄今，已經辦了一百二十三期，迭經遞嬗發展，不但廣受矚目，的確內容頗有可觀。然而，文訊倒底是文訊，跟書評書目味道有相當差異。而且在這「不確定」的時代裏，許多朋友內心深處難免會產生一種聲音：「一二三，文訊喊停！」真是令人憂心忡忡，千萬別惡夢成真！

民國六十六年，我曾在聯合報副刊發表一篇〈期待文學雜誌的復刊〉（註⑥），我知道這種期待難免會落空，但仍有所希冀美夢成真，即使美夢不能成真，惡夢也不容許出現。我曾在一百期的《書評書評》發表十餘篇文章，創刊號在發刊詞之後的第一篇文章就是〈關於書評〉，堪稱一生的榮幸。《書評書目》的創辦人簡靜惠女士是我唸建中時的歷史老師，老編柯青華先生是汲引我初進文壇的知音，《書評書目》創辦期間，我是快樂的「義工」。《書評書目》發行的十年，正當我人生少壯時期的二十五歲至三十五歲，這一段美好的黃金年華，縱然時光荏苒，歲月不再，將永遠烙印！

附註：

①四個時期的分法，前三期詳見《聯副三十年文學大專‧總序》民國七十年十二月，聯合報社。

②隱地〈告別書評書目〉，見《書評書目》四十九期，民國六十六年五月。

③沈謙〈懷念文學雜誌〉原載隱地主編《青溪》四十六期，民國六〇年四月，後收入《書評與文評》，民國六十四年五月，書評書目出版社。

④陳恆嘉〈再來一百期書評書目〉，見《書評書目分類總目作者索引》，民國七十五年十月，書評書目出版社。

⑤彭歌〈書目重於書評〉，民國六十一年十一月十七日聯合副刊。

⑥思兼〈期待《文學新誌》的復刊〉，民國六十六年四月十一日聯合副刊。

特約討論

⊙陳恆嘉

關於沈教授的論文，有兩點補充：

一是替「洪建全」先生的名字作一更正。是建築的建，而不是健康的健。二是，論文中有提到多位先生均曾在《書評書目》工作，我倒覺得這裏面應再提到李利國先生以及王谷先生。事實上，《書評書目》後來有些作者編目、索引，就是由王谷先生和顏國民先生做出來的。

另外，在提到有關各種書評雜誌時，認爲《文訊》算是半個《書評書目》；如果這樣的說法成立的話，我倒認爲《新書月刊》也該算進來。

《書評書目》一百期結束後，執行長簡靜惠認爲十年一百期算是圓滿句點，就此畫上休止符是可行的。事實上這中間有很多波折，也曾想過是否有哪個單位來接辦？當時文工會也有意思來接，後來就辦了《文訊》這樣的刊物。剛剛沈教授提到《書評書目》在理論、批評各方面的深度也許不夠，但卻可以視爲是一個通俗批評，可以提倡讀書風氣，做爲一般讀者的讀書指引，這樣一種通俗批評的雜誌，到目前爲止是無可取代的。

今天我們在此辦研討會，第一是期望經過這樣的討論，會有新的單位、新的雜誌來辦這樣性質的刊物。第二是，如果辦的話，如何避免重蹈覆轍？（**蔡芳玲記錄整理**）

試論文學雜誌的專題設計

⊙封德屏

一、前言

　　將近二十年來，國內的文學雜誌往往將該期雜誌的重要篇章或專題名稱，用較大的字體或鮮艷的顏色，放在封面明顯的位置。早期文學雜誌封面素雅，不流行放標題文字，但打開目錄頁，在欄目中佔明顯位置的也是專題設計，由此可見專題設計在一個雜誌中所佔的地位。

㈠何謂專題

　　何謂「專題」？一個雜誌針對一個重要的問題、現象、或人物，經過長期觀察、思考，周密企畫後編輯而成的內容，可稱之爲「專題」。但也有用「專輯」、「特輯」、「特別企畫」、「專號」等不同的名稱。前三者與「專題」大同小異，皆是指該期雜誌的一個重點設計，同時還有別的專欄或單篇文章；「專號」則是全本雜誌皆環繞在一個主題做多面向的探討。不過坊間的雜誌並不嚴守如此的分際。

㈡專題對文學雜誌具有什麼意義

　　爲什麼要有專題？專題對一個文學雜誌來說，具有什麼樣的意義？我們可以分爲以下兩點：

(1)編輯實力的展現

　　早期文學雜誌的專題設計，多是慶祝節日、應四時景物、或經

驗式回顧的創作展。例如《文藝創作》第九期〈新年專號〉（民
41・1）、《幼獅文藝》的「青年節專輯」（民69・3）。再來就是
某種文類的作品展，例如《野風》文藝月刊第一六六期的「小說專
號」（民51・9）。這一類專題的大小，差別只在作者、作品的多
寡，比較不去顧慮內容的充實與多樣性，充分顯示編輯人的文壇人
脈。

　　六○年代創刊的《中外文學》與《現代文學》，其所設計的專
題開始在創作及少量的評論外，兼具資料的蒐輯與現況的報導。近
十年文學雜誌的專題，時見大規模製作。媒體編輯實力總體的展
現，至此更趨明顯。

(2)雜誌精神及風格的展現

　　一個雜誌專題構想的產生，必須配合雜誌的創辦宗旨。不同的
雜誌在專題設計上有不同的思考傾向。一個雜誌的基本性格、基本
精神，從專題的整體觀察絕對可以看得出來。例如《現代文學》以
專題的形式提供了一系列西方現代主義作家及其作品。《台灣文
藝》以一系列本土作家作品研究具體表現其精神及風格，皆是很好
的例子。

㈢文學雜誌專題考察的重要性

　　五十年來，各種文藝雜誌、報紙副刊以及出版社的文學類圖
書，對於台灣現代文學的發展，貢獻良多。但相對於報紙副刊的不
易保存及篇幅限制，文學類圖書的不定期出版及主題單一，文學雜
誌的定期出版及豐富多姿，對台灣現代文學的創作、研究及史料保
存，居功厥偉。因此，對文學雜誌進行專題考察，不只可以看出編
輯理念及實力，亦可做為建構台灣文學史的參考，自有其必要性。

　　本文就光復五十年來台灣重要的文學雜誌的專題設計，進行有
關的分析及討論。這些雜誌包括四○年代的《野風》文藝月刊（民
39～52）；五○年代的《文藝創作》（民40～45）、《文壇》（民

41～67）、《幼獅文藝》（民43～）、《筆匯》（民48～50）；六〇年代的《現代文學》（民49～62）、《台灣文藝》（民53～）、《文學季刊》（民55～59）、《純文學》（民56～59）；七〇年代的《中華文藝》（民60～75）、《中外文學》（民61～）、《書評書目》（民61～70）、《明道文藝》（民65～）；八〇年代的《文學界》（民71～76）、《文訊》（民72～）、《新書月刊》（民72～74）、《聯合文學》（民73～）；九〇年代的《文學台灣》（民80～）等雜誌。雖然它們之中有許多今日已消聲匿跡了，但觀察他們的專題，從種類及歷史兩方面來掌握文學發展的脈動，進而了解正在發展中的文學有過什麼樣的傳承及背後的推動力量，應該可以做為相關文學研究的基礎及養分。

二、專題製作與媒體編輯

　　一本雜誌的編輯，正如一個工程的建築師。建築師各自的修養不同，建築成品的質量優劣也不同。因此編輯修養的高下，就決定雜誌品質的高低，一個文學雜誌的編輯如果沒有高度的文學素養，沒有深刻的編輯理念，如何能提出獨特的構想？又如何能企畫出吸引人的各式專題呢？當然，任何雜誌的創辦都有它一定的宗旨。也因為目的不同，而有不同的思考，所以會形成不同的媒體特性。因此，媒體特性及編輯人的理念，對於專題的製作都有所影響，以下就這兩點分別討論。

㈠媒體特性

　　幾乎每一個雜誌在創刊時，都有「發刊辭」、「創刊緣起」、或「創刊宣言」，將其辦刊宗旨或目的清楚陳述。民國四十年五月四日由中華文藝獎金會出版創刊，由張道藩先生擔任發行人的《文藝創作》月刊，目的是儘量刊登該會的得獎作品，以配合三民主義的文藝政策。民國四十三年三月二十九日創刊的《幼獅文藝》，因

為是當時中國青年寫作協會主辦，所以讀者對象主要在作協各地的
會員及救國團所接觸的校園年輕朋友。民國四十九年由白先勇、歐
陽子為主的台大外文系學生合辦的《現代文學》，在發刊詞中洋溢
著知識份子的反省及對文學的熱情，對於刊物的內容，他們也非常
清楚地說明：「我們打算分期有系統地翻譯介紹西方近代藝術學派
和潮流、批評和思想，並盡可能選擇其代表作品。」後來《現代文
學》的發展，確實遵照了這個「諾言」去實踐。當然這樣的發願，
與他們的學養、背景有很大的關係。民國五十三年創辦的《台灣文
藝》雜誌以關懷鄉土現實為依歸的文學理想，為長期被忽略的本土
文學做積極的重建及回溯。民國六十年創辦的《中華文藝》月刊，
就是為國軍退除役官兵中的文藝作家，開闢一塊與社會大眾結合的
園地。

以上雜誌的媒體特性都十分明顯，在同類雜誌中很容易找到自
己的位置，而且可以明確的對準可能的讀者群去規劃內容。

(二)編輯人的理念

媒體的特性既然影響了專題的取向，那麼編輯人的理念及策畫
能力更影響專題的內容及呈現方式，甚至品質。一個雜誌的好壞，
除了文章的質外，還取決於編輯的素質。這就好像好的鷄鴨魚肉的
材料，高明的廚師和不懂得料理的人做出來的菜肴，其色香味會大
不相同。

通常一個雜誌的風格，是在長期出版過程中逐漸形成的，但這
種風格，未必不能刻意營造，一個有理想有抱負的編輯人，必定會
在規畫內容時，構思雜誌的整體編輯結構，進一步企畫能彰顯雜誌
風格及特色的專題。當然這其中包括選擇專題時要注意問題的重要
性、時間的急迫性，並且在客觀的環境及現實的條件下做最有效率
及品質的選擇。譬如一年中安排的專題有多少？計畫推出什麼？專
題與專題之間，如何銜接？企畫在執行時所需的人力、物力及支援

等，都應在思考範圍之內。

　　一個編輯人的專業與敬業，當然也直接影響了專題企畫的品質。一個有計畫的專題構想，加上編輯人周延的思考、廣博的知識，與準確而有效率的實踐，終究會形成一個高水準的專題。

　　另外，總編輯、主編等守門人的迭有更換，也比較難維持雜誌的整體感，在不同編輯人之間也容易出現斷層或比較突兀的專題出現。這其中除編輯理念的不同之外，難免也有主編個人的趣味所在。

　　因此，編輯人理念及素養對一個雜誌的影響是極其大的，許多雜誌縱使停刊或消失了，編輯人的名字永遠和他們的雜誌連在一起，例如《文學雜誌》的夏濟安、《現代文學》的白先勇、《文學季刊》的尉天驄、《純文學》的林海音、《書評書目》的隱地、《新書月刊》的周浩正等，他們對台灣現代文學的努力及貢獻，一定會記錄在文學史或出版史上的。

三、文學雜誌專題的種類

　　據筆者統計，近五十年來已停刊及正在發行中的文學雜誌，共有四十七家（註①），本文選擇十八家雜誌的專題設計來進行調查分析。至八十四年十二月止這十八家雜誌的專題總數是七二二個。以內容篇幅來看，有大有小；以內容性質來說有軟有硬；以製作方式來說有拼湊型，也有計畫型。真可說是多采多姿，非常豐富。以下將專題分為四大類型，分別探討其特質及內容。

㈠人物取向

　　自古以來，描寫人物最能動人，而人物也正是串連時代的最佳主角，因此以人物為中心的專題設計，約佔專題總數的百分之二十（註②）。其中也有的人物主角，並不屬於「文學人」的範疇，因此在「人物取向」中再分為文學與非文學二小類。

(1)文學類

　　最早以文學人為專題主角的是《野風》文藝月刊一一九期的
「劉非烈先生死忌紀念專號」（民47‧8），該期雜誌全本紀念劉非
烈先生，是「專號」的標準做法。有司馬中原、田湜、師範、郭良
蕙等十七篇悼念的文章，三篇劉先生的遺作及編者為這個專號寫的
「編者的話」。接著是《筆匯》第一卷第十期的「A‧紀德紀念特
輯」（民49‧2）、第一卷第十一期的「奧尼爾特輯」（民49‧
3）、第一卷第十二期「波特華爾特輯」（民49‧4），及《現代文
學》第二期的「湯瑪斯‧吳爾夫專號」（民49‧5）、第三期的「湯
姆斯‧曼專輯」（民49‧7）、第四期的「詹姆斯‧喬艾斯專輯」
（民49‧9）等，除刊其代表作外，還介紹其所代表的文學流派和思
潮。

　　民國五十三年由吳濁流先生創辦的《台灣文藝》雜誌，使「跨
越語言」障礙的省籍作家，「逐漸恢復了自信，隨著言論自由的擴
大，他們在七〇年代末期到八〇年中期都有作品發表」（註③），
大量推出省籍作家或本土意識較強作家作品的專輯，前後有鍾理
和、吳濁流、七等生、鄭清文、李喬、楊青矗、王詩琅、楊逵等，
分別以「紀念特輯」或「作品研究特輯」方式刊出。

　　民國七十一年一月在高雄創刊的《文學界》雜誌，在七年二十
八期的歷史中，也以文學人為專題設計的主要考量。先後有鄭烱
明、鄭清文、趙天儀、洪醒夫、桓夫、鍾鐵民、李魁賢、白萩、李
昂、楊守愚、杜國清、楊逵、吳錦發、周梅春、田雅各、李敏勇等
十七人為專題主角，佔所有專題的百分之八十。民國八十年十二月
創刊的《文學台灣》，至八十四年十二月為止，在已推出的十個專
輯中，人物的專題也佔其中的一半。

　　創刊於民國七十四年十月的《文學家》，在短短的七期當中，
介紹了王禎和、蘇偉貞、劉克襄、陳映真、龍應台、陳幸蕙、李昂

等七位作家。

《聯合文學》的「作家專卷」及專輯中則陸續介紹過木心、孟東籬、臺靜農、羅智成、梁實秋、汪曾祺、傅雷、西西、錢鍾書、鍾曉陽、朱西寧、豐子愷、王禎和、周作人、西維、楊絳、呂赫若、鍾理和、梅娘等兩岸作家。

在這些文學人物專輯中，設計內容及表現方式各有不同，有的僅以人物的作品做單一呈現，間或有一些作家小傳，例如《聯合文學》早期的作家專卷。另外一種是追念、悼念已逝世的文學人物，找許多人來談這個作家，例如《台灣文藝》第五十三期的「吳濁流先生紀念特輯」（民65‧10）、《文壇》第九十七期的「張道藩先生紀念專號」（民57‧7）等。

當然也有將作家生平略傳、作品分析、評論及創作年表、評論引得等都納入專輯內，例如《台灣文藝》第五七期由鄭清文策畫的「李喬作品研究特輯」（民67‧1），實為研究李喬的最好參考資料。

(2)非文學類

文學類的雜誌縱使在內容屬性上屬於文學，但不可諱言地和整個社會的現實及發展息息相關。因此，文學雜誌的專題設計中，就有以非文學人物為主角的出現。《幼獅文藝》有「紀念蔣公誕辰專輯」（民64‧10）、「敬悼蔣公專輯」（民64‧6）、「蔣公的青年時代」（民75‧11）、「敬悼蔣經國」（民77‧2）等專輯，《文訊》第三十四期也有「蔣故總統經國先生追思特輯」（民77‧2）。此外，堅持鄉土文學的《台灣文藝》，自一九八七年五月「台灣筆會」成立，《台灣文藝》成為其機關刊物，使其成為「批判文學」的主戰場，專題人物就不乏政治人物出現，例如第九〇期「林義雄歸來專輯」（民73‧9）、第一一六期「張義雄特輯」（民78‧3）、第一一七期「悼鄭南榕專輯」（民78‧5）等。

非文學人物專題的呈現，執筆的作家最多瞄準這個人物背後所環繞的事件或問題而已，或者是對這個人物及事件的感想或意見。

㈡議題取向

除了人物外，大部分的專題還是在文學現象中尋找題目。因此被一般人所討論或是當下的文學現象，都可以做爲專題。除了少部分的雜誌是長期計畫外，大部分都對應客觀的文學現實。因爲雜誌是有時間性的，他們的新聞感雖然不如報紙那麼強烈，但多少應與社會互相呼應。因此以議題爲取向的專題更顯得多采多姿，我們可以再分爲三小類。

(1)當下的現象

民國七十二年某畫家所繪裸體畫欲假國父紀念館展出被拒，引發議論，文訊雜誌第五期即設計專題筆談「藝術乎，色情乎」（民72‧11），邀請作家、藝術家、藝術評論者從不同的角度發表他們的看法。民國七十五年九月作家杭之批評廖輝英小說「盲點」所引發「嚴肅文藝和通俗文學」之辯，《文訊雜誌》第二十六期即策畫「通俗文學的省思」專題（民75‧10）。民國七十八年二月盧西迪的「魔鬼詩篇」事件，轟動世界，《聯合文學》在第五十四期製作了專題（民78‧4），對整個事件的始末有詳細的報導與評論。此外，如日本作家川端康成獲諾貝爾文學獎，《中外文學》第三期就製作了「川端康成專號」（民61‧8）。《現代文學》、《聯合文學》，也在雜誌中以專題的方式做過得獎者的介紹。《中外文學》及《聯合文學》順應文學潮流策畫的「女性主義文學專輯」，也是這種類型的最佳例證。

(2)文學問題研究

除了掌握時代潮流及社會脈動外，更多的議題是媒體編輯人長期或階段性的計畫，逐一實現的結果。其中也有從事文學研究過程中所必須面對的問題。譬如文學批評、各種文類的理論、技巧及現

況的報導等。這類專題最容易展現編輯實力，許多專題縱使時間久遠，依然使人懷念稱道。例如《現代文學》第四十六期由葉珊策畫的「現代詩回顧專號」（民61‧3），幾乎各個詩刊的負責人都上場了，同時還提供了不少史料；《中外文學》第四卷第一期的「文學理論專號」（民64‧6），請不同學科的學者，分別從哲學、自然科學、語義學、心理學、聲韻學、文化等角度來看文學。《聯合文學》第二十期請宋淇先生策畫的「翻譯與文學專號」（民75‧6），對翻譯的準則與制度建立，有明白的論述。《文訊雜誌》第二十、二十一兩期以二百餘頁，十餘萬字的篇幅，製作「報紙副刊特輯」（民74‧12及75‧2），從副刊的歷史、功能、內容、版面、現況做全方位的清理及掃瞄，至今仍被人所樂道。

至於各種文類的專題，一直是文學雜誌關懷的焦點。曾做過小說專題的就有《野風》、《筆匯》、《幼獅文藝》、《現代文學》、《台灣文藝》、《中華文藝》、《文訊》、《聯合文學》、《中外文學》。除了一般小說的探討，另外也有針對小說的特別類型，譬如武俠小說、科幻小說、推理小說等詳加討論的。

此外，散文及詩的專題也時常出現。大體來說，只要可以做為當代文學研究題目的專題，例如「戲劇與文學」、「電影與文學」、「宗教與文學」、「海外華文文學」、「抗戰文學」、「校園文學」等。但儘管主題相同，各個雜誌表現方式仍然大不相同。有的只是幾篇小說、幾篇散文，或幾首詩就組成了專題，缺乏理論的架構及史料的整理；有的雜誌卻史料、作品、理論兼具，頗具研究及參考價值。

(3)活動或會議的結集

一個雜誌除了靜態的編輯作業外，有時也主辦或協助辦理活動或會議，以增加讀者的參與並擴大其影響力。《中外文學》自創刊以來就登載比較文學會議，每年會議論文都做為雜誌的專題。《文

訊》的「現代詩學研討會」、「抗戰文學研討會」、「當前大陸文學研討會」、「台灣現代詩史研討會」等學術研討會的實錄或報導，也都以專題方式呈現。《聯合文學》的「聯合文學小說新人獎」，得獎作品及得獎人介紹、講評，及「全省巡迴文藝營」得獎作品等，都製作成專號呈現。《幼獅文藝》刊載救國團舉辦的青年自強活動「復興文藝營」的學員得獎作品；《明道文藝》舉辦的「全國學生文學獎」得獎作品及得獎人介紹，也都是該雜誌的專題設計之一。

(4)四時節慶或特別紀念日

　　早期的《幼獅文藝》專題常有「新春的話」、「我們的夏天」、「光輝的十月」、「歲暮作家如何過年」等應四時景物所設計的專題。《幼獅文藝》和《明道文藝》針對青年節、兒童節、母親節、詩人節、父親節設計過專題。《聯合文學》也曾有「萱草之歌」、「石斛之頌」、「師鐸雅集」等專題。

　　也有以歷史上特別值得紀念的日子，做為專題設計的考量，如《明道文藝》、《幼獅文藝》的「抗戰勝利紀念專輯」，《台灣文藝》的「二二八特輯」、《文訊》和《聯合文學》的「五四文學特輯」。再有雜誌社本身社慶所製作的專輯，例如《台灣文藝》第四十三期「創刊十周年紀念」（民63・4）、「發行100期感言專輯」（民75・5）、《文訊》第九十三期「十周年紀念專號」（民82・7）等，對了解一個媒體的歷史及演變有很重要的記錄。

㈢文學史取向

　　以回顧或檢討的方式書寫文學的發展歷史，亦是文學雜誌專題的重要特色。張道藩創辦的《文藝創作》，在六十八期雜誌中製作了七個專題，其中三個是「新年專號」，但不是談論新年或新春的應景文章，而是檢討該年文藝活動及分析現況的專題。《台灣文藝》六十三期的「日據時期台灣文學日文小說譯作專輯」（民68・

7）、第九十七期「戰後台灣藝文的省思專輯」（民74・11）等皆是此類專題。

　　一向重視文學史料整理工作的《文訊》雜誌，更以實際的編輯計畫，將史料的整理納入一次次的專題設計中，如第七、八期「抗戰文學口述歷史」專輯（民73・2）、第九期「文學的再出發——五○年代」（民73・3）、第十三期「六十年代文學專號」（民73・8）等。個別文類的如第十四期「當代散文專號」（民73・10）、第二十六期「短篇小說特輯」（民77・6）、第二十五期「第二屆現代詩學研討會」（民75・8），也將文學歷史的回顧與整理，放在專題重要位置，具有一定的分量，因此陸續整理出五十及六十年代文學書目、五十及六十年代大事記要、近三十年來散文選集提要、近三十年來文學批評選集提要、近四十年來小說選集之分析等。這種階段性文學史料的整理，為日後書寫台灣文學史建立了良好的基礎。

㈣國家或區域取向

　　區域特性與文學傳統關係，是密不可分的。如果各地區有關文學的歷史與現實能脈絡分明，該地區文學的全貌就可以彰顯出來。

　　《現代文學》、《筆匯》、《文學季刊》三個雜誌皆曾引介西洋文學作品及論著。前二者是以作家為主，而後者在五年中出版的十二期雜誌推出的專輯，其中第七、八期「德國當代小說選」、第九期「當代法國小說選」、第十期「美國地下文學選輯」、第十二期「當代拉丁美洲小說選輯」等，是以一個國家或地區為主，每個專輯多半附有深入淺出的前言或序言，再選譯作品，理論與創作相互印證，可使讀者對這個國家或地區的文學，得到相當的概念與認識。

　　《台灣文藝》除了本土人物論著外，也推出第七十四期「韓國文學專輯」（民70・9）、第八十期「拉丁美洲文學專輯」（民72・1）、第九十八期「南非文學專輯」（民75・1）。《中外文學》的「日本文學專輯」（民78・2）、「法國女性文義專輯」（民82・

2）、「現代愛爾蘭文學」（民84‧3），《文訊》第二十期的「香港文學專輯」（民74‧10）、第二十四期「菲律賓華文文學專輯」（民75‧6），都是國家或區域性選擇的代表。

近年來，台灣本土文化獲得比較多的關注，也有比較實闊的發展空間。因此以台灣為整體的區域性研究次第展開。民國八十年《文訊》雜誌以南台灣屏東為首站，展開了十六個縣市一年四個月的「各縣市藝文環境調查報告」專題系列。民國八十二年八月，將台灣分為六個區域，展開六場「區域文學研討會」，也用專題的方式在雜誌中出現。

四、文學雜誌專題的歷史考察

檢視近五十年來文學雜誌專題設計的種類，實在是包羅萬象，五彩繽紛。我們可以發現媒體編輯人如何將雜誌的風格與精神，在專題的設計中展現，如何用長期規畫的方式將理想逐步實踐，又如何去對應不斷出現的客觀現實？以下我們試著將台灣近五十年來文學雜誌的專題，做一歷史的分期，並指出各期特質。

㈠五〇年代（民39年～48年）

民國三十八年至民國四十年政府播遷來台初期，雜誌的數量有限，文學性的雜誌更是屈指可數。至民國五十年七月，文藝性雜誌增加到二十家（註④）。但彼時雜誌中的專題設計非常有限。《野風》半月刊在這段時間曾製作了「劉非烈先生死忌紀念專號」。民國四十年由文獎會創辦的《文藝創作》月刊創刊，一直到停刊的六十八期為止，共出現七個專題。其中三個是「新年專號」，兩個慶祝雜誌周年慶，一是第二十三期的「旅菲華僑文藝作家創作專號」（民42‧3），一是第二十七期的「耕者有其田專輯」（民42‧7）。因其創刊目的，刊登作品大多以從事「反共文藝」創作者為主。

　　民國四十一年月創刊的「文壇」月刊，曾在民國四十三年七月二十六日，參與了由中國文藝協會發起的「文化清潔運動」，並於當年九月十五日出刊的三卷一期，用專集方式報導此一運動的始末，是此一運動資料最完整的一冊雜誌。此後「文壇」月刊停刊一段時間，「文壇」季刊創刊。這期間季刊第四號共作了兩個特輯，一是「正月初一特輯」，另一是「悼念曉燕女士特輯」。季刊第五號整本爲「小說專輯」，一百三十頁，共收小說四十五篇，執筆作家皆是一時之選，包括王藍、楊念慈、鍾雷、童眞、尼洛、呼嘯、魏子雲、高岱、端木方等。

　　這時的編輯人有效規畫專題的觀念尚十分薄弱，我們可以看出僅有的幾個專題不是應時應景，就是配合政府政策。

㈡六〇年代（民49年～58年）

　　六〇年代文學雜誌受西方文學的影響，大量譯介西方文學理論及作品，並具體地表現在雜誌的專題設計上。此時期雜誌對台灣現代文學的發展，有深遠的影響。雜誌的專題設計，開始比較重視整體規畫。譬如《筆匯》和《現代文學》介紹西方作家，除小傳外，並包括作家作品譯介，及作家作品評論。

　　循著六〇年代文學雜誌創刊的先後，以及他們所製作的專題，我們將六〇年代文學雜誌的專題設計，分爲以下兩個階段。

(1)西洋文學的評介：

　　《文學雜誌》發行了四年，出版了四十八期。從當時較政治宣傳的文學風潮中找回文學的自主性。評介了卡繆、艾略特、喬哀思等西方現代主義作家，是戰後台灣文壇引進西方現代文學的早期嘗試之一。《現代文學》的創刊將《文學雜誌》開創的工作承續下去，尤其在前二十期以專題的方式向讀者提供了一批在當時還很少人知道的西方現代主義作家及其作品。

　　《筆匯》及其後的《文學季刊》也介紹西方現代文學作家，只

是規模較小，方式也稍微不同。《文學季刊》以一個國家或地區，介紹現代文學新知，也影響了當時這類文學叢書的出版。

(2)鄉土文學興起：

六十年代中期，省籍前輩作家吳濁流創辦「台灣文藝」雜誌，主張文學反映人生，特別注重鄉土色彩，較傾向寫實主義文學。第五期的「鍾理和紀念特輯」（民53‧10）、第九期「悼念王井泉特輯」（民54‧10）、第十一期「江肖梅先生紀念特輯」（民55‧4），開始系列介紹省籍前輩作家。民國五十四年十月，文壇社為了慶祝台灣光復二十年，推出一套「本省籍作家作品選集」，自此省籍作家發表作品的園地才陸續出現。

㈢七○年代（民59年～68年）

此時各雜誌專題更具規模，不但媒體編輯人的構想存於其中，更有借重媒體外圍人力來完成更具專業的專題。比較大工程的專題也由此開始。

(1)作家專輯的興起

有別於六○年代譯介西方文學作家作品的大量出現，七○年代以鄉土文學的探討為重點。在台灣退出聯合國之際，文化運動的焦點轉為對「本土」的關懷，而盛行所謂「回歸鄉土」的口號。《台灣文藝》雜誌在此時期，有三十個人物專輯，除了少數幾個不是「文學人」外，其餘皆為當代重要文學作家。透過專輯的設計，有關這些作家的作品及著作年表、作品評論索引等，對研究了解這些作家提供了很好的資料。

(2)各種文類的回顧及反省

七○年代的文學雜誌專題，對各種文類有所回顧及反省是一大特色。《中外文學》於民國六十三年詩人節推出的三卷一期「詩專號」（民63‧6），全本雜誌二百餘頁，登載了老、中、青三代詩人作品及多篇評論文章。《中華文藝》第六十一期的「短篇小說專

號」（民65‧3）、第六十六期「散文專號」（民65‧8）、第七十一期「文學批評專號」（民66‧1）、第七十六期「詩專號」（民66‧6）。《中外文學》四卷一期的「文學理論專號」（民64‧6）等皆是對一種特定文類，做全面的探討，所佔的篇幅都十分可觀。

㈣八〇年代（民69年～78年）

八〇年代因政治環境的變化：解嚴、開放報禁、開放大陸探親等，文學對應社會現實，也有了更活潑、更多元化的空間。傳播技術的日漸發達，傳播媒體的功能也日益彰顯，這時期文學雜誌的編輯人，加入更多有學術研究基礎的學院派學者加入。《中外文學》的主編原本就是以台大外文系教授爲主；《文訊》民國七十三年由當時在大學中文系任教的李瑞騰加入擔任總編輯；《聯合文學》也有很長一段時間以學者型總編輯掛帥，先後任職的有高大鵬、馬森、鄭樹森；《幼獅文藝》在八〇年代末也因台大中文系何寄澎教授的加入，使得文學雜誌的專題表現，更形精彩。

⑴文學議題的多元化

除了繼續作家作品的評論及文學歷史的回顧外，文學議題特具開放性與多元性，深度與廣度的發揮在八〇年代表現無遺。例如《聯合文學》第十七期「女性與文學專輯」（民75‧3）、第二十二期「幽默與文學專輯」（民75‧8）、第二十四期「革命與文學專輯」（民75‧10）、第二十期「翻譯與文學專號」（民75‧6）、第二十一期「城市與文學專號」（民75‧7）等。此外，「推理小說」、「歷史小說」、「武俠小說」、「兒童文學」、「五四文學」、「校園文學」、「抗戰文學」更是文學類型廣度的發揮。《文訊》雜誌的第六期「傷痕文學」（民72‧12）、第十二期「電影與文學」（民73‧12）、第三十及三十一期「戲劇與文學」（民76‧8、76‧10）、第三十七期「民俗與文學」（民77‧8）等專題，顯示出文學媒體編輯人對應外在環境的變化，而構思出來文學與其他藝術類型的互動及影

響。

(2)文學歷史的學科化

　　相較於五、六、七〇年代的以專題回顧文學歷史，八〇年代的專題則呈現出「文學歷史的學科化」現象。以往常見的是一年開始或結束的感想或回顧，屬於經驗式的回顧。八〇年代有關文學歷史的專輯，企畫思考的角度就有明顯的不同，例如《文訊》第九期「五〇年代的文學回顧」（民73‧3），除了用十年斷代來觀察各種文類的狀況外，文學作品書目初編、文學雜誌發展史、文藝作家名錄及文學大事記要等，等於將「五〇年代文學」做為一個學科研究主題來規畫。《聯合文學》的「翻譯與文學」、《中外文學》的第十七卷十期「女性主義專號」（民78‧3）也都是理論、現況、作品並存。

㈤九〇年代（民79年～）

　　政治環境的變遷，以及社會經濟力的蓬勃發展，九〇年代的台灣現代文學要求某一程度的「自主性」的呼聲可以說是震天價響。報紙副刊、文學雜誌都在談論有關「台灣文學」的名稱、定義或設系問題，而此時另外一批對「台灣文學」持保留看法的聲音，轉而對沉寂已久西方現代主義，或海峽對岸的文學表示與趣或關懷。因此，九〇年代文學雜誌的專題設計也就呈現更多種的風貌。

(1)大陸文學的研究與探討

　　在此議題上以專題方式探討最多的是《聯合文學》，第八十九期「莫言短篇小說特展」（民87‧4）、第九十三期「山西小說選」（民81‧8）、第九十六期「蘇童故事特輯」（民81‧11）、第九十九期「中國北方來的情人」（民82‧2）、第一〇四期「九二年大陸短篇小說選萃」（民82‧7）、第一一四期「大家談廢都」（民83‧5）、第一一九期「三城賦——台北／北京／香港」（民83‧10）等，對了解大陸作家作品助益頗多。此外，《幼獅文藝》、《文訊》針對「兩岸文化交流的現況及未來發展」也製作了專題。

(2)與整個社會現實的呼應愈加明顯

　　《中外文學》在九○年代的專題設計中有「精神分析與性別建構」（民83‧3）、「當代台灣劇場再探」（民83‧12）、「台灣文學的動向」（民84‧2）、「生態意識與自然寫作」（民84‧5），「台灣當代小說窺探」（民84‧6）等專輯，這些專題有的是觸動當今熱門的有關「台灣文學」的問題，有的是社會現實與文學的對應。《聯合文學》第一二一期「金馬影展國際電影譚」（民83‧11）、第一二五期「探索地下電台」（民84‧3）、第一三一期「悼念邱妙津」（民84‧9）等專輯，《文訊》近年來的第一一三期「女性團體與婦女處境」（民84‧3）、第一一四期「兒童才藝教育觀察」（民84‧4）、第一二一期「文藝展演場所的變遷」（民84‧11）等專輯，皆是文學雜誌走出純文學、文類理論的局限，與大衆文化相結合而形成的專題構想，舉凡社會現況甚至新聞事件都可能成爲媒體編輯人注意的焦點。

五、結論

　　如果說專題設計是媒體編輯人因外在環境變遷而產生的對應與關照，綜觀近五十年來的文學雜誌的專題設計，我們卻發現一個特別的現象，譬如發生在一九七七年的鄉土文學論戰，彼時正在發行的文學雜誌（註⑤），並沒有任何有關檢討、反省或批判的專題設計出現，反而在當時非文學、或綜合性或政論性雜誌中可見此一事件的討論（註⑥）。堅持「台灣本土特殊性」與「文學與政治、社會、文化結合」文學觀的《台灣文藝》，也只是在一九八七年的一○五期製作了「鄉土文學論戰十周年省思」專輯。

　　這種專題取向有意避開或無心遺漏當時文學界的重大事件的情形，原因大約有兩種：其一是編輯人的思考方式和企畫能力，當然也許單篇的評論也曾在文學雜誌中出現，因爲不在本文考察的範圍

內，所以不做分析。另一個重要的原因應該是當時政治環境的保守
及言論尚未完全開放所造成的。進入八〇年代後期以降，政治環境
的改變及言論的開放與自由，文學雜誌編輯人在對應外在環境的變
遷所做的思考，往往迅速成為雜誌專題設計內容，這時的專題內容
更能明顯反映出彼時文學發展中的現象，也更可觀察出其中迸出的
火花。

如果我們仍然期待從台灣文學雜誌專題的演變，來看台灣現代
文學的發展，文學雜誌未來的專題設計更應該重視下面兩點。

㈠企畫之必要

我們從幾份有十年以上歷史的文學雜誌觀察，如《幼獅文藝》
（41年）、《台灣文藝》（31年）、《中外文學》（23年）、《明
道文藝》（19年）、《文訊》（12年）、《聯合文學》（11年）
等，雜誌專題的考量上因編輯人的學養、性向、喜好及企畫能力有
所不同，表現出來的專題風格也大異其趣。但可以肯定的是長期的
整體規畫非常重要，如此才能建立刊物風格及達成創刊理想。許多
雜誌因編輯人時有更換，計畫還未執行完畢，就離開工作崗位，新
任主編在展現自己對文學的關懷與理想時，也沒有將自己雜誌已做
過的專題做一釐清。同一個主題，除非又有重大發展，相隔不太
遠，是否考慮不再重複。而雜湊式或隨興式的專題亦應逐漸減少，
否則徒然浪費篇幅及資源，日後很容易被人遺忘。

㈡史料整理之必要

我們了解文學史料對於文學歷史建構之重要，如果後代沒有可
確信的資料，如何能夠書寫前代歷史。文學雜誌的編輯人以其對文
學的敏銳觀察及感應，及其懷抱之文學理想，結合媒體資源力量，
製作的專題通常頗具史料價值。這些史料記錄了當代文學的出版，
介紹了作家作品，報導了文學現象及文壇重大事件。而專題所提供
的完整資料，有助於讀者的思考，甚至可能從這些已建立的基礎

上，引發許多人對該問題的研究興趣，進一步去探討。

　　儘管在過去或現在，文學雜誌的經營都十分辛苦，但對當代文學風潮的影響、文學歷史的記錄、文學理論的建立，卻佔有十分重要的地位。因此，代表文學雜誌主要精神及風格的專題，就更形重要了。

　　本文僅就「專題」的類型、歷史，連綴出台灣當代文學發展相關的脈絡，至於重要文學雜誌專題的個別分析及研究，只有期待日後再進行討論了。

附註：

①此處的文學雜誌指的是綜合性文類的文學雜誌，不包括《現代詩》、《小說新潮》、《散文季刊》等僅限一種文體的文學刊物。計有《寶島文藝》、《半月文藝》、《野風》、《文藝創作》、《新文藝》、《火炬》、《皇冠》、《文壇》、《晨光》、《幼獅文藝》、《中華文藝》、《新文藝》、《中國文藝》、《海島文藝》、《綠州半月刊》、《文藝列車》、《文藝月報》、《新新文藝》、《文藝論壇》、《海風》、《文學雜誌》、《亞洲文學》、《筆匯》、《作品》、《現代文學》、《文學季刊》、《台灣文藝》、《純文學》、《文藝月刊》、《中外文學》、《青溪》、《中華文藝》、《藍帶》、《中國文選》、《文藝評論》、《書評書目》、《明道文藝》、《文學思潮》、《文學界》、《文訊》、《聯合文學》、《文學與時代》、《文藝季刊》、《亞洲華文作家雜誌》、《文學家》、《新書月刊》、《新地》等四十七家。

②以人物爲主的專題有一四二，佔總數七二二的百分之二十。

③見葉石濤著《台灣文學史綱》，（民80.9，文學界雜誌社），頁九一。

④見薛茂松〈台灣地區文學雜誌的發展〉一文，《文訊》，民國75.12，第二十七期，頁七八。

⑤當時正在發行的文學雜誌有《文壇》、《幼獅文藝》、《台灣文藝》、《中華文藝》、《中外文學》、《書評書目》、《明道文藝》等。

⑥見《當前文學問題總批判》（彭歌等著，民66.11，中華民國青溪學會出版），及《鄉土文學討論集》（尉天驄主編，民67.4）二書。當時「鄉土文學論戰」的戰場除一般報紙副刊及社論外，其餘文章先後發表在《夏潮》、《仙人掌》、《國魂》、《中華雜誌》、《中國論壇》、《中央月刊》、《出版與研究》、《綜合月刊》等刊物，文學雜誌只有《笠》詩刊兩篇、《詩潮》及《小說新潮》各一篇。

特約討論

◉李瑞騰

　　我肯定封小姐在此論文議題的選擇、資料的收集及論文架構方面的努力和成果。此論文不僅有文學雜誌學實務的考量，也具有文學史的視野，是我看到有關於雜誌專題設計方面探討最完整的論文。如果將文學雜誌當做一門學科或研究的對象，可成立一門「文學雜誌學」的話，其理論的建構，必須面對雜誌實際編務的了解和批評，以事實的發展為建構的基礎。

　　封小姐以其多年的親身經驗來論述，極有意義和價值，分類以「取向」命名不錯，但在議題取向中的「當下現象」和「當時重要文學問題研究」上，兩者有很大相疊和不易區分之處。再者，文學雜誌記錄和建構當下的文學活動和作品，所以不但是文學創作，更是重要的文學史料，可和文學史相對照來了解當時的文學種種。努力的方向有兩點：

　　①媒介編輯理論方面，對於雜誌編輯的活動及成品的展現，包含了個人的意識型態、文學想像、組織的目標、控制或文化，再大到整個社會政經、文化的層層影響和互動，每一個層面都值得探索。

　　②雜誌編輯選擇該專題的原因何在？可從文化、政治、經濟到雜誌社及總編個人層面來探究。更可以探討雜誌上常討論的問題是如何被討論、呈現？和其他媒體有何不同？雜誌此種特殊的媒體，

所造成社會的效應、大眾的回饋又是怎樣？和其他媒體型式的效應又有何不同？特殊的價值和歷史現象在那裏？又是什麼？都值得再去研究、探討。（**吳秀鳳記錄整理**）

新詩集自費出版
的研究
（一九四九～一九九五）

◉張默

一、楔子

　　台灣現代詩歷經五十年代的鄉愁情結，六十年代的歐風美雨，七十年代的鄉土吶喊，八十年代的傳統回歸，九十年代的後現代迷思，以及同時即將邁向世紀末的詭譎與未知。

　　所有具有自覺意識的現代詩人，他們無不滿溢豐厚的歷史感，企圖以各種風貌的詩作和理論，來輝耀二十世紀下半葉一望無垠的燦爛的星空。

　　其實，自一九四九年以降，台灣現代詩的發展，大致由早期的浪漫抒情，現代主知的變調，擁抱鄉土的方言口語，漸次進入晚近比較深刻多元寬廣的新境。如果要總結過往詩的發展脈絡，可概分以下六點。（註①）

　　㈠對五四以降白話詩的反動，企圖建立嶄新的語系。

　　㈡研習歐美各種詩的流派，嘗試運用各種詩的技法。

　　㈢擴大詩人的視野，開拓詩人的素材。

　　㈣知性與感性並列，陽剛與陰柔同行。

　　㈤電腦資訊日新月異，尋求文字以外多媒體的組合。

　　㈥繼續向新穎、浩瀚、未知的詩世界探險。

　　而新詩集源源不絕的誕生，正是維繫與活潑現代詩新生命的必

要手段（包括對上述六者的實踐與反思）。

　　本文試圖從自費出版個人詩集入手，並分節探討它的出版管道、特色與利弊，各時期個別詩集「序、跋、評」所蘊含的創作意圖，以及它們在編校設計裝幀上的流變，然後進行逐一的比較與分析。

　　本文所引資料，以一九四九到一九九五年在台灣自費出版的各類新詩集為主要參考工具。由於橫跨時間長達近半個世紀，其中引述資料書目及個人所抒發的觀點，如有不週或疏漏之處，敬請海內外方家、愛詩人不吝補充訂正。

二、自費印行詩集的管道、特色與利弊

　　依據拙編《台灣現代詩編目》（註②），自一九四九到一九九一年共出版個人詩集一三二七種，再加上一九九二——一九九五年間繼續出版的二三〇種，總計應為一五五七種。

　　此間出版個人詩集的管道，不外一是交由書店、出版社將著作版權賣斷，公開發售；二是自費印製，找一個詩社或出版機構掛名發行。依據筆者從詩集出版的各項資訊中覓得數據，即前述統計的一五五七種詩集，屬於個人自費印行者約佔一半以上，其中又以同仁詩社接受詩人委託代為印行者居多。以下特將近四十年來各詩社出版的個人詩集，以先後順序列表，俾供參考：

● 新詩周刊詩叢

覃子豪《海洋詩抄》，一九五三年四月——謝青《春天的港》，一九五三年七月（計出版二種）

● 現代詩叢

紀弦《摘星的少年》，一九五四年四月——夏宇《摩擦‧無以名狀》，一九九五年五月（計出版三十四種）

● 藍星詩叢

余光中《藍色的羽毛》，一九五四年十月──張健《聖誕紅》，一九八二年六月（計出版卅七種，另純文學社代出的藍星叢書未列）

●創世紀詩叢

李冰《聖門集》，一九五七年十月──朵思《心痕索驥》，一九九四年三月（計出版二十五種）

●海洋詩社詩叢

余玉書《寒漠的憂鬱》，一九五九年──高準《丁香結》，一九六一年四月（計出版四種）

●縱橫詩社詩叢

盧文敏《燃燒的荊棘》，一九六一年四月──江聰平《窗上夜》，一九六四年四月（計出版五種）

●葡萄園詩叢

古丁《收穫季》，一九六三年七月──曾美玲《船歌》，一九九五年六月（計出版三十種）

●中國青年詩人聯誼會詩叢

艾雷《碑的立影》，一九六五年二月──綠綺《流浪船》，一九六八年十一月（計出版五種）

●笠詩叢

白萩《風的薔薇》，一九六五年十月──巫永福《無齒的老虎》，一九九三年六月（計出版一○一種）

●星座詩叢

王潤華《患病的太陽》，一九六六年三月──蘇凌《明澈集》，一九六九年十二月（計出版十二種）

●秋水詩叢

陳寧貴《劍客》，一九七七年七月──林齡《迪化街的秋天》，一九九五年四月（計出版十九種）

●北極星五書

《林野的詩》，《舒笛的詩》，《陳耀炳的詩》，《南方雁的詩》，《崇溪的詩》，一九七八年五月出版。

● 詩人季刊六書

廖莫白《菊花過客》，李仙生《名片與卡片》，牧尹《黑臉》，楊亭《靜聽流水》，蘇紹連《茫茫集》，蕭蕭《舉目》。一九七八年六月出版。

● 風燈詩叢

楊子澗《秋興》，一九八一年十一月——落蒂《煙雲》，一九八一年十一月（計出版二種，又金川出版許藍山《無弦琴》，寒林《問雨》，亦係風燈同仁）

● 心臟詩社詩叢

羅虹《古銅夢》，一九八三年十二月——黃寶月《花之夢》一九八七年三月（計出版四種）

● 大海洋詩叢

蔡富澧《山河戀》，一九八四年六月——王霓《新潮》，一九八八年五月（計出版四種）

● 曼陀羅詩叢

楊維晨《室內樂》，一九八六年二月——羅任玲《密碼》，一九九〇年三月（計出版七種）

● 中國詩刊詩叢

王幻《時光之旅》，一九九三年十二月——劉建化《大陸名勝》，一九九四年八月（計出版五種）

　　上列各詩社（含校園詩社）自一九五三年以來，共自費印行個人詩集約三百餘種，佔台灣出版詩集總量的五分之一強，如概略估計四十年來自費印行的詩集總數為七百餘種，則各詩社刊行的數量恰為自費總數的二分之一弱，由此可見各詩社在台灣新詩發展的過程中，他們確實是前仆後繼無怨無悔地為詩人服役，為新詩的讀者

不斷增加新鮮的地糧。

　　儘管詩集的出版，被坊間譏之為「票房毒藥」，但根據一九九二年六月「文訊」雜誌社所作的調查報告「台灣現代詩集（一九四九──一九九一）年度出版量統計表」（註③），以百分比來列表，結果其成長率，一九五○年為百分之五，一九五一年為百分之十，一九五三到一九六一，均維持在百分之二十左右，一九六七到一九六九，跳升到百分之三十到三十五之間，一九七八年又上升到百分之五十，一九八六年和一九九○年又高達百分之八十五到九十之間，這也意味著詩人根本不信邪，反正詩集的讀者祇是一小撮小眾化的愛詩人。各詩社策畫統一規格的自選詩（如笠詩社的「台灣詩庫」，一次推出三十多種，「自選集」也有二十餘種），也陸續推波助瀾，源源向坊間和愛詩人的書齋進軍。

　　我們從歷年自費印行的詩集中，不難發現，早期（五、六十年代）的詩集大多採三十二開、二十五開，且傾向於輕薄，蓋早年詩人大多生活清苦，要張羅出版一本詩集的印刷費，是何等的艱苦，故不得不在頁碼多少、紙張厚薄，封面儘量不用彩色等等的考量下，藉以降低印刷的成本。即以洛夫於一九五七年十二月出版的處女詩集《靈河》為例，該書採三十二開，四十七面，封面底色為綠色，木刻為黑色，「靈河」二字是紅色，總計印了六百冊，他當時在左營軍中電台服務，為了印詩集，硬著頭皮打報告，向公家借了三個月的薪餉，才勉強把印費湊足，書才得以從印刷所取出，至於發行，則是委託一家書店代辦，半年後雖曾收到一些書款，則絕對抵不上印費的四分之一。而有些詩叢，如李冰的《聖門集》，朵思的《側影》，林間的《綠屋詩抄》，雖有一小部份流浪在外，但大都依稀像一串串銅板丟在水裡，卜通幾聲，也就煙消雲散，一毛錢也收不回來。筆者上述係以「創世紀詩叢」為例，其實各詩社的情況大致相若，自費印行詩集的難題是普遍得不到良好的銷售管道。

　　早年詩集，因節省成本，大多採用釘製，封面用紙磅數不足，如今再回頭檢閱三、四十年前的某些絕版詩集，大多銹蝕斑斑，不敢用力翻閱，有些書頁甚至脫落殘破，這就是釘裝的最大缺失。

　　七十年代以後，台灣印刷水準日漸提升，詩集一度流行四十開袖珍口袋本，封面彩色PP上光，比比皆是，且大都採用穿線裝釘，個人詩集也漸漸肥胖起來，二百頁上下為大家所樂於接受的程度，封面也由早期的清淡而轉趨華麗。

　　從八十年代到九十年代，詩集在版型上也有不少的變化，如八十年代末，一度流行自製詩集，開本自小到六十四開、四十八開，更有大到二十開到菊八開，譬如夏宇的《備忘錄》，採四十開，封面用古銅色的棉紙，內文採平版印刷，字體放大，規格翻新，出版後各方反應不錯，從而也帶動一波自製詩集的風潮，陳斐雯、林翠華、丘緩、栞川、扶疏，……這一批女詩人都興起自行設計個集的興趣，無論版型、內文編排、封面設計、彩色或黑白插頁等等，均各自別出心裁，令人目不暇給。

　　再回溯以各詩社出版的詩叢來探討，從最早「新詩周刊」印行的兩本詩集說起，該詩叢可能係故詩人覃子豪的手筆與設計，仍相沿五四的大陸遺風，樸素而穩重；「現代詩叢」則由紀弦把關，他喜用高克多、馬蒂斯等人的素描，版樣設計線條空白處理得極好，深寓現代趣味；「藍星詩叢」豐富而多元，早期常採用現代畫為封面，楊英風、廖未林、莊喆、韓湘寧、龍思良……常為他們捉刀，古典現代兼具，當年藍星詩社人才鼎盛，詩叢水準齊整，實為三元老詩社之冠；「創世紀」在當時為新興詩社，早期出版詩叢不多，雖想有突破，就詩叢之出版而言，仍無法與「現代」、「藍星」相抗衡；「葡萄園詩社」一向提倡明朗化，該社詩叢近年喜用水彩畫為封面，隱隱透視他們對詩的主張；「笠詩叢」版本繁多，從早期的三十六開到近年的新二十五開，且該社不乏美術人才，詩集設計

與包裝，有其一定的特色與水準；「星座詩社」是一群海外來華留學生的組合，他們在短短三年中出版了十二本詩集，堪稱大手筆，設計裝幀十分新穎，頗有初生之犢的豪氣；其他如「秋水詩叢」追求淡雅，「詩人季刊詩叢」強調統一簡約，「風燈詩叢」提出古典與浪漫的結合，「曼陀羅詩叢」捕捉後現代的奇趣，「心臟詩叢」另創格局等等，在在都彰顯各詩社努力向前衝刺的企圖。

當然，自費印行詩集也有一些鮮為人知的秘辛，諸如一遍又一遍勘校過程中忍受錯字的戲弄，跑印刷廠飽經擠車的苦況，以及書印好了卻籌不到印刷費，讓你眼睜睜的乾著急；而當你親自把自己心愛的詩集送到書店裡代售，因為銷路不好，經常也會遭受一些小書店老闆狠狠的白眼。當然或許也有令你意興風發的時刻，那就是你的詩集赫然被發現放在書店最搶眼的地方，那時你不但會目不轉睛，甚至會從書架上把它取下，放在手裡再三的把玩，然後才心滿意足地把它放回原位。……

目前在台北如「誠品書店」，都設有「詩的專櫃」，一個愛詩人經常去逛逛，可能會買到一些平常不易讀到的你喜歡的詩集。

有些詩人很幸運，他的詩集一直有出版社不斷的印行，有些詩人則一直籌錢印製自己的集子，從未享受過不掏錢出詩集的喜悅。所謂幸與不幸，並非是絕對的。不過把自己的詩集編印得精美、雅緻、與眾不同，讓好書奇書為愛詩的小眾分享珍藏，總是人生的一樂。

今後，想要讓一本詩集，日進斗金，大發利市，這種情況本世紀可能是沒有指望了，且看下一世紀子孫們的品味吧！

三、詩集「序、跋、評」所蘊含的創作意圖

一部詩集就有一個動人的故事，一部詩集就是一座美麗的星圖。

在詩人多彩繽紛的創作世界裡，他面對似曾熟悉而又茫茫未知的古往今來，他必須時時刻刻把自己的諸覺（視、觸、嗅、味、感）同時開放，在人世間的各個角落，佈下自己心靈密密層層的思想之網，大自宇宙，小到沙礫，他都必須付出相當熱切的關注、鑑別、檢拾與滙集，因為詩是無所不在的，也是無所不容的；詩人要在極端的美與醜之間巡弋，在豐沛的虛與實之間懸盪，在多面的剛與柔之間自恃，在複雜的知與感之間抉擇，以期覓得某一最完美的形式，最確切的語言，最繁富的意象，最輕盈的節奏……來表現個人所期待的那可能是最成功的一首。

然而於事實上，往往是令人失望的。儘管在你當時創作完成的那一刹，或許自認我今天終於完成一首傑作了，可是當你把那首初稿擱在抽屜裡冷藏個十天半月之後，再拿出來檢視一遍，你會駭然發現，它不是我最初的樣子，它還沒有真正最後的完成。

每位詩人的困境，就是強烈企圖和期待，那首遠遠的濛濛的似隱又顯的永難完成的那個可能被稱為傑作的東西。

四十多年來，台灣土地上的新詩人，歷經重重困境，以各種方式借貸、上當鋪、偷用孩子們的奶粉錢，……最後得以印行他們的詩集，那些大小不等，厚薄不一，風格各具的詩集，就是所有詩人十分苦澀的成績單。有些詩集在出版之初默默無聞，有些則日後聲名大噪，儘管每本詩集的命運不同，但就當代整個新詩運動而言，它們都是文學的遺產，這些點點滴滴的心血資料，是絕對不可或缺的。

以下特抽樣列出各時期的新詩集，並從其中的「序、跋、評」摘錄各自不同片斷的話語，相信它們就是研究台灣新詩最佳的第一手資料，請勿等閒視之。

● 張自英《聖地》書評片斷

王聿均在本書讀後感中說：「張自英的詩，呼吸著強烈的時代氣息

，表現了一種磅礡蓬勃的生氣。對民族國家的熱愛，對被踐踏迫害者的同情，對醜惡、享樂、貪婪、卑吝的憎恨，都躍然紙上，可說歌唱出我們所處的時代的聲音。〈聖地〉像是一首莊嚴的讚美詩，讚頌屹立『在這浩瀚的重洋之上』的天堂一般的綠島」。（註④）

● 蓉子《七月的南方》後記片斷

「生命不盡是浮面的光和影，而是深刻像雕刻家的刀鋒對準靈魂的方向。我們所能克服的是那樣多——我們要克服氾濫的『告白』式的情感，未冷凝的創作衝動；也要克服現代人過份緊張忙碌生活所加諸我們的種種限制和不利於詩的因素」。（註⑤）

● 文曉村《第八根琴弦》後記片斷

「我寫『小鎮群像』的意念，在我心靈的深處，激盪了整整一年，我感到如果不把這種情感寫出來，簡直是對於我的親人的背叛。我要用詩句來歌唱他們，美化他們，以分嘗他們的歡樂與痛苦，喜愛與憎惡。而我也希望：『小鎮群像』的寫作，在許多詩人的眼睛都注視著都市的烟囱，歌誦著機器的噪音，或以超現實主義的態度，去探索內在絕對存在的今天，也許能夠有些補充空白的意義。」（註⑥）

● 楓堤（李魁賢）《南港詩抄》後記片斷

「寫完《枇杷樹》後，幾乎整整兩年的時光，我完全隔離了中國詩壇；……詩人絕無法亦絕不可期望，從詩裡獲得任何式樣的俗世的盈益；唯有的最大的報酬，便是創作的喜悅。

我常默念方思在中譯《時間之書》序裡的一句話『……詩是最佳的訓練，使人忍受寂寞，默默無聞』。我奉它為座右銘，並從思量中，獲取靈通的清明。」（註⑦）

● 向明《狼煙》後記片斷

「為了將過去十年來的詩作作一整理，同時紀念我在富貴角居住的那一段不平凡的日子，我出版了這本詩集。

身為現代浪濤中的一粒微塵，我的詩只是在述說一己對這浪潮沖激的一些反應。淺薄似我，力不從心，在所難免，好在我從不以已有的為滿足。我的慾望永不貧乏。」（註⑧）

● 桓夫《野鹿》跋和後記片斷

「這本《野鹿》，在抒情的韻味裡，孕育著鄉土的芳馨。……更願《野鹿》的詩的真實能在人們的心裡生根，能在現實的土壤裡欣欣向榮，茁壯、開花……」（葉笛）

「自詩想的醞釀以至寫詩的過程中，我無邪。

寫完了一首詩，我才開始期待詹冰、白萩、葉笛、杜國清以及幾位詩友們能看到它。期待他們看後有所感觸。」作者「後記」。（註⑨）

● 向陽《銀杏的仰望》評文片斷

蕭蕭在評中指出：「向陽是一個具有歷史意識的詩人，從他嚴謹的形式創作現代詩，以二十年前的古調吟誦方言詩，都足以證明他對歷史與現實的認識，以向陽的詩來說，那是「精神的不隔」與「事實的隔」，從時間的變貌中釐清愈久愈濃的血緣。」（註⑩）

● 蕭蕭《舉目》後記片斷

「舉目，只覺得一陣風聲從遠遠的天邊，颯颯而來，颼颼而去，天空仍然是一片無辜的樣子，唯寂寞留下來，靜靜蹲在我心中最深最深的那一隅。

從天到人的關心，從人到地的熱愛，我有著很深很深的冥合為一的觀念。寫〈田間路〉，因為自小就從阡陌之間站起來，走過來，難以忘懷沒有玩具的童年，泥土，一大片一大片的稻野，父親黝黑的臂膀，讓我獨自飲泣的竹林。……舉目，心不能不有所思。」（註⑪）

● 林野《林野的詩》後記片斷

「在我創作歷程中，影響我至深至鉅的應該是北極星詩社。……我

的詩，背景是憂鬱。顯然，詩成為我感於世界的不完美，而強求完美之一種手段。……最後，我必須告別「北極星」學生時代的瘋狂，為了詩曾經苟全性命於考試。離校後，祇要不屈不撓於現實，我將會迤邐於這些足印，走入詩的廣場。」（註⑫）

● 沙穗《燕姬》代序片斷

吳晟在序中分析：「沙穗的詩，一如他的人一樣率真。或是表現失業的困窘，或是表現相思的苦澀，或是表現戰爭的悲苦，皆以平白的語言，真實地抒發出來，不刻意雕琢意象，不故作驚人之狀，也不呼天搶地，怨天尤人，為其如此，其感人更為深遠」。（註⑬）

● 楊子澗《秋興》代序片斷

洛夫在本書序中詮釋：「楊子澗的風格既傾向於古典的深致與溫婉，且蘊含著浪漫的綺麗與驚喜，有時偶而也表現出對現代世界的敏感。」又說：「楊子澗有他自己的文學觀，他把他的鵠的高懸於對大鄉土的擁抱，和對整體人生意義的熱切追求上」。（註⑭）

● 林煥彰《公路邊的樹》出版感言片斷

「寫詩，我一直有一個信念，是寫我所關心的。因此，我堅持：詩是個人意識的真實表現。

我為什麼要用〈公路邊的樹〉作為總題來處理這些充滿憂患的意識？主要的是，我發現到：作為一個『人』，在某種情境上，是與公路邊的樹的生存條件有著無可奈何的極為相似之處，所以我選擇它，仍然是屬於現實的人生……」（註⑮）

● 焦桐《蕨草》序和後記片斷

李瑞騰在為本集作序時指出：「詩集題名《蕨草》，這原是集中的一首，代表一種向上的希望，對於焦桐來說，這微賤的羊齒植物是極其高貴的，它〈困頓地抽芽生長〉，〈堅持在狹窄的泥土／抵抗鬱苦的霜寒〉，它昂然的上昇，無非是為了〈追求一種信念〉。」（序）

「對於創作，我的信念一向是歌讚；對於生命，則賦予正面的肯定。我最好的詩是還沒有寫出來的那一首。以這冊書作為起點，則我將懷著堅定的記憶，繼續追求、探尋。」作者「後記」（註⑯）

● 林翠華《貓供》跋之一片斷

「詩之對於我，是種自我治療的工具。基本上我是個對自己很嚴苛的人。因為我喜歡熱鬧而又抓不住熱鬧，所以常拿詩來自我平衡與反省。當然，它也是我孤寂熱烈的生命中最重要的娛樂。

謝謝來往的好朋友和壞朋友們，讓我更明白自己快意恩仇的性格。」（註⑰）

● 朵思《窗的感覺》短評片斷

本書無序、跋，卷末收錄了鍾鈴等八家的小評。

如李瑞騰對〈颱風夜〉的評語，「朵思沒有把自己打扮成聖人，她有怨，有不滿，這是她的真誠。……因這個愛，對朵思來說，是夠淒楚的。」

再引古繼堂對〈盆栽石榴〉的評語：「此詩明寫石榴，暗寫人生，那『血』既是從石榴花蕊中放出來的，也是從人的心靈的傷口流淌出來的」。（註⑱）

● 大荒《台北之楓》自序片斷

「本書粗分六卷，依次關於文化生活、山川形勝、歷史政治、生命情調、鄉愁及對科技的反省；實際上各卷互有牽涉，無法細分。

我對自己的要求是：長詩追求氣勢，短詩講求氣韻，再以主題（事件）為骨。」（註⑲）

● 李瑞騰《牧子詩鈔》自序片斷

「年屆不惑，常想清理一下自己的過去，乃將多年所寫散稿彙編成數冊，詩是我的初戀，永遠的最愛，就象徵性地出了吧，印個數百本，分贈親朋好友，以償宿願，今後再不提寫詩一事。

但我仍然會讀詩，寫詩評，探討詩之社會，並且永遠是詩人的朋友

。」（註⑳）

●程步奎《從何說起》自序片斷

「從前寫詩，總脫不出屈原的影響，總是想著香草美人與家國之思的關係。久而久之，習慣成自然。……現在寫詩，還是脫不出屈原的影響，只是年紀大了，情詩寫的少了，藝術與歷史感情，成了反覆出現的主題」。（註㉑）

●麥穗《荷池向晚》詩觀片斷

「詩是屬靈的科學，不應侷限事物的描述和意象的展示。詩應該是有靈魂的，活生生地存在。詩人是賦予詩靈魂的上帝：不僅僅是塑造詩形象的工具。他要能使詩在他人的心中跳躍，不是在他人眼前的炫美。」（註㉒）

●鴻鴻《黑暗中的音樂》代序片斷

瘂弦在本書代序中表白：「看完鴻鴻的詩集，我想起他的一首詩〈讀罷詩集〉，詩中說「讀畢一卷詩，最好的感覺是語言消失，〈而書頁間自足的空白是何等了然於，天地所懷藏的私情……〉，讀罷鴻鴻，我深深體會到那樣的感覺。」（註㉓）

●黃玠源《不安》代序片斷

歐團圓在本書序中說：「雖然學院訓練使玠源的詩不乏典雅流麗的氣派，但他詩作中獨特的魅力，實乃源自他對南方時空精神面貌的捕捉。大量的泥土、海洋、山岳、以及鴿子、貓、狗、蝙蝠的意象錯綜複雜，色彩的廣泛使用他的詩更充滿熱帶風情，甚而流露淒美絕艷的異色氣氛，令人興起野獸派的畫風。」（註㉔）

●林廣《蝶之舞》自序片斷

「在我們的時代，新詩究竟扮演什麼樣的角色？到底什麼樣的詩，才能激起讀者普遍的共鳴？現在流行歌曲和新詩之間，是否有結合的可能？

《蝶之舞》這本詩集的精神，應該是在「舞」字吧！但願有那麼一

天，我能突破自己的限制，舞出一片壯麗的新天地。」（註㉕）

●隱地《法式裸睡》代後記片斷

「前（八十二）年八月中旬的一個晚上，蚊子把我叮醒，翻來覆去睡不著，乾脆起床寫詩。《法式裸睡》就是這樣完成的。

讀詩也像爬山，一座峯一座峯等著我去攀爬。現代詩之後，我也應當去讀古典詩。中國詩之後，還有外國詩。隨著自己人生閱歷的豐富，詩中的滄桑和對人生的感悟，比起青少年時候，當然能體驗得較為深入」。（註㉖）

●謝昭華《伏案精靈》代序片斷

向明在本書的卷前指出：「謝昭華是截至現在為止年紀最輕的醫生詩人。這本《伏案精靈》即是他在馬祖八年行醫之餘孤獨伏案的結晶。……他的心神卻時無定所的出入中外古今，在歷史的迴廊中躑躅，在經典的灰塵中搜尋。無論從造句到謀篇，從意象的經營到節奏的變化，都經過細密的思考，刻意的講究，無不出落得相當程度的完美與圓融。」（註㉗）

●葉紅《藏明之歌》代跋片斷

白靈在本書的代跋中稱許：「葉紅的詩一出發就有突出的表現，她的《詩想》可能多半來自哲學、宗教、小說，以及對生命真象深層的體悟。從諸多她的詩作或可看出，她對生命帶有強烈的疏離和質疑氣味，但非全然否定，她在乎的是『抽象有』，這比『具象有』顯然更貼近人潛在的意識。『藏明』是她內在生命的情態……。」（註㉘）

●林群盛《星舞絃獨角獸神話憶》代序片斷

管管在本書的代序中描述：「林群盛好像是另一個星球來地球寫詩的大小孩，打開他的詩集，就覺得他好像坐著一個飛碟一個球飛來的人，有天外另一種星星味。」（註㉙）

以上引述從《聖地》到《星舞弦獨角獸神話憶》等廿六本詩集

的序、跋和評文的摘要，筆者的真正意圖無非是讓每一本詩集本身所登錄的文字說話，不論它是冥想的，感覺的，現實的，虛幻的，象徵的，有形的，文化的，歷史的，說理的，抒情的，現代的，古典的，鄉愁的，科幻的，完美的，殘缺的……等等，祇少可讓讀者從中獲致某些悲情或者逸樂的瞬間。

詩是多樣思維的融滙，它無法把眾多愛詩人的意念固定在某一機械式的框框裏，是以對於一首詩的詮釋，的確人言人殊，這也就是讀詩的喜悅，如果每首詩祇有一種解釋，那麼它的生命早就枯竭了，吾人還念念不忘去讀詩幹啥？

並非筆者的主觀與偏愛，上述廿多家之言，自有其不容忽視的意涵，每個人的創作之路，也就暗藏在這些短小精鍊的話語中。我們稍稍瀏覽一下，自會發現有人強調這綠島是一塊不容踐踏的聖地，有人習於撿拾現實的素材，有人經常凝住昂大的寂寞，有人想鯨吞一切，有人關注精神的不隔，有人舉目田間的小路，有人攝取瘋狂的完美，有人眷愛生命的卑微，有人背著傷口哭泣，有人對人生熱切的尋求，有人說詩是永遠的初戀，有人抓住現在、追索從前，有人讓語言形象消失，有人展現絕對的淒美，有人被蚊子叮了才寫詩，有人活在壯麗的舞蹈裡，有人在孤寂的「伏案」，有人在閃爍的「藏明」，有人想捕捉億萬年之後的獨角獸。……

詩的真正情趣是躲在每一本詩集似曾相識而又陌生的封皮之後，惟有以靈視之眼之心不斷去涉獵，好詩使人喜於重複的尋找，它一直默默地站在你的面前。

你要揭開詩人創作與想像的奧秘嗎？那麼請珍視每一位作者在詩集中的片言隻語，其實它們就是開啟詩國之門一把把最好的鑰匙。

四、各時期詩集編校設計裝幀的比較

　　一部優異、設計精美的詩集之問世，不僅給予愛詩人一種莫大的鼓舞，同時對當代新詩運動的推展，也有其積極而又難以預估的裨益。

　　細心檢視四十多年來各時期出版的新詩集，特抽樣列出以下廿六種，對於某些大名鼎鼎優秀詩人早期自費印製的詩集，筆者不願貿然放過，同時對於一些並非十分重要的詩人，但其自印的詩集，確有顯著獨特的風格，在設計裝幀上也有其不可忽視的創意，我們也不放棄。

　　詩集，是一種靜態的藝術品，當我們親自參與為它打扮之際，必須要全心靈的投入，使它從封面到封底，每一頁每一行每一字都各適其所。以下從《摘星的少年》（一九五四）到《一隻錶的聲音爬行》（一九九四），這些不同版本、不同年代的詩集，請大家先行瀏覽一下它們個別的出版資料：

● 《摘星的少年》，紀弦著，三十二開，一一一頁，現代詩社，一九五四年五月出版，有自序。

● 《風景》，楊喚著，三十二開，一一〇頁，現代詩社，一九五四年九月出版，有覃子豪、葉泥、歸人、李莎、紀弦等的詩文。

● 《向日葵》，覃子豪著，二十五開，七十一頁，藍星詩社，一九五五年九月出版。有後記。

● 《蛾之死》，白萩著，二十五開，七十七頁，藍星詩社，一九五八年十二月出版。有張秀亞序，作者後記。

● 《孤獨國》，周夢蝶著，三十二開，六十四頁，藍星詩社，一九五九年四月出版。

● 《秋，看這個人》，碧果著，二十五開，三十六頁，創世紀詩社，一九五九年四月出版。有後記。

● 《水之湄》，葉珊（楊牧）著，二十五開，九十五頁，藍星詩社，一九六〇年五月出版。有後記。

● 《膜拜》，方莘著，二十開，六十七頁，現代文學社，一九六三年二月出版。有後記。

● 《第九日的底流》，羅門著，二十五開，一二〇頁，藍星詩社，一九六三年五月出版。有自序。

● 《石室之死亡》，洛夫著，四十開，一一四頁，創世紀詩社，一九六五年一月出版。有自序。

● 《過渡》，翱翱（張錯）著，二十五開，一〇五頁，星座詩社，一九六六年三月出版。有後記。

● 《哀歌二三》，方旗著，二十五開，九十四頁，自印，一九六六年六月出版。

● 《敲打樂》，余光中著，三十二開，一五八頁，純文學出版社，一九六九年十一月出版。

● 《停雲的山》，白浪萍著，五十開，五十二頁，自印，一九七三年二月出版。

● 《畫册》，羅智成著，二十開，一二二頁，鬼雨書院，一九七五年四月出版。有自序。

● 《病瘦的月》，方明著，三十二開，一七二頁，文津出版社，一九七七年二月出版。有天洛的話，自序。

● 《囚室》，朱介英著，二十開，一八二頁，故鄉出版社，一九七九年三月出版。有自序，張漢良、蕭蕭、李泰祥評。

● 《雲的捕手》，羅英著，三十二開，二〇一頁，林白出版社，一九八二年六月出版。有洛夫序，座談紀錄。

● 《印象詩集》，筱曉著，二十開，一七三頁，心臟詩社，一九八六年七月出版。有羅門、張默、朱沉冬、季紅評。

● 《水藍魚白》，扶疏著，四十開，二〇八頁，信雅達出版社，一

九八七年九月出版。有李弦序、康原評。

● 《個人城市》，田運良著，二十開，一五四頁，宏泰出版社，一
　九八九年十二月出版。有向明、林燿德序。

● 《密碼》，羅任玲著，長二十開，一六七頁，曼陀羅工作室，一
　九九〇年三月出版。有張默序。

● 《台灣瓦》，岩上著，新二十五開，一五〇頁，笠詩社，一九九
　〇年十月出版。有後記，作者年表。

● 《腹語術》，夏宇著，二十開，一二三頁，現代詩社，一九九一
　年三月出版。附萬胥亭的筆談。

● 《浮雕一肩長影》，簑雨著，三十二開，一八五頁，自印，一九
　九二年八月出版。有自序。

● 《一隻錶的聲音爬行》，劉季陵著，三十二開，九十六頁，自印
　，一九九四年五月出版。有作者後記。

　　以上先介紹各個詩集的基本資料。下面再列一簡表，藉以清晰
探討比較每本詩集在編校設計裝幀上的特點或疏失。

各時期詩集編校設計裝幀比較表

書　　　名	作　者	出版年別	編校設計裝幀之比較	
			特　　　　　　　點	疏　　　　失
摘星的少年	紀弦	1954	一、本書採三十二開，封面由潘壘設計，構圖充滿童趣，三色套印，效果甚佳。 二、內頁編排，標題用長仿宋，寓有古意。	一、採用釘裝，年代久了，書頁斑駁容易脫落。 二、目錄採三欄，太擠。

風景	楊喚	1954	一、本書編排設計十分突出，前有作者玉照、手稿、畫像、素描，內容區分詩與童語，附錄作者生平（葉泥），詩評（覃子豪）。 二、封面採用繪畫一幀，六色套印，在當時傳為美談，為大家所珍愛。	
向日葵	覃子豪	1955	一、本書採廿五開較寬版本，內頁編排詩文空白特多，整體設計嚴謹美觀。 二、封面由廖未林設計，一朵向日葵，置於右上方，用鵝黃，深藍二色，單純雅緻，極富對仗之美。	
蛾之死	白萩	1958	一、本書採廿五開，內頁設計編排，均衡新穎。 二、封面以「蛾」的圖形置右下角，黑灰相間，線條構圖，明淨典雅。 三、作者後記對「美」的詮釋，頗有創意。	詩的標題用楷體，而不用仿宋體，可惜。

孤獨國	周夢蝶	1959	一、本書採三十二開，以「孤獨國」為名，別有含義，卷首引奈都夫人的「以詩的悲哀征服生命的悲哀」，令人飲泣。 二、封面採用楊英風的雕塑頭像，簡單、突兀、而富凜冽之氣。	
秋・看這個人	碧果	1959	一、本書採廿五開，內頁編排有創新企圖。第一、二輯，區分上下參差排列，有錯落之美。 二、封面由馮鍾睿設計，畫中的枝椏，氣氛蕭索，天藍、古銅二色，配置得宜。	全書僅三十六頁。似乎薄了一點。
水之湄	葉珊（楊牧）	1960	一、本書採小二十五開，概分二輯，第一輯引巴爾札克的話「那薔薇，就像所有的薔薇，只開了一個早晨」。第二輯勃朗特的話「昨天是明亮的，平靜的，霜濃的」。當時詩前引言，蔚為風尚。	目錄中未列第一、二輯是為小疵。

			二、封面由楊英風的彩色線條畫組成，頗有一縷縷奇思撲面之感。	
膜拜	方莘	1963	一、本書採二十開長型版式，整體編排規畫新穎、大方、厚重。 二、封面選用韓湘寧的油畫，氣氛森冷，印製精美，在當時為一高昂豪華的詩集。	
第九日的底流	羅門	1963	一、本書採小二十五開，作者有自己的美學觀，整體編排，充滿前衛意圖。 二、書名六字翻白，與莊喆的水墨畫相映成趣，隱約有動盪之美。	所附論文，對自己的藝術觀有極清晰的表達，但用小字，排得過於擁擠。
石室之死亡	洛夫	1965	一、本書採當年流行的四十開口袋本，前後蝴蝶頁套紅，效果強烈。 二、封面由莊喆的畫組成，以黑、灰二色交互運用，厚實而雅潔。	

			三、卷前長序「詩人之鏡」對創作觀有詳確之詮釋。	
過渡	翱翱（張錯）	1966	一、本書採小廿五開，概分五輯，每輯扉頁、引言置下端，橫排，頗有新意。 二、封面選用一具有投射性視覺畫作，藍底翻白，十分醒目。	
哀歌二三	方旗	1966	一、本書採廿五開，橫式，內頁編排另具創意，所有詩作，均以下端平齊向上發展，為方旗一大特色。 二、封面設計構圖單純，目錄以圖文交叉運用，頗為別緻。 三、穿線裝訂，保存比較耐久。	
敲打樂	余光中	1969	一、本書列入「藍星叢書，採三十二開，封面統一製作，由畫家龍思良為詩人造像，十分傳神。封底下端則選用詩人名句。黃、黑相間，素淨清雅。	

			二、內頁編排規格一致，附有作者英譯二首，也係當時的風尚。	
停雲的山	白浪萍	1973	一、本書採袖珍型五十開，封面全黑，書名翻白，給人印象單純、強烈。 二、內頁編排乾淨俐落，用銅版紙精印。	採膠裝，易脫落。
畫冊	羅智成	1975	一、本書採二十開大版本，封面封底以一幅素描貫穿，極具創意。 二、內文編排，手稿、插畫、直排、橫排交互運用，富變化。	少數圖片配置，稍欠精當。
病瘦的月	方明	1977	封面由詹宏志設計，採用變形人體素描，書名與圖形成垂直排列，具有十足的反判意味。	目錄排列較傳統，與全書不搭調。
囚室	朱介英	1979	一、本書採二十開，整體編排大方新穎，內文採西式橫排，每頁加粗直線四方框，黑翻白，插圖交叉，運用靈活。	

			二、封面以人像為主軸，封底將原圖縮小數倍，令人把玩。	
雲的捕手	羅英	1982	一、本書採三十二開，封面選米羅彩色畫作，燙銀，書名翻白，相當雅緻。 二、內頁編排用字，簡潔，勻稱，採穿線裝訂。	封面底色改用其他色調，可能展現另一番意趣。
印象詩集	筱曉	1986	一、本書採二十開，整體編排設計開濶統一，插圖新穎貼適。 二、封面、封底以淺灰作底，書名四字橫排置左上方，燙銀，簡單之極，為已故詩人朱沉冬的手筆，令人縈念。	空白留得較多，有些並非必要。
水藍魚白	扶疏	1987	一、發揮創意的小版本，內收多幅彩色插畫，相當精美。 二、封面黑底，書名翻白，扉頁的話是：「給所愛的人群、土地、山水」，引人注目。	封面書名題字不盡理想。

個人城市	田運良	1989	一、本書採長型二十開式，封面設計富立體感，圖中一片城市的遠景，被一個巨大的，剛升起的太陽所照射，書名則隱約在藍色的右上方，輕輕閃爍。 二、整體編排設計有現代感，圖文並茂，令人遐想。	
密碼	羅任玲	1990	一、整體編排設計突出細緻，內頁空間留白特多，插圖，文字翻白，標題運用，均有獨到之處。 二、封面封底全黑，「密碼」兩個大字，斜斜燙銀置於中央，醒目而穩定。	
台灣瓦	岩上	1990	一、本書為笠詩社策畫的〈台灣詩庫〉之一，採新二十五開，整體格局統一，顯示編輯人的用心。	

			二、封面為白萩手筆，以狂風巨浪為底，台灣狹長圖形置於左下方，作者頭像剪輯嵌入中間，寓有不畏橫逆熱愛斯土的詩心。	
腹語術	夏宇	1991	一、本書採二十開版式，整體編排設計極具挑戰性，從封面，內頁到封底，一點一滴都是作者驚心大膽的完成。 二、封面選重磅牛皮紙，稚拙的童畫置於上方，書名橫排置於下中，穩定對稱富藝術效果。 三、內頁文字，除標題用更大字體，其他悉數採用一號的細長仿宋體，開詩集未有之先河，夏宇的頑童心態，令人激賞。	封面書名「腹語術」三字燙銀，不夠醒目。
浮雕一肩長影	簑雨	1992	一、本書採三十二開，整體編排設計均佳	如果把書脊的一行字去掉，

			，淡雅而成熟。 二、封面封底之製作， 　是一詩意的完成。 　左圖兩個隱約跳動 　的人影，極富書名 　之寓意。	感覺可能更好 。
一隻錶的 聲音爬行	劉季陵	1994	一、本書封面以黑為底 　色，抽象的圖案， 　流動的線條，暗喻 　鐘錶的默默運行， 　不乏弦外之意。 二、內頁編排，清爽純 　淨，詩作標題悉數 　用大號仿宋，雅緻 　而莊重。	封底下端的五 條線，如能劃 掉，似更簡明 質樸。

　　從以上簡表之約略比較分析，台灣自費印行的個人詩集，四十年來的大致走向，似乎已有脈絡與踪迹可尋。早期（五、六十年代）出版的詩集，全書傾向輕薄，通常每册詩集的篇幅，約在三、五十頁到一百餘頁不等，封面設計亦以簡明、單色或套色，且一度流行以當代畫家的作品為主軸，當時由於印刷技術不精，且詩人大多生活窘困，絕大部分詩集均採用釘裝，時間愈久，書釘生銹，逐漸腐蝕書頁，而至脫落，形成保存上的難題；到七、八十年代，印刷術日益發達，平凸版興起，有些詩集不再仰賴早年人工活版排印，在版面設計，插圖製作上大有精進，版型除傳統的三十二開，二十五開之外，也傾向不定型的製作，大抵可由作者個人的品味喜好而定；在裝幀上也不再沿用釘裝，而改用穿線裝或膠裝，的確進步不

少；時至今日，九十年代中葉，詩集的設計製作，自然另具新意，色彩構圖線條均力求繁富，把早期詩集拿來放在一起欣賞，的確有天壤之別，無法同日而語了。

但吾人絕無法斷言，儘管印刷技術一日千里的今日，現在出版設計的詩集，一定比早期優異，那也不見得，這必須以某冊詩集對某冊詩集來仔細比較才能分出高下，或許整體的印刷裝幀技術，現在較過去為優異成熟，但早期一些設計精美的詩集，仍能穿越時間的風雨，而為愛書成痴的詩讀者所鍾愛。

不論現代印刷術如何進步新穎，詩集的設計編印，應以整體的完美為惟一的鵠的。從外在封面的設計，扉頁的安排，內文的編輯，分輯的處理，一點一滴均馬虎不得，尤其在勘校上更需全神貫注，不讓躲在暗處的錯字得逞，一部典雅精美詩集之誕生，無不都是詩人心血智慧凝聚的結晶。

他山之石，可以攻錯，把過往一些精緻獨特具有創意的詩集拿來作參考，截長補短，經之營之，竭力促使一個藝術品的完成，相信這應是每位自費編印詩集的作者，今後共同致力實踐的意願。

五、結語

筆者懷著十分虔敬嚴肅的心情，以兩個禮拜的時間，竭力把這份「新詩集自費出版的研究」一文初步完成，心頭的確如釋重負。

四十多年來就是因為不斷有人無怨無悔出版詩集，故而使當代新詩運的發展，其況味雖略嫌苦澀，但畢竟得以繼續向前推進。

儘管新詩人為少數族群，新詩集的對象也日漸小眾化，但並無碍新詩作者、愛詩人、研究者的關注。

這份研究，筆者試圖從資料的引述（如各時期出版的新詩集），到詩人、評論者的現身說法（各詩集「序、跋、評」的摘錄），以及編校設計裝幀版本的比較分析，其目的不外勾勒台灣四十多年

來新詩集自費出版的真實情況，同時自詩海中精挑細選，俾使一些精緻典雅的孤本，透過適切的介紹，得以次第昂然步入大專學院的文學殿堂，讓更多有志新詩的愛好者與研究者，得以掌握某些具體的資料脈絡，可供撰寫論文的參考。

筆者過去雖然收集不少新詩集，但不願讓它久久藏之陋室，而於去年（一九九五）六月悉數捐給中央大學中文系「現代文學教研資料室」，俾供更多人士的運用。筆者應邀撰寫本文時，正亟需要運用那一大批詩集，幸得老友羅門、蓉子伉儷之協助，任我在他們的府上追踪覓得不少絕版本，以及碧果、向明、田運良等的提供，才得使本文擲筆草成。

實則新詩集出得快，相對的被淹沒的速度也不慢，其中如鍾鼎文的《白色的花束》，方思的《豎琴與長笛》，李莎的《琴》，羊令野的《貝葉》，林亨泰的《長的咽喉》，葉笛的《紫色的歌》，辛鬱的《軍曹手記》，吳望堯的《地平線》、黃荷生的《觸覺生活》，張健的《鞦韆上的假期》，商禽的《夢或者黎明》，葉維廉的《賦格》，陳義芝的《青衫》，白靈的《後裔》，喬林的《基督的臉》、莫那能的《美麗的稻穗》……，因一時找不到原書，暫時無法引用；而瘂弦、鄭愁予、梅新、管管、林泠、吳晟、羅青、張香華、渡也、簡政珍、馮青、林彧、杜十三、侯吉諒、林燿德、許悔之、顏艾琳…等人，均未自費印行詩集，故無法論列。

幸好本文祇是本次出版研討會中一個小小的逗點，而提供當代文學和新詩研究的途徑和方式仍多，且本文僅係筆者個人的觀點，未能想到或提出的問題仍多，敬請方家和愛詩人不吝指教。最後筆者特再條陳三點，供大家參考：

㈠新詩集的收集與保存，對新詩史而言，具有相當積極的意義，大家共同來關注提供才能期其有成。趙天儀曾經指出：「現代詩的創作、鑑賞與批評以外，詩史的整理也是一件值得嘗試的工作。

因為詩史幾乎是文學史的中心骨幹。」（註㉚）為了不讓當代新詩史落空，大家豈能不珍惜這比較弱勢的新詩遺產。

㈡不容懷疑，新詩集應該讓它成為一個令人喜愛的藝術品，四十年來出版的詩集雖然不少，但設計粗糙不具水準的集子佔的比重也很大，今後大家勢必要精編精選，出一本是一本。不然那些「經不起太陽晒的東西，三天後便被搗爛再去作紙的東西」（瘂弦的話）。（註㉛）那又何苦呢？

㈢若干年來，不少詩人、評論家先後撰文呼籲成立一個「當代新詩資料室」，讓那些孤魂野鬼（詩集）早日有一個自己的家，把各類詩集分別編目陳列，供真正愛詩人和研究者的參用，可惜並沒有得到確當的迴響，看樣子詩人得自己想辦法了。不久前，林良、林煥彰他們克服萬難，把一座正名為「世界華文兒童文學資料館」規畫落成啟用，可見事在人為。詩人們如再猶豫，再不腦筋急轉彎，那祇好一輩子甚或是下輩子，讓你們心愛的著作都做無殼蝸牛啦！

附註：

①引文見《中華現代文學大系・詩卷》（張默、白靈、向陽編）詩序，第十七、十八頁，九歌出版社，一九八九年五月出版。

②見《台灣現代詩編目》（一九四九——一九九一），張默編，爾雅出版社，一九九二年五月出版。近據隱地告知該書將於近期再版，並增補各類新詩書目資料到一九九五年年底，的確是愛詩人的一大福音。

③《文訊》雜誌社曾於一九九二年六月詩人節，假台北「文苑」三樓舉行「台灣現代詩集大展」，於會場展出由該社設計的海報「台灣現代詩集年度出版量統計表」（一九四九——一九九一），同時並列展出另一張海報則是「台灣個人現代詩集出版量排行榜」，從擁有廿本到五本者，共五十人。茲將八本以上的作者列名如下：

張健（二十本）、余光中（十六本），紀弦、葉日松（各十四本）、楊牧

（十三本）、洛夫（十二本）、王祿松、朱沉冬（各十一本）、林煥彰、蓉子（各十本）、白萩、張錯、桓夫、葉維廉、鄭愁予（各九本）、李魁賢、羅門（各八本）……。

④張自英詩集《聖地》，三十二開本，黎明書齋，一九五一年十月初版，王聿均評文見第六頁。（原書未註明頁碼）

⑤蓉子詩集《七月的南方》，廿五開本，藍星詩社，一九六一年十二月初版，引文見第七十三頁。

⑥文曉村詩集《第八根琴弦》，三十二開本，葡萄園詩社，一九六四年十二月初版，引文見第一四八、一四九頁。

⑦楓堤〈李魁賢〉詩集《南港詩抄》，三十六開本，笠詩社，一九六六年十月初版，引文見第五十四頁。

⑧向明詩集《狼煙》，三十二開本，純文學出版社，一九六九年十一月初版，引文見第八十九頁。

⑨桓夫詩集《野鹿》，三十二開本，田園出版社，一九六九年十二月初版，葉笛跋見第六十七、六十八頁，作者後記見第六十九頁。

⑩向陽詩集《銀杏的仰望》，三十二開本，故鄉出版社，一九七七年四月初版，一九七八年二月修訂再版，蕭蕭評論〈悲與喜交集的新律詩〉「論白陽」，見再版本第二三四頁。

⑪蕭蕭詩集《舉目》，三十二開本，「詩人小集」之六，大昇出版社，一九七八年六月初版，引文見第一〇五、一一〇頁。

⑫林野詩集《林野的詩》，三十二開本，台北醫學院北極星詩社，一九七八年五月初版，引文見第四十六、四十七頁。

⑬沙穗詩集《燕姬》，三十二開本，心影出版社，一九七九年一月初版，吳晟序見第二頁。

⑭楊子澗詩集《秋興》（一九七七〜一九八一），三十二開，風燈詩社，一九八一年十一月出版，洛夫序見第七頁。

⑮林煥彰詩集《公路邊的樹》，三十二開，布穀出版社，一九八三年六月初版，引文見第五十七、五十八頁。

⑯焦桐詩集《蕨草》，三十二開本，蘭亭書店，一九八三年六月初版，李瑞

騰序見第五頁，作者後記見第一一八、一一九頁。

⑰林翠華詩集《猫供》，小三十二開本，自印，一九八八年九月初版，引文見第八十六頁。

⑱朵思詩集《窗的感覺》（一九七八～一九九○），三十二開本，自印，一九九○年三月初版。引文分見第一四五、一四七頁。

⑲大荒詩集《台北之楓》，三十二開本，采風出版社，一九九○年九月初版，引文見第二頁。

⑳李瑞騰詩集《牧子詩鈔》，三十二開，自印，一九九一年六月出版，引文見第四頁。

㉑程步奎詩集《從何說起》，二十五開本，自印，一九九三年三月出版，引文見第九頁。

㉒麥穗詩集《荷池向晚》，二十五開本，秋水詩刊社，一九九三年七月出版。引文見第八頁。

㉓鴻鴻詩集《黑暗中的音樂》，二十五開本，現代詩社，一九九三年八月出版，瘂弦序見卷前X頁。

㉔黃玠源詩集《不安》，三十二開本，詩之華出版社，一九九三年八月出版，歐團圓代序見第七、八頁。

㉕林廣詩集《蝶之舞》，三十二開本，自印，一九九三年九月出版，引文見第三、四、六、七頁。

㉖隱地詩集《法式裸睡》，三十二開本，爾雅出版社，一九九五年二月出版，引文見第一六一、一六九頁。

㉗謝昭華詩集《伏案精靈》，二十五開本，詩之華出版社，一九九五年六月出版，向明序見第十八、十九頁。

㉘葉紅詩集《藏明之歌》，二十五開本，鴻泰圖書公司，一九九五年六月出版，白靈代跋見第一七七、一七八頁。

㉙林群盛詩集《星舞絃獨角獸神話憶》，三十六開，無頁碼，自印，一九九五年七月出版，管管代序見本書《大人物登場介紹①》。

㉚見《近三十年新詩書目》，林煥彰編，書評書目出版社，一九七六年二月，引文為趙天儀的序文，見該書第八、九頁。

㉛瘂弦的話，見《創世紀》詩刊第二十二期，一九六五年六月，第十六頁。

特約討論

◉瘂弦

　　張默先生編的《台灣現代詩編目》，今天正好出第二版，非常恭喜他。《台灣現代詩編目》的序中，我提到了兩點，而這兩點也可以用在這篇論文上。第一，張默先生是個藏書人，雖未受過專業的編目訓練，但土法煉鋼的功力，並不亞於專業學者，這點相當難得。第二點，在編輯態度上，張默並不限於個人的文學觀，完全尊重歷史演進的客觀事實。凡是在近幾十年出現的現代詩刊，全部廣泛收集，並作細部整理、分類、排比、訂正、清錄，可以說條理井然，全面而詳實地反映歷史原貌。這對日後的相關研究，無論是檢索原典或考察出處，可算是最實用的工具書。在台灣有幾位先生在這方面用心良苦，也很有成就：秦賢次先生就是其中一位，他的重點是在一九四九年以前，特別是對於「少年中國學會」及五四運動，是這方面的專家。張默先生的重點則是在一九四九年後。另外應鳳凰女士也在作這些工作。

　　台灣這幾十年的新詩，野生野長沒人管，可以說是自費出版的新詩文化。所以研究台灣的文學史，關於自費的精神是很重要的。自費出版有兩個重要的因素：第一是貧窮。另一個因素則是反商業精神，秉持理想主義的態度、地下文學的精神，不受出版社的限制。我想，將來張默除了作史料的整理之外，也可以將自費出版文化的心理再作探討，那這篇論文會更有意思。（**蔡芳玲記錄整理**）

「五小」的崛起

文學出版社的個案分析

◎鐘麗慧

　　今天來談「五小」，實有白頭宮女話當年之嘆。「五小」隨著純文學出版社的結束營業，而成為歷史名詞。想必這是主辦單位始料未及的巧合。

　　所謂「五小」指的是五家文學出版社——純文學、大地、爾雅、洪範和九歌。「五小」這個名詞始於何時？誰創說的？正確答案不可考。據筆者所知：大約在民國七十二年金石堂書店暢銷排行榜出現後，這五家出版社長期霸居榜單，又因其出版社人員編制僅六、七人，小兵立大功，因而雖稱之為「小」，實有肯定其影響力之意。（註①）

　　「五小」的老大——純文學出版社創立於民國五十七年，承接文星書店結束「文星叢刊」後的文學出版資源與市場，直至八十四年壯士斷腕，這二十七年間，正是台灣文學出版在整體出版界，由一枝獨秀、坐擁半壁江山、直至被瓜分，由燦爛而至平淡的歷史。

　　「五小」崛起於民國六〇年代，「純文學」以《改變歷史的書》、《滾滾遼河》稱霸文學出版市場，繼之加入的有「仙人掌」、「大林」、「晨鐘」、「大地」、「水芙蓉」、「遠景」、「爾雅」、「洪範」、「九歌」……等以出版文學作品為主的出版社。

　　圖書館學專家張錦郎曾說：「歷年出版的圖書以文學書占首

位，銷路也以文學書最容易銷售。」「出版文學書的出版社，讀者反應最好的有：洪範書店、爾雅出版社、九歌出版社、純文學出版社、大地出版社等。這些出版社的文學書，可讀性高，而且封面、封底設計，格調高雅，令人看了覺得賞心悅目。」（註②）或許他們是市場反應最好的五家文學出版社，同時五位發行人本有私交，聯絡密切，因而外界視之爲小團體，概稱爲「五小」。

張錦郎在同篇文章中也透露出「五小」各有其特色。他這樣寫著：「爾雅的書，書後均附有作家寫作年表，值得其它出版文學作品的出版社仿效；洪範書店在新詩刊相繼休刊、停刊之際，仍出版一些新詩選集；純文學出版社也不惜資金，重排部分再版多次的文學創作，都是很難得的；九歌發行人蔡文甫，身兼報社副刊主編，邀稿容易，所以該社出版文學書，大部分由名家執筆，作品都有很高的可讀性。」

距民國六十九年忽焉又是十五年了，此其間「五小」的發展有各自獨領風騷的輝煌歲月，諸如「大地」的《七里香》、《無怨的青春》；「爾雅」的《三弦》、《我在》居七十二、三年金石堂書店年度文學排行榜第一名，另有多種暢銷書穩坐排行榜上；「九歌」是百名年度排行榜上的常勝軍，最高紀錄多達十九種，（單一書店的排行榜雖不能顯現實況，但不失爲代表性指標）。以量而論，九歌和爾雅在文學出版市場的占有率較高；以質而論，洪範的出版品質最優。

民國八〇年代，隨著政治解嚴，新人類興起，書市五花八門，政治人物或政治事件祕辛、趣味休閒小書、乃至歌手演員，人人均可出書、可爲作家，甚至是暢銷作家。於是辭典所定義的文學作品反而式微了。

其次，在書店掌控出版市場的情況下，「賣相」不佳的純文學作品，連坐冷書架的機會都沒有，有些新書送到書店不久就被原封不動退回。近年來殘酷的市場反應，的確令風光多年的「五小」黯然。目

前仍維持旺盛活力的僅有九歌；爾雅則堅守「在有限的生命裏種一棵無限的文學樹」（註③），一年出版二十種書；大地和洪範減量出版，隨緣出書；純文學則畫下休止符。「五小」之名隨之走入歷史。

以下先簡介其各自的出版社史，然後略析其類同與相異之處。

一、「五小」的簡史

「五小」依出版社成立時間先後依序是純文學、大地、爾雅、洪範和九歌，其個別簡史如下：

㈠純文學出版社　　發行人：夏林含英（林海音）
　　　　　　　　　　創辦日：民國57年12月

純文學出版社的成立因緣於《純文學》月刊，這份文學雜誌創辦於民國五十七年七月，爲了將連載的文章結集出書，「純文學出版社」應運而生，以「純文學叢書」爲名，至八十四年十二月，共出版187種，另有「純美家庭書庫」出版兒童、青少年讀物等適合全家人閱讀的書。

版權頁上登載的發行人夏林含英，就是文名顯赫的林海音。她曾是北平第一位女記者、國語日報編輯、開創台灣報紙副刊新紀元的「聯合副刊」主編、及文學專業雜誌《純文學》月刊創辦人兼主編，同時從事小說、散文、兒童讀物等創作，編寫國小國語課本，迄今寫作不輟。

純文學早在民國六十年代，出版彭歌翻譯二十萬字的《改變歷史的書》轟動一時，首創知識性書籍暢銷的奇蹟。

所出版而造成青年學子、文化界讀書熱潮的文學作品不少，諸如：王藍的代表作《藍與黑》、紀剛的成名作《滾滾遼河》、子敏的長青著作《小太陽》等。此外，鼓勵潘人木的《漣漪表妹》復出文壇；使台灣前輩作家張我軍和被遺忘的豐子愷的遺作，在台灣復活，並重獲重視；也讓鄧禹平在晚年得見其作品《我存在因爲歌因

為愛》付梓問世，都為人激賞。

當然，林海音自己的創作十五種、編著六種、譯著兩種均是純文學叢書。另外其家人的著作為數可觀，有其夫婿何凡的巨著《何凡文集》二十五冊，和散文三種、譯作一種；兒子夏烈的小說兩種；女兒夏祖麗的專訪三種和編著一種；長女婿莊因的著作一種；次女婿張至璋的小說一種；外孫張安迪、張凱文的少年讀物一種。這是純文學出版社的特色，堪稱台灣文壇最具影響力的「文學家族」。

此外，出版當代作家個別作品評論——黃維樑編著《火浴的鳳凰——余光中作品評論集》，可以說開風氣之先。

林海音先生已於民國八十四年九月宣布結束營業，十分令人遺憾。

㈡**大地出版社　發行人：張姚宜瑛**

　　　　　創辦日：民國61年10月

大地出版社發行人姚宜瑛，亦是集記者、編輯、作家於一身，創辦出版社的動機只因孩子大了，做自己想做的事（註④）。或許以母親的身份創業，因而創業作是親子教育書，親子教育叢書與文學書並列大地的「萬卷文庫」之林。叢書命名，足見大地創業時的企圖心。

大地二十三年來出版了兩百多種書，其中散文作家思果有九種著作，數量最多，他是大地的催生者，自是支持者。另外大地出版了不少當代作家的少作或代表作，諸如：「雲門舞集」掌門人林懷民的小說集《蟬》；藝術評論學者何懷碩的學成返台作品《苦澀的美感》；文學大師余光中的著名詩集《白玉苦瓜》、《五陵少年》，及翻譯力作《梵谷傳》；風靡一時的沉櫻譯作《一位陌生女子的來信》及其它翻譯小說。

大地最為人津津樂道，也是大地最輝煌的黃金時光——就是民

國七十年七月初出版畫家席慕蓉的詩集《七里香》和稍後出版的
《無怨的青春》，造成書市轟動，並爲文壇升起一顆光芒四射的巨
星。

　　大地在盈餘最豐厚時出版三種冷門文學史料書——由應鳳凰編
著的年度文學書目（ 1980、1981、1984 ），不無回饋文壇之意。

㈢爾雅出版社　　發行人：柯青華
　　　　　　　創辦日：民國64年7月

　　爾雅創辦之初有三位股東：隱地（柯青華）、景翔和簡靜惠，
這三位股東結緣於《書評書目》月刊。創業之作是王鼎鈞的《開放
的人生》、琦君的《三更有夢書當枕》，一炮而紅，奠定基礎。直
至民國六十六年五月才由柯青華獨資經營。

　　筆名隱地的柯青華畢業於新聞系，從事文學創作和雜誌編輯工
作。由於其擁有敏銳的新聞眼、熾熱的文學心和創意的編輯腦，二
十年來不論景氣佳或劣均維持一年出版二十種書，並出版了七種獨
家專屬的「爾雅書目叢書」。

　　爾雅除了出版作家個集外，最具歷史觀的出版品就是「年度短
篇小說選」（包括民國五十五年至八十四年）、「年度詩選」（七
十一年至八十年）、「年度文學批評選」（民國七十三年至七十七
年）。其中「年度短篇小說選」自民國七十一年開始增設「洪醒夫
小說獎」，紀念英年早逝的小說家洪醒夫，除了得獎者一萬元獎金
外，每年另一萬元以「洪醒夫助學金」的名義，幫助洪醒夫的子女
完成學業。

　　另外在爾雅叢書中自成小系列的有「作家極短篇」（十五種）
和「十句話」（六集）。民國六十九年由張曉風編選《親親》、
《蜜蜜》，叫好又叫座。一時蔚成散文選集出版風潮。

　　而個別作家在爾雅的出書量最多者屬愛亞，多達十一種；其次
爲琦君有十種，隱地還爲她編輯評介專書《琦君的世界》；甚至現

今已自寫自印的王鼎鈞仍有七種書留在爾雅；出版大兵張拓蕪的
《代馬輸卒》系列，不僅改變作者的後半生，也爲文壇造就一位作
家；還找回幾乎割斷與台灣臍帶的女作家荆棘。

　　此外，也出版作家攝影集──《作家之旅》（謝春德攝）、
《作家的影象》（徐宏義攝）、《風采》（周相露攝）。

㈣洪範書店　發行人：孫玫兒
　　　　　　創辦日：民國65年8月。

　　洪範是「五小」中唯一眞正的「股份有限公司」，股東四人：
瘂弦、楊牧、沈燕士、葉步榮，各有正業，洪範是他們的志趣副
業，發行人是沈燕士之妻，純爲掛名的人頭。目前坐鎭負責的是葉
步榮。

　　二十年來洪範堅守文學專業出版，已出版二百七十多種書均是
維持一定水準的文學作品：新詩、散文、小說和評論。作者群大都
出身於學院、或定居海外的華文作家，諸如：余光中、張系國、羅
靑、姚一葦、劉紹銘（二殘）、陳芳明、楊牧、葉慶炳、黃維樑、
蘇雪林、王文興、林文月、鄭愁予、莊因、王孝廉（王璇）、吳魯
芹、施叔靑、西西、許達然、黃永武、劉大任、臺靜農、黃碧端、
李渝、鄭騫、鍾玲、莊信正……等等（以在洪範出書先後爲序），
均爲當代文壇碩彥。

　　其次，洪範最早公開印行二、三○年代作家選集，有：朱湘、
戴望舒、劉半農、袁昌英、郁達夫、梁遇春、方令儒、豐子愷、許
地山、凌叔華、徐志摩、魯迅、沈從文等，揭開現代文學神祕面
紗。也因而發掘並造就現代文學史料專家秦賢次。另有美學家宗白
華、朱光潛的評論集。

　　近年（民國七十六年）在大陸日漸開放之際，陸續出版了《八
十年代中國大陸小說選》六集，及當代大陸作家個集，包括李銳、
李杭育、莫言等人。

　　此外，洪範又與其主力作家張系國合作「知識系統」系列，目前分為「科幻叢書」、「知識叢書」、「電腦叢書」等近四十種。

㈤九歌出版社　發行人：蔡文甫
　　　　　　　創辦日：民國67年3月

　　九歌是「五小」的老么，但十七年的經營發展卻最具成績。出版「九歌文庫」四百三十多種、「九歌叢刊」近三十種、「九歌兒童書房」近七十種、及《中華現代文學大系》五卷十五冊，「九歌譯叢」三種。並創立九歌文教基金會，開辦兩家九歌文學書屋。另有姐妹出版社——健行文化出版公司。

　　今日九歌的規模肇因於發行人蔡文甫的旺盛企圖心，及其得力助手陳素芳。蔡文甫經營九歌之際同時身兼中華日報副刊主編直至民國八十年退休，長達十多年，能夠將「副業」經營成今日的規模，實有其獨到的經營策略，諸如：巧妙運用副刊媒體功能、勤於網羅作家、出書速度快數量多、廣告手筆大……等等，交錯運用，迭創佳績。

　　九歌擁有暢銷基本作家不少，如早年的夏元瑜、杏林子、楊小雲；爾後，隨著學佛風潮興起，趕上時機有：證嚴法師的《靜思語》、林清玄的《菩提系列》。

　　九歌也自民國七十一年開始編印《年度散文選》，自七十年迄今已累積十三年了。

二、「五小」的類同

　　「五小」就因其質同，而被外界暱稱之為「五小」。最大相同處是其本質為文學專業出版社，尤其在採綜合出版的年代，顯現其專業獨特性，除了這個基本質同外，尚有不少相似處，分述如下：

㈠負責人均為文人出身　
純文學的林海音、大地的姚宜瑛、爾雅的隱地、洪範的瘂弦和楊牧、九歌的蔡文甫，分別是小說、散文和新

詩創作者,個個均享有文名,甚至執文壇之牛耳。其中林海音和姚宜瑛,曾是記者;隱地畢業於新聞系;瘂弦主編「聯合副刊」,蔡文甫主編「中華副刊」多年,也都和新聞界有不解之緣,因此他們被歸類爲文人,所經營的出版社,稱之爲文人辦出版社。文人當然辦文學出版社。

㈡**一人主導出版社運作** 除了洪範「集體領導」(其實主要由葉步榮負責)外,由發行人全權主導,從邀稿、選書、編輯、印刷、發行、財務管理,乃至應酬,無一不事必躬親,負責人和出版社是生命共同體,非他人所取代,從純文學壯士斷腕打破事業傳子的傳統,足見其獨我性。

㈢**作者群有所重疊** 文學出版社印製文學作品送至書店,流傳於社會大衆,因此出版人與作者之間,其實有如唇齒相關,風生水起、水漲船高。今天一般都認爲,民國六〇、七〇年代是「五小」的輝煌歲月。其實,也正是台灣文學創作蓬勃,文學閱讀人口最多的年代。顯然,文學出版社的興衰與文學作品榮枯息息相關。

　　近四十年寫譯不輟的余光中,其作品散布於純文學、大地、爾雅、洪範、九歌「五小」中,唯爾雅無其個集。資深作家王鼎鈞早年在大地、爾雅、九歌均有作品出版(後來部分作品由作家收回版權自印發行);琦君在爾雅出版十種著作後,其散文轉至九歌出書,詞論及敍述少年生活的作品由純文學出版(純文學結束營業後版權轉移至爾雅、三民、九歌);民國七十一年,平地一聲雷享譽文壇的席慕蓉,在大地出版詩集造成轟動,其散文作品由爾雅捷足先登,隨後作品也在洪範、九歌出版。中生代女作家蕭颯的小說陸續出現在九歌、洪範、爾雅的出版書目上;散文作家劉靜娟在大地、爾雅、九歌均有個集出版;崛起於爾雅的作家張拓蕪及「純文學」的夏烈、夏祖麗、張至璋近年作品轉至九歌出版。

　　其他作家著作散布於「五小」中的尙有:思果、喬志高、艾

雯、劉枋、康芸薇、季季、張曉風、水晶、東方白、蕭蕭、羅青、陳
幸蕙、趙淑俠、朱炎、陳義芝、林雙不……等等。

三、「五小」的互異

　　「五小」因其近似的本質而被歸為一體，其實細究其出版品內
容和負責人的行事風格，仍有其相異之處。由於各負責人的交遊、
個性、和趣味不同，影響各家出版品的獨特風格，略述如下：

㈠作家之異

　　1.純文學：因負責人林海音的個人交情而有的獨家專屬作家（以
在五小中的唯一出版者），除了其親人外，有王藍、潘人木、徐鍾
珮、游復熙、季光容、梁宗岱、子敏及張光直等。

　　2.大地：負責人姚宜瑛的個人朋友，而成為該社專屬作家的有：
吳奚真、枳園、唐魯孫、沉櫻等。

　　3.爾雅：基於同樣的交情因素，而列為爾雅專屬作家的有：愛
亞、歐陽子、白先勇、洪醒夫、喻麗清、荊棘、陳少聰、呂大明、
余秋雨等。

　　4.洪範：除了股東楊牧、瘂弦外，洪範的專屬作家有：張系國、
也斯、王文興、七等生、鍾曉陽、西西、王孝廉（璇）、施叔青、
蘇偉貞、劉大任等。

　　5.九歌：九歌的專屬作家有由負責人蔡文甫一手發掘、栽培者，
如陳火泉、楊小雲、謝鵬雄、應平書等；有網羅已成名至旗下者，
如梁實秋、夏元瑜、杏林子、廖輝英及八十四年整理出版張繼高作
品。

㈡出版品之異

　　1.純文學：由於林海音童年成長至少婦階段均居住在北平，誠如
她在其散文〈兩地〉所言：北平和台北是她的兩個故鄉（註⑤）。
因此其出版品中有一些京味兒，如《舊京瑣記》、《城門與胡

同》、《喜樂畫北平》、《家住書坊邊——我的京味兒回憶錄》等
書。

另，又因林海音擔任國小低年級教科書編纂多年，自己又創作兒
童文學作品，因而開闢兒童與青少年讀物系列。

2.大地：注重親子教育的姚宜瑛創業之作，就是親子教養書，此
類書一直是大地的主力出版品，有別於其它四小。另外，也因其個人
趣味而出版國劇書籍《我的公公麒麟童》、《章遏雲自傳》和丁秉鐩
國劇著作三種，並有養生、風土人情等書籍，和其它四小相較，大地
的出版品較多元化。幸文學創作和譯作，仍維持百分之六十五左右，
個中顯有發行人隨緣隨性出書的瀟灑。

3.爾雅：若將「五小」出版品交由時間判官論定，爾雅應該是個
大贏家。因為，持續二十七個年度的小說選（自民國五十七年迄今，
且持續進行）、十種年度詩選（自民國七十一年至八十一年）、五種
年度評論選（自民國七十三年至七十七年）。另外，因發行人隱地頗
具文學史觀，曾編印有關出版事業的叢書《出版社傳奇》、《誰來幫
助我》（後更名為《出版心事》）；為文壇編印《好書書目》、《作
家書目》、《作家地址本》、《作家與書的故事》、《台灣現代詩編
目》、《當代台灣作家編目》；出版作家攝影集；輯印爾雅前一百二
十種書的封面為《風景》一書；十八周年編印《書的名片——爾雅書
目》；二十周年編印《文學樹》。

然而，爾雅卻做了件讓文學或出版史研究者不便的事：在二十三
種絕版書的編號上，填上新書。可能為了避免爾雅叢書編號跳碼吧！

此外，爾雅重視出版品包裝，不少書在再版後穿新衣，常不惜成
本換封面設計，如叫好又叫座的《文化苦旅》。除了維持封面水準
外，且喜給舊書換新名，如鄭清文的小說集《現代英雄》更名為《龐
大的影子》、亮軒的散文集從古典味的《筆硯船》換成現代感的《假
如人生像火車我愛人生》等。

　　綜覽爾雅出版品，其計畫編輯的出版品數量較其它四小爲多，乃肇因於隱地個人的專長，曾於民國七○年代帶動出版界散文選集出版風潮。（註⑥）

　　4.洪範：洪範的出版品在「五小」中最堅守嚴肅文學水準，幾乎每一種書都是當代文學代表作，曾造成文壇熱門話題者不少，有：張系國的科幻小說、王文興的《家變》、袁瓊瓊的《自己的天空》、蘇偉貞的《陪他一段》、西西的《像我這樣的一個女子》、簡媜的《水問》、李永平的《吉陵春秋》、施叔青的《香港三部曲》……等等。

　　5.九歌：由於「九歌文庫」的前三十種書，有二十八種是散文或小品集，又於創業第四年加入年度選集行列，出版「年度散文選集」，因此早期九歌被認爲是偏愛散文的出版社，而後增加不少小說作品。出書量大，自然稀釋其品質，幸仍維持基本文學水準。

　　發行人蔡文甫企圖心旺盛，搶作家，搶新書，較其它四小積極；主編陳素芳持之有恆地與心儀的作家邀稿，甚至默默地代爲剪報建檔，只等作者一點頭，立刻可發排出書。九歌書訊也較其它四小密集且數量多（採月刊發行，每期十萬份）。

　　此外，蔡文甫又積極爲該社作家作品爭取國內各種文學獎，九歌出版品得獎者，包括：國家文藝獎十六種、中山文藝獎十六種、吳三連文藝獎九種、金鼎獎十種等等。

四、結論

　　近年來，青年學子和社會大衆閱讀趣味多元化；作家創作風格的轉變，「五小」過去二十多年獨占鰲頭的風采，受到挑戰，面對風光難再的趨勢，「五小」也各有應變之道。

　　居首的純文學出版社毅然決然地退出戰場，誠如林海音在其《生活者林海音》（註⑦）一書中答覆傅光明訪問說的：「我是一個以採訪、寫作、編輯爲工作的人，從沒想做出版家。……我從

事出版真可說是『無心插柳柳成蔭』了。」如今放下出版重擔，回歸單純的寫作生活。

　　大地出版社屬隨性隨緣出版社，向來就是發行人姚宜瑛的個人副業，沒有經濟壓力，自能維持這份瀟灑。

　　爾雅出版社發行人隱地一直能掌握社會的脈動，創意源源不絕。雖然不像往年總是暢銷排行榜的常勝軍，但總會在一年二十種新書中看到幾本「年輕」的書。多年奠定的經濟實力，使得爾雅仍能悠然自在地徜徉出版世界。女兒已在出版社工作，實習接班任務。

　　洪範書店原來就是四位股東的副業，營利色彩最淡。近年受到文學市場蕭條、文學佳作量少的影響，出書量銳減。但負責人葉步榮最近給筆者的信上，對出版仍熱情不減，他寫著：「文學書市蕭條令人無奈。」「最快樂的也就在出書的過程。」苦中作樂，也是一樂。

　　九歌出版社是「五小」中最活躍的老么，發行人蔡文甫老當益壯、企圖心旺盛，除了仍大量出版「九歌文庫」外，從九歌發展出來的「九歌文教基金會」、兩家「九歌文學書屋」及子公司「健行文化出版公司」，在目前各行各業一片蕭條聲中，衝勁不減。同時已安排女兒們接掌不同部門。

　　筆者認為，「五小」除非負責人對出版事業情盡緣了，否則以其多年累積的基礎，仍能在台灣出版界占一席之地。

附註：

①在民國七十年代，流傳於作家間的有這樣一句話：「文章發表要上兩大（報），出書則找五小。」（見《當代台灣作家編目》332頁，隱地、張默合編，爾雅出版社，民國八十三年一月）

②張錦郎著〈民國六十九年圖書出版業的回顧〉，載游淑靜等著《出版社傳

奇》，爾雅出版社，民國七十年七月。

③隱地爲爾雅二十周年寫了一篇〈在有限的生命裡種一棵無限的文學樹〉，篇
名也成了他和林貴眞爲爾雅編一本資料書的書名，爾雅出版社，民國八十四
年七月。

④見游淑靜〈大地出版社〉，載《出版社傳奇》。

⑤林海音在《兩地》一書的自序中說明這兩地於她的意義，三民書局，民國五
十五年十二月。

⑥筆者整理的〈三十年來散文選集提要〉自民國六十九年至七十五年間大約有
一四七種。文載《文訊》月刊十四～二一期，民國七三年十月～七十四年十
二月。

⑦《生活者林海音》，林海音著，純文學出版，民國八十三年十二月。

特約討論

◉向陽

　　這篇論文以崛起於七〇年代、活躍於八〇年代的五家文學出版社（五小）為分析對象。論者為當年著名的文化新聞記者（民生報），其後更與應鳳凰為自立晚報副刊策畫「出版月報」，相當熟悉七、八〇年代台灣出版的情境及市場；同時與「五小」的出版人均具深厚友誼，對於五小在文學類書上的編輯、出版與發行狀況，更是瞭若指掌。

　　因此，這篇論文，一方面既有對於五家文學出版社崛起過程親身觀察的「神入」領會，一方面也具有相當值得參考的分析，可以說是一篇富有文學社會學價值的論文，提供給我們掌握七、八〇年代台灣文學出版發展的清晰輿圖。台灣出版市場的研究甚少，這應該是這篇論文的主要貢獻。

　　整篇論文的重點，除了鉤繪五家文學出版社如何在七〇年代開始文學書籍出版的小史以外，主要的分析集中在「五小」的類同與互異之比較上，這同時也是這篇論文值得注意的貢獻。根據論者的分析，「五小」類同處在於 (1)負責人均為文人出身，(2)一人主導出版社運作，(3)作者羣有所重疊。互異處則在於：(1)作家之異，來自負責人的個人文壇交情或發掘栽培而各有專屬作家羣，(2)出版品之異，因為負責人之經歷、喜好或企圖心發展出不同的文學出版路線，形成五小各自的出版特色。

從論文鈎繪的重點，可以看出本文是環繞在出版人的特質上的分析，印證了台灣文化出版社濃厚的「文人經營模式」：強調文學品味、堅持出版責任、不向市場低頭、隨緣隨興出書以及編輯格調高雅的五大特色。這是這篇論文對「五小」在台灣出版史上的一個定位。套用法國文學社會學家埃斯卡皮(Escarpit)的話說，像「五小」這樣的文學出版社基本上就是一個「文人圈」的社羣，他們在七、八〇年代透過文學書籍的約稿、編輯與發行，造就了七、八〇年代台灣文學發展的主流、型塑了當代台灣文學的面貌，也對當時的「大眾圈」產生了「文學教育」的效果，促進文學傳播。而歸根究底，正是因為「五小」的負責人均為文學中人，他們的文學背景決定了「五小」在台灣出版界中卓然獨特的走向。

本文唯一的瑕疵是對於「五小」崛起的社會變遷背景並未著墨。「五小」以文人經營而能在七、八〇年代的台灣出版市場中獨樹一幟，有其時代發展與社會變遷的因素。台灣自七〇年代起到八〇年代之際的社會變遷，有點類似於德區(Deutch, 1961)所說的「社會動員」(social mobilization)過程，舊的社會的主要約束及內涵逐漸被拋棄，新的行為和文化逐漸被接納，在此一過程中，由於大眾接觸了現代生活、傳播媒介增強、遷移、都市化、放棄務農、識字率提高、個人所得提高等因素，都造成了「社會動員」的達成，也使台灣出現了一個不同於以往的「新階級」。這樣的社會變遷，支持了「五小」所走的高品味文學出版路線。同時，當時的台灣文學發展也正處於新世代崛起，創作風氣鼎盛的年代，報紙副刊、文學雜誌、文化雜誌均曾風雲際會，有過一段黃金歲月。這種來自外部與文壇內部因素的相激相盪，反應在出版市場上，也間接提供給「五小」開闊的空間。

不過，到了九〇年代後，台灣已發展到進入資本主義社會的階段。經濟制度迅速工業化、商業化，而政治體制也開始異化出多元

模式。文化價值體系呈現出以傳統為主，包含西方理念的複雜變化。於是大眾消費文化形成主流，「五小」這種以「文人圈」趣味為重的文學出版乃被逼到邊陲地帶。這個部份，論者也已觀察到，我願就社會變遷的角度提供以上的補充。（**書面稿**）

當代文學禁書研究

⊙林慶彰

一、前言

查禁圖書的事古今中外都有，中國自秦始皇焚詩、書，六藝殘缺以來，以迄於今，遭查禁的圖書不下幾千種，但這些被查禁的書大部分都能流傳下來，可見禁歸禁，流傳還是照樣流傳，對統治者來說是相當無奈，且帶諷刺的事。

研究歷代禁書的學者甚多，但對政府播遷以來查禁圖書的事，以學術研究的角度來加以研究的還相當罕見。雖然坊間有不少論文談到這一時段的禁書，但都是把它當做一種時事問題，呼籲政府開放淪陷區學者或作家的作品而已，有部分論文則是檢討因查禁圖書所造成的作偽現象，並羅列偽書的清單。這些論文對研究當代畸形的查禁圖書現象多少都有幫助。

至於用專文來檢討這數十年間查禁多少當代文學圖書？查禁的原因如何？則尚未見有學者撰寫。當然，要研究禁書，可以全面性的研究，也可以僅選部分學科來做局部性的研究。長久以來有關當局查禁三十年代文學作品，最爲學界所詬病，被認爲台灣研究三十年代文學成績不佳的罪魁禍首。另外，台灣文學作家的作品是否也有遭查禁的？這是大家一想到三十年代文學作品被查禁時，心中不時浮現的問題。這些在本文的各節中將逐一加以分析討論。

要討論這些問題，就得有查禁圖書的目錄作爲研究的根據。這

數十年間查禁的圖書雖有數千種，但並沒有一本較完整的查禁圖書總目錄可用，這是相當遺憾的事。筆者撰寫本文所根據的是民國六十六年十月，台灣省政府、台北市政府、台灣警備總司令部等三個機關一起合編的《查禁圖書目錄》，該書將查禁圖書分違反出版法、違反戒嚴法兩部分。每一部分，按被查禁書名字數多寡加以排列。違反出版法部分，由一字部至十六字部，另加外文圖書部和雜誌部。違反戒嚴法部分，由一字部至十四字部，另加英文字部、查禁雜誌、暴雨專案等。書末附錄，附有查禁圖書的法令：①出版法；②出版法施行細則；③社會教育法；④戒嚴法；⑤台灣地區戒嚴時期出版物管制辦法；⑥內政部臺（47）內警字第二二四七九號函；⑦刑法二三五條等。每一本禁書註明書名、著作（譯述）者、出版年月日、開數、頁數、查禁機關、日期、字號、原因。

這部目錄，違反出版法和違反戒嚴法兩部分一起計算，所著錄的圖書約有三千種，但因僅編至民國六十六年十月，所以並非這數十年查禁圖書之總目。好在查禁當代文學作品都在民國四十年至四十九年間，要研究此一論題，這一目錄仍有其可靠性。其次，這部目錄按書名字數多寡排列，編排相當奇怪，大概是爲執行任務方便，兼執行人員的素養不高所致。這種編排法無法反映各類書被查禁的實際情形。且全書校對不佳，誤字甚多，使用時應特別小心。

二、查禁圖書的動機及法令根據

如果將歷代查禁圖書的動機加以分析，不外兩點：一是政治方面的原因，政府爲維護政治的安定，對足以爲害政治安定的圖書加以查禁，如秦始皇之焚詩書，清康、雍、乾時代之查禁部分學者圖書等都是。二是社會方面的原因，政府爲維護善良風俗，對誨淫誨盜的圖書加以查禁，如明清時代被查禁的色情小說等都是。

如就政府播遷來台數十年間查禁圖書的動機來說，也不外這兩

點。就政治面來說，中國共產黨竊據大陸，且虎視眈眈，想侵犯台
澎金馬地區，政府爲保護國家安全，乃於民國三十八年（一九三
九）五月廿日，由當時台灣省主席兼警備司令陳誠宣告台灣全省實
施戒嚴。戒嚴施行以後，根據〈戒嚴法〉再制定各種子法。與查禁
圖書關係最密切的是，民國三十八年（一九四九）五月廿七日台灣
省警備總司令部所訂定的「台灣省戒嚴期間新聞紙雜誌圖書管制辦
法」（註①）。這一辦法第二條的七個款目，都與維護政治安定有
關。在維護國家安定的大前提下，被查禁和沒收的圖書可能有數萬
種以上。如就社會方面來說，主要在安定社會秩序，維護善良風
俗。如有破壞社會秩序、傷風敗俗的書刊，則以出版法加以查禁。
因違背出版法而遭查禁的書雖不及違背戒嚴法的多，但數量也可
觀。

　　爲維護政治安定，爲維護善良風俗，所作的查禁圖書工作，很
少有人會反對，但假借這些名目漫無標準的查禁必遭民怨。這數十
年的查禁圖書，可說百姓怨聲載道。茲先就查禁的法令根源加以檢
討。

　　根據《查禁圖書目錄》書前之〈說明〉第一條「查禁圖書法令
依據」是：

1.出版法
2.出版法施行細則
3.社會教育法
4.戒嚴法
5.台灣地區戒嚴時期出版物管制辦法
6.內政部台（47）內警字第二二四七九號函
7.刑法二三五條

總計有七項。如將被查禁的當代文學圖書加以分析，可知被查禁的
書，不外違反出版法和台灣地區戒嚴時期出版物管制辦法兩項。

就出版法來說，當代文學作品被查禁的，是根據第三十九條，該條條文如下：

出版品有左列情形之一者，得禁止其出售及散佈，必要時並得予以扣押：

一、不依第九條或第十六條之規定呈准登記，而擅自發行出版品者。

二、出版品違反第二十一條之規定者。

三、出版品之記載違反第三十二條第二款及第三款之規定者。

四、出版品之記載違反第三十三條之規定，情節重大者。

五、出版品之記載違反第三十四條之規定者。

依前項規定扣押之出版品，如經發行人之請求，得於刪除禁載或禁令解除時發還之。

該條五款，如就被查禁的當代文學作品加以分析，以違反第三款「出版品之記載違反第三十二條第二款及第三款之規定者」最多。第三十二條之條文如下：

出版品不得爲左列各款之記載：

一、觸犯或煽動他人觸犯內亂罪、外患罪者。

二、觸犯或煽動他人觸犯妨害公務罪、妨害投票罪或妨害秩序罪者。

三、觸犯或煽動他人觸犯褻瀆祀典罪，或妨害風化罪者。

出版品如有違反第三十二條這三款者，即可能被查禁。在《查禁圖書目錄》違反「出版法」部分，大多數當代文學作品，查禁原因大都註明「卅九㈠3」，即違反出版法第卅九條第一項第三款。而所謂第三款即指違反前引出版法第三十二條的第二、三款。

就違反戒嚴法來說，指的是違反台灣省警備總司令部於民國三十八年五月廿七日訂定的〈台灣省戒嚴期間新聞紙雜誌圖書管理辦法〉。當時查禁出版品使用最多的條文是該辦法的第二條。該條條

文是：

　新聞紙雜誌圖書告白標語及其他出版品不得為下列各款記載：

　一、未經軍事新聞發佈機關公布屬於「軍機種類範圍令」所列
　　　之各項軍事消息。

　二、有關國防政府外交之機密。

　三、為共匪宣傳之圖畫文字。

　四、詆譭國家元首之圖畫文字。

　五、違背反共抗俄國策之言論。

　六、足以淆亂視聽影響民心士氣或危害社會治安之言論。

　七、挑撥政府與人民情感之圖畫文字。

計有七款。當代文學作品，在民國五十九年五月廿二日此一辦法修
正公布之前被查禁的，大抵是違反第三款。在《查禁圖書目錄》
中，違反「戒嚴法」部分，查禁原因註明「二3」的，表示違反第
二條第三款。

　　這一〈台灣省戒嚴期間新聞紙雜誌圖書管制辦法〉，經行政院
五十九年五月五日臺（59）內字第三八五八號令核准修正，國防部
於五十九年五月廿二日（59）崇法字第一六三三號令公佈。這一新
修正的辦法，除改名為「台灣地區戒嚴時期出版物管制辦法」外，
另增第二條「匪酋、匪幹之作品或譯著及匪偽之出版物一律查
禁。」且將原第二條改為第三條。條文也有修正，茲抄錄如下：

　出版物不得有左列各款情形之一：

　一、洩漏有關國防、政治、外交之機密者。

　二、洩漏未經軍事新聞發佈機關公佈屬於「軍機種類範圍令」
　　　所列之各項軍事消息者。

　三、為共匪宣傳者。

　四、詆譭國家元首者。

　五、違背反共國策者。

六、淆亂視聽，足以影響民心士氣或危害社會治安者。

七、挑撥政府與人民情感者。

八、內容猥褻有悖公序良俗或煽動他人犯罪者。

計有八款。如將新舊兩辦法這一條文加以比較，可知舊辦法第一款，新辦法則改爲第二款；舊法第二款，新辦法則改爲第一款。另新辦法的第八款，則爲舊法所沒有。在《查禁圖書目錄》中，違反「戒嚴法」部分，如爲民國五十九年五月廿二日以後被查禁的，都依據此一新法，查禁原因如註明「三3」、「三6」，即違反此一新辦法第三條第三款、第三條第六款。

在《查禁圖書目錄》中所列被查禁的圖書，有的是以「台灣省戒嚴期間新聞紙雜誌圖書管制辦法」（舊法）查禁的，有的是以「台灣地區戒嚴時期出版物管制辦法」（新法）查禁的，《目錄》中並沒有加以說明，且書後附錄僅附錄新法，當讀者將《目錄》中查禁原因「二3」、「二6」（舊法二條三款、二條六款），用來和該目錄附錄五「台灣地區戒嚴時期出版物管制辦法」（新法），相比對時，根本不相合。這是台灣省政府等三機構編輯此一《查禁圖書目錄》時不夠周密的地方。

由於「台灣地區戒嚴時期出版物管制辦法」第二條「匪酋、匪幹之作品或譯著及匪僞之出版物一律查禁」，第三條第三款「爲共匪宣傳者」，第六款「淆亂視聽，足以影響民心士氣或危害社會治安者」，定義都不夠明確，執法的尺度也寬嚴不一，如果執法太嚴，則大陸三十年代作家之作品幾乎無一倖免，這也是違反「戒嚴法」部分，被查禁的大都是三十年代作品的原因。至於「出版法」部分，第三十九條所規定的「妨害秩序罪」、「妨害風化罪」，認定標準也很難一致。以致如被查禁的郭良蕙的《心鎖》，則引起相當大的爭議。

三、遭查禁的三十年代文學作品

　　在《查禁圖書目錄》中，遭查禁的圖書約有三千種，除有艷情、色情嫌疑的黃書和有暴力傾向的黑書外，有一大部分是三十年代的文學作品。這些作品爲何被查禁？這得從分析這本《查禁圖書目錄》做起。

　　該《目錄》將查禁的圖書分違反出版法和戒嚴法兩部編列。在違反「出版法」的部分，遭查禁的三十年代文學作品並不多，如按作家筆畫順序加以排列，有：

1.丁　玲：《丁玲代表作》。
2.巴　金：《兩代的愛》。
3.老　舍：《二馬》、《火葬》、《離婚》、《趙子曰》、《老牛破車》、《老張的哲學》。
4.沙　丁：《還鄉記》。
5.李廣田：《引力》。
6.李霽野：《給少男少女》。
7.阿　湛：《晚鐘》。
8.胡　風：《她也要殺人》、《密密期風習小說》。
9.茅　盾：《賽會》、《青年與文藝》、《第一階段的故事》。
10.曹　禺：《日出》。
11.郭沫若：《天地玄黃》、《沸羹集》。
12.張天翼：《張天翼文集》。
13.張恨水：《一夕殷情》。
14.靳　以：《前夕》。
15.魯　迅：《二心集》。

這些作品，大都是民國四〇、四一年間遭台灣省政府查禁，查禁原因欄都是空白。當時所以查禁這些書不可能沒有理由，爲何該《目錄》的查禁原因欄不加以登載，則尙待進一步研究。當時違反出版

法的罪名都在第三十二條，其條文是：

　　1.觸犯或煽動他人觸犯內亂罪、外患罪者。

　　2.觸犯或煽動他人犯妨害公務罪、妨害投票罪或妨害秩序罪者。

　　3.觸犯或煽動他人觸犯褻瀆祀典罪，或妨害風化罪者。

這些三十年代作品，有可能「觸犯內亂罪」、「妨害秩序罪」而被查禁。不論是什麼罪名，總是相當牽強。

　　台灣省政府和後來改爲院轄市的台北市政府，依據出版法查禁的書不下八百種，爲何在民國四十一年以後沒有再查禁三十年代的作品？個人以爲以出版法來查禁三十年代作品，理由相當牽強。當時擔任查禁圖書工作的，除台灣省政府外，另有隸屬於行政院東南軍政長官公署的「台灣省保安司令部」（註②）（原稱「台灣省警備總司令部」，民國三十八年九月一日改爲本名，民國四十七年七月一日又改爲「台灣警備總司令部」）和後來的「台灣警備總司令部」。它們用來查禁圖書的法令根據是台灣省警備總司令部於民國三十八年五月廿七日訂定的「台灣省戒嚴期間新聞紙雜誌圖書管制辦法」。如以這一辦法第二條第三款「爲共匪宣傳之圖畫文字」，第六款「足以淆亂視聽影響民心士氣或危害社會治安之言論」來查禁三十年代作品，可能更貼切。且該管制辦法於民國四十二年七月廿七日，經行政院（內）字第四三三〇號令核定以後，已取得合法的地位，當時政府爲求事權統一，且查禁的法令較無爭議，才將查禁三十年代作品的工作，由台灣省保安司令部，和後來的台灣警備總司令部全權負責。

　　三十年代文學作品受害最深的是，根據〈台灣省戒嚴期間新聞紙雜誌圖書管制辦法〉（舊法）和〈台灣地區戒嚴時期出版物管制辦法〉（新法），所遭到的全面性查禁。從民國四十年至六十六年，遭查禁的三十年代作品約有百餘種之多。茲選較有名的作家和作品，並依作家姓名筆畫先後臚列如下：

1.丁　玲：《太陽照在桑乾河上》。

2.巴　金：《春》、《秋》、《家》、《滅亡》、《春天裏的秋天》。

3.王西彥：《微賤的人》、《神的失落》、《鄉下朋友》、《村野戀人》。

4.王統照：《江南曲》。

5.艾　蕪：《夜景》。

6.朱光潛：《給青年的十二封信》（註③）。

7.老　舍：《微神集》、《東海巴山集》、《老舍戲劇集》。

8.沙　汀：《苦難》、《播種者》、《堪察加小景》。

9.沈從文：《月下小景》。

10.何其芳：《畫夢錄》、《預言秋天風沙日》。

11.吳祖光：《捉鬼傳》、《後台朋友》、《嫦娥奔月》。

12.吳祖緗：《山洪》。

13.李廣田：《銀狐集》、《日邊隨筆》。

14.李健吾：《使命》、《金小玉》、《風流債》、《花訓風》、《喜相逢》。

15.胡　風：《野花與箭》。

16.阿　湛：《遠近》、《棲鳧村》。

17.茅　盾：《子夜》、《腐蝕》、《蘇聯見聞錄》。

18.柳亞子：《懷舊擎》。

19.郁達夫：《二詩人》、《茫茫夜》。

20.姚雪垠：《長夜》、《重逢》、《記靈鎔軒》、《牛全德與藍蘿葡》。

21.夏丏尊：《十二盞明燈》。

22.師　陀：《結婚》、《大馬戲團》、《里門拾記》。

23.唐　弢：《落帆集》、《投影集》。

24.夏　衍：《心防》、《春寒》、《法西斯細菌》。

25.陸　蠡：《竹刀》、《囚緣記》。

26.曹　禺：《北京人》、《正在想》、《雷雨》。

27.郭沫若：《三葉集》、《少年時代》、《蘇聯遊記》、《三個叛逆的女性》。

28.張天翼：《春風》、《在城市裡》。

29.張恨水：《此間樂》、《天河配》、《傲霜花》、《滿江紅》、《大江東去》、《如此江山》、《似水流年》、《金粉世家》、《虎賁萬歲》、《紙醉金迷》、《斯人記》、《啼笑姻緣》、《冤家聚頭》、《過渡時代》、《歡喜冤家》。

30.葉聖陶：《皮包》、《稻草人》、《百代英雄的石像》。

31.靳　以：《生存》、《遠天的冰雪》、《靳以短篇小說集》。

32.端木蕻良：《大江》、《憎恨》、《科爾沁旗草原》。

33.歐陽予倩：《桃花扇》。

34.魯　迅：《兩地書》。

35.黎烈文：《崇高的母性》。

36.錢夢渭：《中學生活日記》。

37.錢鍾書：《寫在人生邊上》。

38.蕭　紅：《牛車上》。

39.蕭　軍：《十月十五日》、《綠葉的故事》。

40.蕭　乾：《栗子》。

41.臧克家：《運河》、《古城之花朵》、《號角在哭泣》。

42.豐子愷：《民間相》、《都市相》、《學生相》、《畫中有詩》、《孩子們的音樂》。

以上列出四十二位作家，作品被查禁的有一一○種。實際上，前面

所列的僅是較出名的作家和作品，如果將普通作家和作品一起計算，絕不止此數。如就這一一〇種作品被查禁的時間加以統計，民國四十年查禁的有五種，四十一年二十種，四十二年二種，四十三年卅四種，四十四年六種，四十五年十一種，四十六年二種，四十七年廿種，四十九年三種，五十五年一種，五十六年一種，五十七年二種，五十八年一種，六十二年一種。（郭沫若《少年時代》未註明查禁年代，未計入）可見查禁最厲害的是民國四十至四十九年的十年間，後來在書籍來源斷絕，本地出版商又不敢冒然翻印，市面上這類書的流傳越來越少，被查禁的當然不多。

如就上引這些被查禁作品，有註明出版者的加以分析，民國二五年出版的一種，二九年一種，三〇年一種，三二年二種，三三年二種，三四年四種，三五年十三種，三六年十四種，三七年三七種，三八年十一種，四四年一種，四六年二種，五七年一種，五八年一種。可見大多數是抗戰勝利後至大陸淪陷前這四年間輸入的出版品。如以出版者來說，以文化生活出版社的二七種最多，其次是開明書店二三種。這兩家出版社出版三十年代文學作品最多，作者也大多左傾，大陸淪陷時都沒有離開大陸，而被認爲是匪徒或附匪分子。

如就被查禁的原因來說，絕大部分的書都註明「二3」，即違反〈台灣省戒嚴期間新聞紙雜誌圖書管制辦法〉（舊法）的第二條第三款「爲共匪宣傳之圖畫文字」，也就是各書皆因「爲匪宣傳」而被查禁。僅郁達夫的《茫茫夜》，查禁原因註明「二6」，即違反第二條第六款「足以淆亂視聽影響民心士氣或危害社會治安之言論」而被查禁；阿湛的《棲鳧村》註明「二7」，即違反第二條第七款，因記載「挑撥政府與人民情感之圖畫文字」而被查禁。另朱光潛《給青年的十二封信》（樂天出版社，不著出版年月）註明「三3」，是違反〈台灣地區戒嚴時期出版物管制辦法〉（新法）第

三條第三款「爲共匪宣傳者」，而被查禁。

可見這些作品不論內容如何，祇因作者淪陷大陸，統統以「爲匪宣傳」加以禁絕，如和歷代統治者禁書的事例相比，這一段時期文網之密，可謂曠古絕今。

四、遭查禁的台灣文學作品

三十年代的文學作品違反出版法和戒嚴法遭查禁的，即有百餘種之多。這不禁讓人擔心台灣本土作家之作品是否也有被查禁的？如果有，是那些作品？有人以爲台灣本土作家的作品大都沒有違反「爲匪宣傳」的條文，有關當局要用那些理由來查禁呢？

根據《查禁圖書目錄》所載，如採較廣義的文學定義，台灣文學作品違反出版法的有郭良蕙的《心鎖》，違反戒嚴法的有吳濁流的《無花果》、陳映眞的《將軍族》、胡汝森的《門外小品》、高準的《詩潮》等，數量確實不多。另外吳濁流的《波茨坦科長》是民國六十六年以後被查禁，不在該《目錄》中。違反出版法的，是因違反「卅九㈠3」，即違反出版法第卅九條第一項第三款「出版品之記載違反第三十二條第二款及第三款之規定者」，第三十二條第二款即「觸犯或煽動他人觸犯妨害公務罪、妨害投票罪或妨害秩序罪者」，第三款即「觸犯或煽動他人觸犯褻瀆祀典罪，或妨害風化罪者」，以「妨害風化罪」被查禁的雖不多，但爭議最大。違反戒嚴法的，大都是違反舊法的「二6」，即「足以淆亂視聽影響民心士氣或危害社會治安之言論」，民國五十九年五月廿二日所公布新法的「三6」，即「淆亂視聽，足以影響民心士氣或危害社會治安者」。其實舊法和新法兩條文字雖略有出入，內容並無不同。

茲將被查禁的作品選數種加以分析討論：

㈠郭良蕙的《心鎖》

這是郭良蕙的長篇小說，民國五十一年高雄大業書店出版。小

說情節是女主角夏丹琪在范林的勾引下，和他發生性關係，後來范林移情別戀，愛上一個有錢人家的小姐江夢萍，把夏丹琪遺棄了。夏丹琪爲了報復范林，就和夢萍的大哥夢輝結婚；爲了報復夢萍，又和范林幽會；又因不滿范林對她的態度，又和他的小叔夢石發生曖昧關係。後來，在北投一家旅社，范林撞見丹琪和夢石雙宿雙飛，始知自己被騙。范林和江夢石因彼此妒恨，飛車追逐，雙雙喪命。最後丹琪走進敎堂，皈依宗敎以了餘生。

這本小說最受爭議的是亂倫和有關性的描寫。小說主要人物的江家有江夢輝、江夢萍、江夢石三兄妹，夏丹琪與江夢輝結婚，江夢萍與夏的舊情人范林結婚，夏丹琪與范林再幽會，即與小姑的丈夫有染。夏又與江夢石有曖昧關係，即與小叔有染。這些違背倫常的關係被指爲「亂倫」。至於有關性的描述，當然比不上《金瓶梅》、《肉蒲團》和《查泰來夫人的情人》，更沒有一般下流黃色小說的露骨。但在戒嚴時期要判定罪名並不需要廣事參考古今中外的例子。也因爲《心鎖》有「亂倫」等嫌疑，出版的第二年，即民國五十二年一月十五日，遭台灣省政府新一第三一九號令加以查禁，查禁原因是「卅九㈠3」，即前述的「妨害風化罪」。

《心鎖》被查禁的第二個月，即五十二年二月十二日，郭良蕙在《徵信新聞報》發表〈《心鎖》的命運〉一文，該文中曾呼籲：

> 我無意以將遭滅頂的姿態拖人下水，因此不願在這裏舉出書名來連累其他作家，但我卻由衷地希望和那些未觸法網的著作來一次較量，尋找出一個明確的尺度；用何種文字，描寫到何種程度，才恰到好處？才不會被扣上「誨淫」的罪名而遭查禁？官方有修正出版法的必要了，請公布出詳細的規定，把何謂藝術，何謂黃色的界線劃清，免得今後再有文藝工作者重蹈我的覆轍。（第七版）

這是郭氏內心最沉痛的呼籲。可是從文藝界卻有紛至沓來的批評，前輩作家謝冰瑩、蘇雪林也都公開譴責（註④）。郭氏所屬的中國文藝協會也於民國五十二年十一月，以《心鎖》違反該會公約第三條：「我們深信文藝工作者文藝作品具有莊嚴意義。我們決不為迎合社會風氣而寫作，也決不為追求個人名利而寫作。我們更誓不寫那些有損於社會人心，敗壞道德的作品。」而被註銷會籍。由於中國文藝協會的聲明中有「誨淫敗德」等詞句，郭氏曾於十一月八日召開記者會，說明文協的聲明，對他的名譽是一種損害（註⑤）。

有關《心鎖》的討論一直持續十多年，直到民國六十七年才停止。在民國五十二年查禁事件發生不久，各方人士討論最激烈的時候，有余之良氏編纂當時討論《心鎖》的相關文章，題名為《心鎖之論戰》（台北：五洲出版社，民國五十二年），收相關文章三十二篇，可惜因結集太早，民國五十二年以後之文章有多篇未及收入。

《心鎖》從民國五十二年遭查禁以來，並未曾解禁。民國七十五年時，時報文化出版公司出版《郭良蕙作品集》時，曾將《心鎖》列入第二種公開發行，且曾多次再版，卻未聞再度遭受查禁。

㈡陳映真的《將軍族》

這是陳映真的短篇小說集，民國六十四年十一月，由遠景出版社出版。收陳氏於民國四十九年至五十三年間，在《筆匯》月刊和《現代文學》發表的短篇小說十一篇。篇目是：①〈我的弟弟康雄〉；②〈家〉；③〈鄉村的教師〉；④〈故鄉〉；⑤〈死者〉；⑥〈祖父和傘〉；⑦〈那麼衰老的眼淚〉；⑧〈文書〉；⑨〈將軍族〉；⑩〈淒慘的無言的嘴〉；⑪〈一綠色之候鳥〉。這些作品屬於陳映真作品的第一個時期，在這時期，「他顯得憂悒、感傷、蒼白而且苦悶。這種慘綠的色調，在投稿於《筆匯》月刊的一九五九

年到一九六一年間最爲濃重。一九六一年迄一九六五年，他寄稿於
《現代文學》的時期，還相當程度地保留了這種靑蒼的色調。」
（註⑥）由於陳氏這一時期小說有如此的風格，所以有些批評家就
從評論的文章篇目直接說明對他小說的觀感，如尉天驄的〈不是所
有的人都活在黑夜裏——論陳映眞的小說〉（註⑦），既是對陳氏
的針砭，也是一種期待。

　　民國五十六年陳映眞因「民主台灣同盟」案被捕，至民國六十
二年七月出獄。六十四年十月即同時出版《將軍族》和《第一件差
事》兩書。其中的《將軍族》卻在同年十一月二十八日，遭台灣警
備總司令部以謙旺八八五四號函加以查禁。查禁的原因是違反戒嚴
法「三６」，即違反新法第三條「淆亂視聽，足以影響民心士氣或
危害社會治安者」。《將軍族》是陳氏第一時期所寫的小說，表現
的風格前已有所說明，《第一件差事》爲陳氏第二時期的小說，風
格已與《將軍族》大不相同。這兩本書同時出版，卻有不同的命
運，可見有關當局並非因人禁書，而是因《將軍族》本身灰色的風
格所引起。

　　《將軍族》被查禁後，並沒像郭良蕙的《心鎖》已起很大的爭
議，並非所有的知識分子都默認該書應被禁，而是當時文網正密，
爲免惹來麻煩，大家祇好認了。

㈢吳濁流的《無花果》

　　吳濁流的《無花果》是吳氏的自傳，從民國五十七年七月在
《台灣文藝》第十九期連載，至第二十一期結束，全文十三章十萬
八千字。這文刊出後，並沒有引起一般人的注目，倒是引起日本
《中國》雜誌的注意，將全文譯成日文，在一九六九年四月的《中
國》第六五號連載，至八月的第六九號結束，計連載五次。譯文在
書名《無花果》之下加上副題「台灣七十年的回想」。吳氏認爲這
篇自傳有廣爲流傳的必要，遂出資請台北林白出版社代爲印行單行

本，於民國五十九年十月出版。第二年（六〇年）四月十二日，即
遭台灣警備總部以助維字第二三二〇號文，以違反〈台灣地區戒嚴
時期出版物管制辦法〉第三條第六款「淆亂視聽，足以影響民心士
氣或危害社會治安者」加以查禁。

　　《無花果》有那些章節會「淆亂視聽」、「影響民心士氣」、
「危害社會治安」呢？明眼人都知道是第十三章〈二二八事件及其
前後〉，吳氏描述其親身見證和感受，引起有關當局的疑慮所致。
當時，可說談二二八事件即人人色變，《無花果》竟敢觸有關當局
的逆鱗，自要被查禁。張良澤先生在〈《無花果》解析〉一文說：
「一九七〇年十月十日中文單行本一出，即遭警總查禁……，故此
書一受查禁，反而聲名大噪，很多人買不到這本書，只知道這是一
本唯一寫出二二八事件的『好書』，爭相傳告。吳濁流在此辦了七
年的《台灣文藝》而沒有人知道，卻因此書查禁而使眾多台灣人視
之為『英雄』」。林衡哲先生在〈三讀《無花果》〉一文也說：
「他這部從純文學出發的自傳，只因為其中有百分之十左右描述二
二八事件的親身見證與感受，就變成了他自己心愛的故鄉台灣的禁
書，這點與詹姆士‧喬艾思的《悠力息斯》已經變世界名著，但卻
無法在自己的故鄉愛爾蘭出版一樣。」（註⑧）

　　《無花果》從民國六十年四月查禁以來，一直未解禁，但民國
八十二年三月前衛出版社卻重新出版了這書。這時候，台灣已解
嚴，有關二二八事件的史料紛紛出籠，各種平反該事件的社會運動
也如火如荼的進行者。《無花果》中有關二二八事件的描述，顯然
是微不足道了。

五、查禁工作對學術研究的影響

　　從民國四十年起大量查禁淪陷區學者、作家著作的事，對整個
學術的影響是相當深遠的。本來自清光緒二一年（一八九五）台灣

割讓給日本以來，台灣和中國文化傳統的疏離也逐漸加深，民國三十四年（一九四五）抗戰勝利，短暫回歸祖國的懷抱僅四年，大陸即淪陷。當時由大陸輸入各種學科的圖書不下數千種，這算是給久旱的台灣知識份子一絲絲及時的甘霖。旋因宣布戒嚴，與共產黨所佔領的中國因敵對而斷絕交流，圖書也禁止輸入，以前輸入的也遭到雷厲風行的查禁。至民國七十六年（一九八七）七月十五日解除戒嚴，大陸出版品才能少量的再流入台灣。可見自光緒二十一年（一八九五）以來，台灣有九十多年間幾乎與中國傳統隔絕。在此種情況下，要學者對近現代中國的學術、文學有多深的認識，實不免太過奢求。

如純就現代文學的研究來說，影響最大的當然是三十年代文學的研究。個人以為這數十年的查禁工作，產生了下列數點不良的影響。

㈠三十年代文學研究的空白：由於販售或擁有三十年代的文學作品，幾乎都有「為匪宣傳」，甚至被羅織為「匪諜」的嫌疑，所以根本沒有人敢流傳。在這種情況下，不論圖書館或個人，都沒有三十年代的文學作品，學校如有開課，也都是點綴性質，談不上深入研究，要培養人才也就難上加難。既無圖書又無人材，要研究這一時段的文學，無異空中樓閣！所以，直到民國五十九年（一九七〇）才由長歌出版周錦編著的《中國新文學史》，但該書僅著重史料的收錄，對重要作家作品的評介，則著墨較少。所以如此，大概作家作品不容易蒐集的緣故。後來，雖有劉心皇的《現代中國文學史話》（台北：正中書局，民國六十年八月）、中華民國文藝史編纂委員會編《中華民國文藝史》（台北：正中書局，民國六十四年六月）、周錦的《中國新文學簡史》（台北：成文出版社，民國六十九年五月）等書陸續出版，但讀者心目中，似乎仍期待有更權威的文學史出現。這些文學史的編寫所以不夠理想，有一大部分原因

是作品原典不足，和可資參考的資料太少所致。

由於國內所編纂的現代文學史不夠理想，所以司馬長風所著的《中國新文學史》（香港：昭明出版公司，一九七五、一九七六、一九七八年）在台灣被翻印出版時，竟大爲風行，幾乎每一中文系老師和學生都擁有一冊。這與該書能提供三十年代文學、抗戰文學等較多的參考資料有很密切的關係。又如夏志清原用英文寫作的A History of Modern Chinese Fiction 1917～1957一書，經劉紹銘編譯，書名作《中國現代小說史》，於民國六十八年九月，由台北傳記文學出版社出版。該書一出版，即大爲風行，幾乎人手一冊。這與該書大部分篇幅在討論茅盾、老舍、沈從文、張天翼、巴金、吳組緗、錢鍾書、師陀等很想了解，但又無從了解的作家有關。從這些外來的文學史能迅速佔有台灣的文學學術市場，就可以看出國內三十年代文學研究是多麼的貧乏。

㈡從事研究時引用的困擾：如有人發心想研究三十年代文學，由於所能找到的作品印本和研究著作大都是盜印本，完全沒有版權頁，封面也不註出版者，研究時要引用，可說困難重重。民國七十年左右有關當局文網較寬時，筆者在坊間購到的三十年代作品，如巴金的《寒夜》、《某夫婦》、《家》、《春》、《秋》、《巴金傑作選》，老舍的《火葬》、《二馬》、《趙子曰》、《微神集》、《駱駝祥子》、《老張的哲學》，周作人的《知堂回想錄》，茅盾的《速寫與隨筆》，曹禺的《原野》、《雷雨》，魯迅的《彷徨》、《夜記》、《野草》、《魯迅散文選》，葉紹鈞的《稻草人》，錢鍾書的《寫在人生邊上》、《人獸鬼》（有三種不同印本）、《圍城》（也有三種不同印本），蕭紅《呼蘭河傳》、《蕭紅散文》等，都沒有版權頁，封面上所印之出版社或是該書原出版社之名，或是假名，根本無法辨認是何時、何地出版。研究著作，如趙聰的《三十年代文壇點將錄》、曹聚仁《文壇五十年》、

金聖嘆《新文學家回想錄》、未署名的《關於魯迅》、魯迅的《阿Q正傳的成因》、未署名的《評阿Q正傳》、周遐的《魯迅的故家》、沈從文的《沈從文自傳》（有兩種印本）等多種，情況也完全相同，引用時要註明出處，該如何處理？

　　除這些問題外，有不少三十年代文學家的著作，出版商翻印時隨意篡改，有時為避開有關當局耳目，竟張冠李戴，讀者一不小心即有可能受騙。如：朱光潛的《我與文學及其他》一書，民國三十二年（一九四三）上海開明書店出版，前有葉紹鈞的序。民國六十六年（一九七七）二月大漢出版社重排印時，將書前葉紹鈞的序，改題作者為「朱自清」（註⑨）。又郭紹虞著有《語文通論》（上海：開明書店·民國三十年九月）和《語文通論續編》（上海：開明書店，民國三七年三月）二書，民國六十五年（一九七六）十月，台北華聯出版社取《語文通論》所收論文的前三篇，和《語文通論續編》論文的前八篇，編為一書，作者題名為「朱自清」，書名仍作《語文通論》（註⑩）。以上兩例，所以要將葉紹鈞、郭紹虞改名為朱自清，是因朱氏在大陸淪陷時已過世，作品不在查禁之列，因此，書商找他來作人頭。在此種查禁風氣之下，朱自清算是受害者，還是受益者呢？

　　又如：茅盾本著有《世界文學名著講話》（上海：開明書店，民國三十六年六月）一書，民國六十五年（一九七六）十月華貿出版社翻印時竟將作者改題為「林語堂」，該社更在該年九月二十六日的《中央日報》四版登廣告說：「林語堂譯《世界文學名著史話》，了解世界古今文壇，瞭若指掌，中西貫通，文筆生動，如飲醇酎，令人沉醉，手不忍釋。」由於林語堂的書不在查禁之列，出版者祇好拿他來作人頭（註⑪）。

　　篡改作者名最厲害的應是台灣商務印書館翻印的《東方雜誌》。該雜誌當時有不少後來左傾的名作家發表作品，台灣商務翻

印時將這些作家一律改名，如：

    1.瞿秋白〈現代文明的問題與社會主義〉（二一卷一號），作者改題「秋勃」。

    2.葉紹鈞〈春光不是她的了〉（二一卷十五號），作者改題「肇鈞」。

    3.葉紹鈞〈外國旗〉（二二卷一號），作者改題「肇鈞」。

    4.郭沫若〈喀爾美蘿姑娘〉（二二卷四號），作者改題「末碩」。

    5.郭沫若〈行路難〉（二二卷七、八號），作者改題「末碩」。

    6.張聞天〈飄零的黃葉〉（二二卷十二號），作者改題「憤天」。

    7.郭沫若〈落葉〉（二二卷十九、廿、廿一號），作者改題「末碩」。

    8.沈從文〈宋代表〉（二三卷二號），作者改題「重文」。

    9.沈從文〈劊子手〉（二四卷九號），作者改題「重文」。

    10.胡也頻〈貓〉（二四卷十九號），作者改題「演平」。

    11.沈從文〈元宵〉（二四卷十一、十二號），作者改題「重文」。

    12.胡也頻〈小縣城中的兩個婦人〉（二六卷十八號），作者改題「演平」。

這些篡改的例子，僅是檢查其中一部分所得，如果全面加以檢索，所得當不止這些。更令人訝異的是，該館所出版的《重印東方雜誌全部舊刊總索引》竟根據這些篡改的人名來編索引，這對學術研究傷害有多大，不問可知。

    另外，為避免招惹麻煩，將文學作品中有違礙的章節加以刪節也時有所聞，如葉公超在民國二十三年（一九三四）五月至八月主

編的《學文》月刊，第四期刊有沈從文的〈湘行散記──老伴〉一文，民國六十六年（一九七七）十一月台北雕龍出版社翻印時，竟將該文談到「民變」的一段刪去（註⑫）。

六、結論

茲根據上文的分析，作成下列數點結論：

其一：查禁圖書的動機不外維護國家安定、維護善良風俗。這數十年間用來查禁圖書的法令根據，雖有很多，但以違反出版法和違反戒嚴法的最多。所謂違反出版法，是指違反出版法第卅九條第一項第三款，即違反出版法第三二條第二、三款所列罪名。第二款是「觸犯或煽動他人觸犯妨害公務罪、妨害投票罪或妨害秩序罪者」，第三款是「觸犯或煽動他人觸犯褻瀆祀典罪，或妨害風化罪者」。其中以「妨害風化罪」遭查禁者最多。所謂違反戒嚴法，是指違反「台灣省戒嚴期間新聞紙雜誌圖書管制辦法」（舊法）的第二條第三、六款。第三款是「爲共匪宣傳的圖畫文字」，第六款是「足以淆亂視聽影響民心士氣或危害社會治安之言論」。後來修訂公布的「台灣地區戒嚴時期出版物管制辦法」（新法），則將原第二條改爲第三條，被查禁的書則違反第三條第三、六款。

其二，被查禁的三十年代文學作品中，違反出版法的有丁玲、巴金、老舍、沙丁、李廣田、李霽野、茅盾、曹禺、郭沫若、張天翼、張恨水、靳以、魯迅等人之著作二十餘種。這些作品被查禁的原因都空白，有可能觸犯內亂罪或妨害秩序罪。違反戒嚴法的數量相當多，作家有丁玲、巴金、王西彥、王統照、朱光潛、老舍、沙汀、沈從文、何其芳、吳祖光、吳祖緗、李廣田、李健吾、阿湛、茅盾、柳亞子、郁達夫、姚雪垠、夏丏尊、師陀、唐弢、夏衍、張天翼、陸蠡、曹禺、郭沫若、張恨水、葉聖陶、靳以、端木蕻良、魯迅、錢鍾書、蕭紅、蕭軍、蕭乾、臧克家、豐子愷等人的作品九

十餘種。這些作品如根據舊法查禁的是「二3」，根據新法的是「三3」，都是因「為匪宣傳」而遭殃。

其三，台灣文學作家作品被查禁的較少。較有代表性的是郭良蕙的《心鎖》，因違反出版法「妨害風化罪」而被查禁。惟此一查禁事件曾有見仁見智的看法，作者在遭受譴責之餘，被註銷中國文藝協會的會員會籍。其次是陳映真的《將軍族》，是違反戒嚴法三條六款，即「淆亂視聽，足以影響民心士氣或危害社會治安者」。其三是吳濁流的《無花果》，因第十三章記載二二八事件始末，違反戒嚴法第三條第六款而被查禁。這幾本禁書，政府一直未解禁，但《心鎖》已收入《郭良蕙作品集》中，《無花果》也有重印本，並未見政府再加以查禁。

其四，由於任意查禁三十年代文學作品，造成圖書館相關圖書的貧乏和研究人才的不足，以致無法寫出一部夠水準的現代中國文學史。且大部分流傳的三十年代文學作品和相關研究著作，都是翻印本，大多未有版權頁，研究時引用相當困難。又為免惹麻煩，許多出版商往往將三十年代文學作家改名或換成其他作者，此以翻印本《東方雜誌》的情況最嚴重，這些因禁書而造成的畸形現象，對學術研究產生了不少的困擾。

附註：

①根據高蔭祖編《中華民國大事記》（台北：世界社，一九五七年十月），此一辦法制定於民國三十八年五月廿七日。辦法的全文，像《中華民國法律彙編》（台北：第一屆立法院秘書處，民國六十九年）一類的書，皆未見收錄。本文所引之辦法全文，見張詩源撰：《出版法之理論與實用》（台北：警察雜誌社，民國四十三年九月），頁一七七～七八。

②有關此一機構的演變情形，可參考《中國現代史辭典・史事部分㈡》（台北：近代中國出版社，一九八七年六月），頁二七三～七四。

③根據《查禁圖書目錄》，朱氏的《給青年的十二封信》，遭查禁的有四種不同的版本，有的改名爲《給青年十二封信》、《寫給青年們的信》。

④當時謝冰瑩有〈給郭良蕙女士的一封公開信〉，見《自由青年》第三三七期，頁一七。蘇雪林曾撰寫書評〈評兩本黃色小說《江山美人》與《心鎖》〉，見《文苑》第二卷四期（民國五二年三月），頁四～六。

⑤見《徵信新聞報》第三版，民國五二年十一月九日。

⑥見許南村撰：〈試論陳映眞〉，收入《將軍族》（台北：遠景出版社，民國六四年十月），頁一七～三〇。

⑦該文發表於《中外文學》第四卷八期（民國六五年一月），頁五二～六二。

⑧張良澤〈《無花果》解析〉，見吳濁流《無花果》（台北：前衛出版社，民國八二年三月），頁七～三二。林衡哲的〈三讀《無花果》〉，見同書，頁二三一～二五五。

⑨參考林慶彰撰《如何整整戒嚴時期出版的僞書？》，見《文訊》第四五期（民國七八年七月），頁一〇～一三。

⑩參考林慶彰撰〈一本僞書──談朱自清的《語文通論》〉，見《書評書目》八四期（民國六九年四月），頁六五～六八。

⑪參考林慶彰撰〈誰幽林語堂一默？──談林著《世界文學名著史話》〉，見《書評書目》八八期（民國六九年八月），頁三〇～三二。

⑫參考林耀椿撰〈錢鍾書與《學文》月刊〉，見《國文天地》十一卷八期（民國八五年一月），頁八八～九二。

特約討論

⊙王國良

　　首先就論文題目而言，所謂「當代」和「現代」之間是有區隔的。以中國文學而言，1917～1949是被劃歸爲現代；而1949～現在，在大陸文學史上就被列爲當代文學史。而在台灣，則多是廣泛使用，或非政治的用法，從一九一七年到現在，多被稱爲現代文學。所以，若以台灣的習慣分法，我認爲將題目改爲「現代文學禁書研究」，可能較少爭議。

　　關於這篇論文的重點，應該是在第七頁以後，即是「遭查禁的三十年代文學作品」。在整個查禁圖書目錄中，我從史爲鑑的《禁》一書中，看到他將二、三十年代的文學作品，作了分類式的圖書查禁目錄表格，包括思想、歷史、語文、傳記類。據我估算，大概有兩百多本，與林先生估算的一百多本，相差了一倍。當初只要沒到台灣的大陸作家的書，幾乎均遭查禁。而在兩百多本中，多半爲純文學；事實上連通俗文學，如金庸、還珠樓主的武俠小說；甚至連翻譯的文學作品亦遭查禁。因此，被禁數量頗大。

　　本文後面提到的遭查禁的作品，只將較有名、重要的提了一下。有關妨害風化而被禁的書籍，並未詳列書目，是否在註解中能交待一下，舉些例子並提出數據。而本文最有價值的，就是「查禁工作對學術的影響」。因爲查禁，所以出版社、用書人、寫書人均受到很大的波及和困擾。（蔡芳玲記錄整理）

解嚴後大陸文學在台灣 出版狀況

——另以長篇小説為例分析、探討

◉陳信元

前言

　　一九八八年五月二十二日，《文訊》和《聯合文學》雜誌召開首屆「當前大陸文學研討會」，筆者擔任一場座談會的引言人之一，介紹「大陸文學在台灣」，並爲此次研討會編輯《台灣地區刊登、出版及研究大陸文學作品編目（初稿）》，收錄時間自一九八四年一月一日至一九八八年四月三十日止。正好銜接上張子樟先生編製的《台灣地區刊登、出版及研究大陸「抗議文學」作品索引（一九七九——一九八三）》。七、八年來大陸文學從不間斷地被引進台灣，大陸正逐漸成爲台灣出版業的一個「文化腹地」；台灣的讀者對優秀的大陸文學作品，也從不吝惜給予掌聲。這種「文化寬容」的現象，並不因政府長期以來的反共政策而導致對大陸文學的全面封殺，反而以更成熟、自信的態度，坦然面對以「主流文化」自居的大陸文學南來，並將其「收編」進台灣文學出版體系。

　　解嚴初期，海外漢學家對台灣是否能完全客觀地引進大陸文學，抱持懷疑的態度。美國學者金介甫（ J.C. Kinkley ）認爲：大部分的「宣傳文學」或過度推崇社會主義的理念，台灣可能視爲異端（ 1987：130 ）。德國魯爾大學教授馬漢茂（ Helmut Martin ）也指

出：台灣出版大陸當代文學是有選擇性的，不可能完全客觀。在大
陸受歡迎的作家倒不一定在台灣受歡迎。而一些有爭議性作家的作
品，則出版較多，這是很自然的現象（1987：283）。海外學者的顧
慮自有他的部分道理，但台灣的出版業者和讀者多年來已建立一套
互動式的文藝審美觀，對過分強調意識形態的文學作品敬而遠之。
以大陸「六四」民運後，一批批五、六十年代的革命題材著作紛紛
破土而出，文藝界卯足全力推動學習雷鋒精神爲例，台灣出版界從
未湊熱鬧跟進出版類似題材的作品。台灣讀者對大陸文學的看法，
已從初期的好奇心理，進入到寫作風格和內涵的鑑賞，從阿城的文
化小說到余秋雨的文化散文風靡一時，都可印證台灣讀者在閱讀大
陸文學作品時已具備獨到的眼光，不限於爭議性作家的作品。

　　本文撰寫的目的，是以一個文化出版工作者及研究者的角度，
探討大陸文學在台灣解嚴後「正式」獲准出版後的狀況，及其後衍
生的種種問題，如「仲介授權」、「重複授權」；並剖析大陸文學
作品企劃出版的模式。限於篇幅，抽樣選擇大陸長篇小說在台灣出
版爲例，分析階段性的出版概況與特色，並探討大陸創作趨向對台
灣出版行爲的影響。

一、大陸文學作品登台及其衍生的問題

　　自一九四九年政府遷台以來，中共的對台政策，大致可劃分
爲：軍事對抗時期（一九四九──一九七八）、和平統戰時期（一
九七九──一九八七）、民間交流時期（一九八八至今）。一九七
八年十二月十二日，中共十一屆三中全會公報中，首度以「統一」
代替恫嚇性的「解放」字眼，堪稱是中共對台政策的一大轉變，也
開啓了兩岸文學交流的契機。

　　一九七九年在兩岸交流史、文學史和出版史上都是一個值得記
載的年份。這一年元旦，中共「人大常委會」委員長葉劍英發表

《告台灣同胞書》，提出雙方進行學術、文化交流的意願，使原本緊張對峙的兩岸關係，稍有鬆動的跡象。自五月下旬起，反映社會主義社會悲劇的大陸文學作品，陸續被報刊、雜誌和出版社引進台灣，提供讀者從另一個角度了解大陸的現狀、人民的生活真相，也藉此達到聲援大陸文學工作者的反壓迫、反專制而作的奮鬥。大陸的雜誌社、出版社，也相繼轉載台灣文學作品，並推出各類選集，掀起了第一波的「台灣熱」。有關台灣解嚴前，大陸圖書在台灣的出版，請參見前文所提及筆者的引言稿及兩種編目、索引，收入《當前大陸文學》（1988）一書。。

　　一九八七年七月十五日，中華民國政府宣布解嚴，廢除了三十條戒嚴法規，其中包括第五條「台灣戒嚴時期出版物管制辦法」；自即日起，出版品的管理審查工作，轉由行政院新聞局負責。解嚴之後，學界及社會大眾一再呼籲政府重新考慮大陸出版品開放進口及出版，前新聞局局長邵玉銘先生給予善意的回應，指出「淪陷區出版品是大陸知識分子的心血結晶，不屬於中共政權，屬於我們民族的財產，只要內容非宣傳共產毒素，不違背國家政策者，均願與之分享」（蔣安國等，1988：1）。

　　政府准許大陸出版品在台出版，主要依據七月二十二日新聞局公布的《出版品進出口管理與輔導要點》，其中規定出版業者若欲印行淪陷區有關科技、藝術及史料文獻或反共言論的出版品（一年後取銷出版範圍限制），得個案向該局申請，核准發行時，應重新編印，不得使用簡體字。十一月十七日，新聞局又發布「申請出版淪陷區出版品審查要點」和「淪陷區出版品審查作業須知」，對出版業者出版大陸地區出版品，採取「第三地第三者仲介授權原則」，業者應與自由國家或地區之獲得原著作權人或製版權人授權出版之人，簽訂授權契約，經驗證程序通過。但中介者取得的大陸原著作權人授權契約，是否有侵權相授的現象？是否出自偽造？是否合法有效？都不易認定，

衍生了許多問題。

　　一九八八年七月二十七日，新聞局公布實施的「淪陷區出版品、電影片、廣播電視節目進入本國自由地區管理要點」有兩項重要突破，一是開放民眾適度攜入大陸簡體字出版品，二是取銷出版大陸著作「仲介授權」的硬性規定。從一九八七年八月至一九八八年七月二十一日止，較著名的「仲介授權」例子有：光復書局透過日本「學習研究社」為中介取得沈從文授權出版《沈從文選讀》（「當代世界小說家讀本」之一）；躍昇文化公司透過香港「香港書城有限公司」取得張賢亮的《感情的歷程》、從維熙的《斷橋》；新地出版社透過在美國的陳若曦取得張賢亮的《綠化樹》、莫言的《透明的紅蘿蔔》、馮驥才的《義大利提琴》、《在早春的日子裏》；遠景出版公司透過香港橋作坊文化公司，取得張賢亮的《男人的風格》；洪範書店透過香港素葉出版社取得李銳的《厚土》、李杭育的《最後一個漁佬兒》；三民書局透過香港大學黃德偉取得白樺的《遠方有個女兒國》；經濟與生活出版公司透過美國歐陽青蓉取得吳祖光的《將軍失手掉了槍——吳祖光選集》。

　　海外作家、學者參與仲介業務，多屬客串或義務性質，除了上文提及的陳若曦、黃德偉、歐陽青蓉外，香港作家西西、彥火、施叔青、張郎郎等人也替洪範書店、林白出版社、遠景出版公司、海風出版社引介了不少大陸文學著作；美籍學者蘇哲安為圓神出版社引介殘雪的《黃泥街》。這些作家、學者大多兼具大陸文學研究者的身分，對大陸文學有較深刻的認識和了解，引介進來的大陸文學作品，質量俱是一時之選。他們不僅在挑選作家作品時獨具慧眼，附帶撰寫的導言、評介文字，及附錄的作家、作品相關的研究資料，提供讀者更進一步去了解大陸文學的流變，功不可沒。

　　由於大陸對著作權的保護，遠落後於台灣，他們遲至一九九一年六月一日才正式實施《著作權法》。長久以來一般作家（甚至出版

社）對著作權的觀念淡薄，不僅對自己的權益不甚了解，也不知道應當如何尊重他人的著作權。他們常常不按牌理出牌，重複授權，令台灣出版業者困擾萬分。其中如：張賢亮的《男人的一半是女人》、《感情的歷程》、《綠化樹》，有「文經」、「躍昇文化」、「新地」、「遠景」四種版本；鍾阿城的《棋王、樹王、孩子王》有「新地」、「海風」、「光復」三種版本；白樺的《遠方有個女兒國》有「三民」、「萬盛」版；蘇曉康、王魯湘的《河殤》有「金楓」、「風雲時代」版；老鬼的《血色黃昏》三部曲有「風雲時代」、「李敖」版；何博傳《山坳上的中國》，有「風雲時代」、「國文天地」版；高曉聲《李順大造屋》有「遠景」、「新地」版等。不知情的業者重複出版，不僅傷了和氣，也浪費了人力、物力。主管機關對於授權真偽之辨、重複授權之說也頗難判斷，加上當時兩岸對文書驗證問題也未取得共識，最後只有引用「淪陷區出版品、電影片、廣播電視節目進入本國自由地區管理要點」第八點規定：「有二以上業者申請在本國自由地區出版、發行……；行政院新聞局應以收到申請案之先後次序決定之。如有權利爭執，應由業者循民事訴訟程序，尋求解決。」將燙手山芋，丟還給業者。

二、大陸文學作品的企劃出版

大陸文學作品在台灣出版的最初模式，是先在報刊雜誌刊登，再經編輯加工結集成書。如時報版《中國大陸的抗議文學》，是由在《中國時報・人間副刊》刊載的「中國大陸的抗議文學／社會主義悲劇文學」特輯結集而成。特輯裏的作品則委由海外學者系統的蒐集，部分並加注解。由於是首度公開發表淪陷區作品，多半是經必要的刪減某些不妥字句的程序，才與讀者見面。後來，有《文季》文學雙月刊自第三期（一九八三年八月）起，陸續刊登大陸作家「反思文學」的作品，逐漸擺脫政治主題掛帥的創作模式，並結

集出版《靈與肉》（新地，一九八四、九）。最成功的一個出版例子，當屬阿城的《棋王、樹王、孩子王》。一九八六年五月起，《聯合文學》刊登已在海外造成轟動的阿城作品及評論，引起極大的回響，八月由新地出版社結集成書，果然掀起「阿城旋風」，是早期少數幾本暢銷的大陸文學作品之一，並突破了台灣出版界不能公開刊印大陸書籍的規定。

　　二、在解嚴前後，海外的華人作家、外國漢學家、愛荷華的「國際寫作計畫」都擔任過階段性的引介角色。客居香港的施叔青，爲台灣讀者專訪大陸作家的一系列報導，提供了認識大陸作家的第一手資料，她爲「遠景」引介了不少大陸文學作品，並企劃主編「湖南作家輯」，收錄何立偉、韓少功、徐曉鶴等人的短篇小說集。「國際文化」版的《受戒》、《空巢》，是編者王孝敏博士在美國編定的中國當代文學敎本。西德漢學家馬漢茂爲「敦理」編的《掙不斷的紅絲線》，介紹大陸有關愛情與兩性關係的小說。香港作家西西、鄭樹森爲「洪範」編選的《紅高粱》、《閣樓》、《爆炸》、《第六部門》、《八月驕陽》、《哭泣的窗戶》等，展現了八十年代大陸新面貌的小說。香港大學敎授黃德偉主編的「當代中國大陸作家叢刊：女作家卷」五冊（新地版）、「山河叢刊」（三民版），則以作家資料翔實見稱。愛荷華「國際寫作計畫」促成了海峽兩岸作家的交流，馮驥才的《啊！》（敦理版）、張賢亮的《肖爾布拉克》、《土牢情話》（林白版）等書在台灣的出版，都拜兩岸作家在愛荷華「交流」的成果。

　　三、政府開放探親後，出版業者得以直接與大陸作家簽約，或由大陸出版單位接受作者授權簽約。但因大陸出版社混淆了「著作權」和「專有出版權」，常常未經作者的書面授權，就將此著作授權給台灣的出版社；同時，作者亦將此書授權給台灣的另一家出版社，造成了重複授權的現象。直接找大陸作家簽約，最好請他們提

供尚未在大陸出版的書稿，雙方可就授權事宜商討，也可就圖書出
版事宜先作溝通。近年來，也形成台灣業者出選題，邀請大陸作家
提供稿件的模式，如業強版「中國文化名人傳記」，是由我方先開
列傳主名單，預計邀請的撰稿者，再與大陸專家學者討論、定案，
並由他們就近執行邀稿潤稿任務。

　　四、由出版社編輯人員負責企劃、邀稿。較知名的例子有小說
家陳雨航為「遠流」規畫「小說館」；後來又成立麥田出版社，推
出「麥田文學」系列，兩家公司網羅的大陸作家俱為一時之選，如
古華、蘇童、余華、葉兆言、王朔、格非、王安憶、朱蘇進、馬
建、扎西達娃、張潔、池莉、方方等人。詩人侯吉諒為「海風」企
畫、編輯一系列大陸文學作品，如《阿城小說》、「大陸全國文學
獎大系」、「中國新文學大師名作賞析」等。筆者為「業強」企畫
「中國文化名人傳記」，為「幼獅」企畫「番薯藤文化叢書」等。

三、大陸文學在台灣出版概述

　　政府正式准許大陸出版品在台出版，是解嚴以後的事。事實
上，自一九四九年以後，大陸出版品就不曾在台灣中斷過，六、七
十年代的文史科系大學生，幾乎很少沒讀過大陸翻版書，在大學附
近的書店、書攤更充斥政治、思想類在內的禁書，形成了出版界的
「地下文化」。

　　一九八四年九月，「新地」推出大陸文學作品集《靈與肉》，
並未得到太多的回響。直到一九八六年八月，阿城的《棋王、樹
王、孩子王》出版，贏得文化界和傳媒一致讚賞，並帶動一股大陸
小說流行風潮，出版主管機關開始感受到「管理」職權遭到挑戰，
但又不能不順應輿情，朝較開放的方向去思考未來的出版政策。

　　從一九八七年七月十五日解嚴至一九九五年底，台灣出版的大
陸文學作品（不含古典文學評論、三十年代文學舊書新印、翻譯、

傳奇故事集等），大約在六百五十種以下。其中，小說類著作約三百六十餘種，散文、報告文學約一百五十餘種，詩集二十多種，評論集八十餘種，合集及其他十餘種，劇本二種。在下文中將彙整幾個出版現象，藉以觀察大陸文學在台灣的出版概況。

1.叢書系列化

　　一向標榜只印「純正文學作品」的新地出版社，在出版大陸文學作品上有可觀的成績，該社的「當代中國大陸作家叢刊」系列，已出版「經典文學卷」第一輯十册（其中四册出版於解嚴前）、第二輯五册、第三輯二册，「女作家作品卷」第一輯五册、第二輯一册，「少數民族文學卷」五册，「極短篇小說卷」三册，「散文詩卷」二册，「詩卷」三册，「文學理論、評論卷」兩種等。主持編務的作家郭楓希望這一批大陸文學作品能產生下列「淨化」和「觀摩」的作用：「在內容上：展開文學遼闊的視野，以人道主義的精神，關懷整個的社會和人群，……。在語言上：無論是運用純淨中文來寫作，或是夾用地區語言來寫作，都具有濃郁的中國民族的語言特色。」（1987：3）

　　這一系列作品中，最難能可貴的是以五册的篇幅，介紹大陸少數民族文學。大陸評論家爲本卷所寫的序言中，強調「多民族的國家就應有多民族的文學」，並建議讀者留意作品中獨特的藝術形態與審美價值，那是漢族小說所無法取代的；另外，這些小說也富有「歷史學、社會學、民族學、民俗學方面的存留意義」（周政保，1987：1）。

　　曾出版張賢亮《肖爾布拉克》、《土牢情話》的林白出版社，在一九八八至一九八九年間，推出柏楊主編的「中國大陸作家文學大系」共十册，包括：馮驥才、王安憶、劉心武、賈平凹、張承志、陳建功、鄭萬隆、韓少功、莫言、史鐵生的作品選集。署名「香港藝術推廣中心」在台灣印刷、發行的「中國大陸當代文庫」

已出版短篇、中篇、作家個集共九冊。

以《阿城小說》打響「重複授權風波」的海風出版社，由詩人侯吉諒負責編務，一九八九年五月起推出「中國新文學大師名作賞析」（原名「中國現代作家作品欣賞」，由廣西教育出版社授權出版），共三十冊。這套叢書除收入新文學作家的傳世作品外，還有評論、賞析與年表，兼顧了學術性、實用性和通俗性。大陸版原由姚雪垠撰序，完成於一九八一年四月，台灣版也照單全收；後來又由唐弢於一九九○年初撰寫〈新版序言〉，推崇這套叢書是「前所未有的中國現代作家的一次大檢閱，也是前所未有的中國現代作品的一次大展覽」（1992：12）。書林出版公司於一九九二年底選擇性地推出原香港三聯版的「中國現代作家選集」十冊，包括：許地山、蕭紅、茅盾、朱自清、丁玲、冰心、巴金、蕭乾、老舍、卞之琳等人。

一九九○年開始出版大陸文學作品的業強出版社，在一九九一年二月起，推出由兩岸學者共同策劃的「中國文化名人傳記」，至今已出版二十餘冊。文學家部分包括：冰心、蕭乾、巴金、蕭紅、茅盾、周作人、張恨水、蘇曼殊、沈從文、傅雷、魯迅、鄭振鐸、錢鍾書、徐志摩、葉聖陶、林語堂、弘一大師、賈植芳、李金髮等人。這套叢書大部分由被邀請的作家、學者重新撰稿或新撰，在台灣首度出版後，被大陸出版社「相中」，又推出大陸版。該出版社另企劃出版「外國文化名人傳記」，已出版十餘冊。一九九三年二月起至一九九四年四月，由蘇州大學中文系教授范伯群主編的「民初都市通俗小說」十冊，開風氣之先介紹了向愷然、包天笑、程小青、姚民哀、程瞻廬、徐卓呆、孫了紅、畢倚虹、何海鳴、周瘦鵑等通俗文學名家作品。大陸版也在稍後推出。

2.各種選集紛紛出籠

解嚴後出現不少編選態度嚴謹的選集，出版社莫不邀請海內外

名家參與編選工作，挑選出具有代表性的作品。圓神版的《中國大陸現代小說選》輯一、輯二（一九八七年九月），收錄一九八五及八六年間的十二篇作品，是大陸文學最多元發展的時期，具有相當程度的代表性。德國魯爾大學教授馬漢茂（Helmut Martin）爲敦理出版社編選的《掙不斷的紅絲線》（一九八七年十月），副題是「中國大陸的愛情、婚姻與性」。性和兩性關係在八十年代初，還是一個充滿禁忌的領域，其後雖有所突破，但在一九九三年賈平凹《廢都》、陳忠實《白鹿原》中的性描寫，仍然遭到嚴厲的批判，可知「它們」隱藏在社會每個角落，隨時有引爆的可能。

香港作家西西、鄭樹森爲洪範書店編選的「八十年代中國大陸小說選」系列，共有六冊。西西選擇的準則，包括：作品要有深刻的思想內容、藝術上要有所創新，有所探索，一定要有新面貌。選本除作品本身，各附一篇作者的散文，「夫子自道」一番，加深讀者對作者的認識。兩位編者都寫了不短的前言，「小說家」西西，以同是創作者的身份談作品本身，具「學者」身份的鄭樹森，則偏重談文藝思潮。

海風出版社自一九八八年五月起至一九九〇年十月出版的「大陸全國文學獎大系」，共推出六冊，包括一九八三年到一九八六年的得獎作品、得獎感言、大陸文藝界的評論，還邀請台灣的作家學者李瑞騰、應鳳凰、張大春、東年導讀。企劃、主編者侯吉諒撰文指出這套叢書的出版理念有四點：一、大陸熱潮的冷靜思索；二、彼岸文學的此岸觀察；三、大陸標準的台灣複審；四、文學探親的歷史意義（1988：10－13）。所謂的「文學探親」，就是促成兩岸文學的彼此了解，踏出整合中國現代文學的第一步。立意雖佳，可惜台灣的出版環境是現實的，在銷售情況不甚理想的情況下，改弦易轍是較保險的因應策略。一九九一年十月起，該社邀請大陸作者編選以兩性、愛情、女性婚戀悲劇爲主題的選集，不知是否能夠挑

起讀者的購買欲念？曉園出版社在一九九〇年二月出版的《中國小說一九八六》、《中國小說一九八七》、《中國小說一九八八》，由香港三聯書店授權出版，先後由多曉、黃子平、李陀、李子雲編選，是大陸以外地區唯一的「年度小說選」，但香港三聯書店已有幾年未再推出新的選集了。兩岸三地的年度作品選相繼「熄火」，無以爲繼，嚴肅文學趨向小衆化是無可避免的情勢，雖不滿意但又奈何？

在小說之外的其他文類中，「新地」和「業強」曾分別出版佘樹森、趙麗宏編選的「大陸當代散文選」。「新地」曾出版《朦朧詩選》（一九八八年九月）。「爾雅」出版洛夫、李元洛編的《大陸當代詩選》（一九八九年二月）；《鮮紅的歌唱——大陸當代女詩人小集》（一九九四年五月）。「海風」出版劉湛秋、侯吉諒主編的《最愛——大陸當代傑出詩人情詩選》（一九九一年四月）等。

3.出版社專屬作家群逐漸成形

只要稍稍留意大陸文學出版的讀者，大多知道購買莫言的作品找「洪範」。莫言的作品集早年曾經在「新地」、「林白」出版過，但自從他在「洪範」出版《紅高粱家族》（一九八八年十二月）後，就此「安身立命」，先後又推出了《天堂蒜臺之歌》（一九八九年五月）、《十三步》（一九九〇年一月）、《酒國》（一九九二年九月）、《懷抱鮮花的女人》（一九九三年二月）、《夢境與雜種》（一九九四年二月）等。作家與出版社互敬互重，雙方都能在自己的專業領域上更爲精進，堪稱雙贏局面。

近年逐漸紅遍半邊天的蘇童，在一九九〇年九月至一九九一年十二月是「效忠」遠流的，先後出版《妻妾成群》（一九九〇年九月）、《傷心的舞蹈》（一九九一年一月）、《紅粉》（一九九一年九月）、《米》（一九九一年十二月）。一九九二年七月至今，

轉而「投靠」麥田，成爲主力作家，出版過《我的帝王生涯》（一九九二年七月）、《一個朋友在路上》（一九九三年一月）、《離婚指南》（一九九三年七月）、《武則天》（一九九四年一月）、《十一擊》（一九九四年九月）、《刺青時代》（一九九五年三月）、《城北地帶》（一九九五年七月）等。葉兆言則維持「遠流」、「麥田」兩邊均衡出版，皆大歡喜。「遠流」的大陸作家群還有：古華、格非、余華、朱蘇進、馬建等。「麥田」成立時間較短，合作過的大陸作家還有：王朔、余華、王安憶及「新寫實小說」的健將池莉、方方。以《苦戀》成名的白樺，自從《遠方有個女兒國》在三民書局出版後，賓主關係良好，始終沒有貳心。據悉，別的出版社也未必出得起比目前更高的稿酬挖他跳槽。

四、大陸長篇小說在台灣

根據不完整的統計，自八十年代中期至今，大陸長篇小說在台灣出版了一百五十部以上。解嚴前出版四部，遇羅錦拜投奔西德的新聞事件，占了二部（《春天的童話》和《愛的呼喚》），後者並被冠以一個吸引讀者的副題「在中國大陸一個結過三次婚的女人的自述」。另有一部是戴厚英的《人啊，人！》（希代版），記錄人性的復甦；還有張賢亮的《男人的一半是女人》（文經版），被出版社宣傳炒作爲「現代金瓶梅」。

解嚴之後到「六四」天安門事件爆發，共出版十八部大陸長篇小說，張賢亮就占了四部（遠景版《早安，朋友》、《男人的一半是女人》、《男人的風格》，圓神版《習慣死亡》），其中，《早安・朋友》以紀實文學方式探討青春期的青少年成長問題，因涉及性描寫，在大陸被列爲禁書；《男人的風格》則是第一部以大陸的城市改革爲背景的長篇小說。《習慣死亡》號稱台灣、大陸、香港同步出版，全書洋溢著「張賢亮式」的悲愴兼嘲謔的悲喜劇筆調。

祖慰的《性的獨白》，原書名《冬夏春的複調》，一九八五年六月
由中國文聯出版公司出版，來台後就「變調」了，封面文案強調本
書是「寫年輕姑娘的性苦悶，大陸社會性失調的現象」。古華的
《芙蓉鎮》，曾獲首屆「茅盾文學獎」，這部作品「寓政治風雲於
風俗民情圖畫，借人物命運演鄉鎮生活變遷」，一九八六年拍成同
名電影，極為轟動。在出書前半年，曾由中國時報「人間副刊」、
「大地副刊」連載多日，打響了出版公司新開闢的「小說館」之知
名度。

　　由香港大學英文及比較文學系教授黃德偉主編的三民版「山河
叢刊」，把有份量，有價值的當代大陸著述作妥善的編印介紹，一
連推出三部長篇小說，白樺的《遠方有個女兒國》、張辛欣的《在
同一地平線上》、《這次你演哪一半》；每本書後的作者傳略、著
作年表、評介書目，延續了主編者為新地版「當代中國大陸作家叢
刊‧女作家卷」所作的企劃。

　　大陸中青代作家創作的第一部長篇小說也陸續在台灣展姿，莫
言的《紅高粱家族》集五個中篇而成，寫得熱烈、高昂，發揚了
「紅高粱精神」。其他還有蔣子龍的《蛇神》、劉心武的《鐘鼓
樓》（獲第二屆茅盾文學獎）。《鐘鼓樓》以冷靜、平實的語言，
呈現北京市民的生態群落，力圖反映一個社會的「文化發生史」
（劉再復語）。

　　其他的長篇著作有：「大牆之父」從維熙的《斷橋》、馮驥才
的《怪世奇談》、老鬼的《血色黃昏》、賈平凹的《浮躁》、莫言
的《天堂蒜臺之歌》、鄒志安的《多情最數男人》等。

　　一九八九年「六四天安門事件」發生之後，大陸的文藝政策緊
縮，在官方的報告中，不僅重彈反對資產階級自由化的老調，也抵
制西方資產階級的哲學觀、政治觀、新聞觀、文藝觀等，並開始對
各地的書刊、文化市場進行大規模的清查、整頓工作。流彈所及，

西方現代派思潮受到批判，蘇曉康、劉賓雁成爲「暴亂先鋒」、「賣國賊」，前幾年銳不可擋的「先鋒派」文學，也落了個「放棄對社會的承諾」的罪名。「六四」後，讓大多數作家感到寒心，有辦法的遠走高飛，流亡海外，搖身一變成爲民運人士；留在大陸的，有的祇敢寫些身邊「無關痛癢」的瑣事，明哲保身。一九八八年的長篇小說創作數量，剛攀升到新時期以來發表和出版最多的一年，超過了二百部。一九八九年的長篇創作量卻急轉直下，質量亦平平，沒有特別傑出的創作（林爲進，1993：307）。

　　八十年代後期以來，大陸作家們熱中去寫作歷史故事，大陸評論家陳曉明分析這種現象產生的原因：也許是因爲現實題材被紀實文學、報告文學搶盡；也許是「現實」沒有什麼激動人心的故事可講；所以，「新寫實」小說，甚至富有挑戰精神的「先鋒派」都熱中於講述那些似是而非的歷史故事了（1994：99）。但其中應不乏利用歷史人物直抒胸臆，從歷史生活中尋找現實生活的鏡子，從歷史發展中獲得生活的信心和精神解脫。《星星草》作者凌力在八十年代初曾說：「『四人幫』橫行時，不允許我用更直接的方式說出我心中的一切，我只好借助於捻軍將士的英靈，借助於捻軍苦鬥的歷史，來歌頌已經長眠地下的和仍在人間堅持戰鬥的人民英雄們。」（凌力，1980）這段話或許可補充解釋這一波歷史小說熱的內在因素。

　　台灣出版業者對大陸長篇歷史小說情有獨鍾，九十年代以來已出版六十部以上。「漢藝色研」推出的楊書案作品，就高達十一部：《孔子》、《炎黃》、《秦娥憶》、《九月菊》、《隋煬帝遺事》、《長安恨》、《風流武媚娘》、《李後主浮沈記》、《老子》、《丁亥青春祭》、《劍仇》。這批著作時間跨度相當大，最早的作品《九月菊》於一九八一年在長江文藝出版社出版。楊書案一起步，便走出自己的風格：包括濃郁的浪漫主義情調，極具傳奇

色彩的藝術描繪，抒情詩意等（吳秀明，1987）。近期作品《孔
子》、《老子》都以對中國文化具有深遠而又廣泛意義和影響的歷
史人物爲描述對象，在大陸文壇頗獲肯定。

　　唐浩明的《曾國藩》上、中、下册（黎明、漢湘），在短時間
內分由大陸、台灣、香港的四家出版社出版發行，這在大中華文化
圈內是頗爲罕見的現象。作者在大學畢業後被分配到岳麓書社工
作，不久即擔任《曾國藩全集》的責任編輯，閱讀了大量相關的著
作和資料。這部小說在藝術上是一種傳統的現實主義的寫法，在藝
術形式上並沒有太多創新之處，但作者寫出了作爲一個歷史人物的
曾國藩的複雜性，並且表現了作爲一個人的曾國藩的複雜性。凌力
的三部作品由國際村文庫書店引進，包括：《傾城傾國》（上、下
册）、《少年天子》（上、下册）、《少年康熙》（上、下册），
這些著作歷史意蘊豐富，文化色彩豐富；人物形象生動、性格豐富
有內涵。另有一位寫作歷史小說的好手二月河，由巴比倫出版社推
出「帝王系列」多部。其他還有：北海的《賽金花傳奇》、柯興的
《賽金花傳奇》（原書名：《清末名妓賽金花傳》）、冼濟華、高
進賢的《末代公主》、黃玉石的《林默娘・媽祖傳奇》、商傳的
《永樂大帝》、計紅諸、王雲高的《雍正皇帝》、蘇立群的《伎，
妓行》共三部等。大陸作家的書齋，儼然成爲台灣出版業者的後勤
補給基地，許多新成立的出版社，爲了降低版稅支出，維持新書出
版數量，祇好往大陸開拓稿源，歷史小說正是業者看好的品種之
一。

　　另一種長篇歷史小說的創作，顯然已跳脫出經驗主義的局限，
以「先鋒派」的寫作者爲主，他們不再憑藉歷史材料，而是依靠想
像力和創造才能，虛構故事和人物，表現某種歷史環境和條件下的
人生世相。蘇童的《我的帝王生涯》（麥田，一九九二）、《米》
（遠流，一九九一）可作爲代表。這兩部作品不同於傳統的歷史小

說，《我的帝王生涯》講述一個古代皇太子的故事，具體的年代背景不可考。蘇童的興趣主要在於觀看個人的心理和精神氣質的變化過程，以及個人處在極端的環境中所作出的特殊反應。他的「實驗」顯示了歷史小說並非是一成不變，不能改變的固定模式，而只有打破經驗主義的束縛，歷史小說的創作才有可能充分發揮作者的想像力和創造力。王德威則在書評裏指出：蘇童以僞自傳的形式，虛擬一位末代皇帝回憶當年宮廷生活的種種。字裏行間，愛新覺羅・溥儀的影子，似乎呼之欲出。他將這部「扮皇帝的故事」，解讀爲「當代大陸作家回顧、檢討（正統）歷史或歷史小說敍述的又一嘗試」（1992：174－176）

一九九二年起，「留學生暨域外題材文學」成爲大陸出版界的熱點，周勵的《曼哈頓的中國女人》更搶盡鋒頭，短短二、三個月銷售十餘萬册。不過在台灣似乎沒有引起太大的重視。這部小說以第一人稱的敍述角度，講述一個充滿中國才情的女人，如何在美國經商成功的故事。作者試圖以自傳體的形式來製造一種驚人的眞實效果，不過卻遭到紐約的華商質疑本書的內容與事實不符；論者並指責周勵在書中吹噓自己而貶低別人。評論者卻從虛構小說的角度來看，覺得這部作品當然還有它的文學魅力（陳曉明，1994：101）。

以賈平凹的《廢都》、陳忠實的《白鹿原》領軍的「陝軍東征」，爲一九九三年長篇小說熱發起先聲。《白鹿原》是一部講述渭河平原五十年變遷的歷史風雲，試圖在歷史文化和階級鬥爭的大背景上來揭示人性，並折射出中國民族的文化蘊含。《廢都》則以驚世駭俗的筆法，描寫當今時代文化和精神上面臨的嚴重危機；在大陸最引人爭議的是它殘留太多古籍的痕跡，尤其是書中故意留下的□□□□（作者刪去若干字），勾起了人們對古代那些禁書淫書的文化記憶，也是本書暢銷的重要因素之一。這兩部長篇鉅製在台

灣頗引起傳媒與文人讀者的回響，尤其是後者的寫性。評論家倒還能冷靜地揭開性包裝，透視賈平凹筆下舖陳的世界，並認為《廢都》所提出的問題與感受是有價值的，這個視角可使我們對大陸的社會發展有了一些認識和體會（龔鵬程，1994：112）。

九十年代由於大陸經濟政策由計畫經濟向市場經濟轉型，文學也被無情地拋向市場。在商品經濟大潮中，文學本體逐漸向商業利益靠攏，它所伴隨的包裝熱、廣告熱、媚俗熱，不同程度地損害文學本身的審美屬性。一些作家過分重視銷售利益，不惜在創作中加入大量的性與暴力，更是侵蝕了作品本身的藝術整體性。相信台灣的讀者、出版者都不會因性描寫刻意去接觸或出版這一類的大陸文學。但文學畢竟反映一時一地的社會、人生，以《廢都》的備受爭議，它仍然有其存在的理由和價值：「在上帝無言百鬼猙獰的時代，理當有此一部記錄人們之哀傷之小說；在人慾橫流的社會，自然也會有這樣一篇刻畫人類靈魂淪喪歷程的記錄。」（龔鵬程，1994：112）誠哉是言！

結論

根據大陸官方雜誌的調查報告顯示：截至一九九〇年底，大陸三十一家文藝出版社共出版台灣文藝圖書近七百種。其中，最受歡迎的有：古龍、陳青雲等人的武俠小說，瓊瑤、姬小苔、玄小佛等人的言情小說，高陽的歷史小說，三毛、席慕蓉、羅蘭、柏揚、李敖的散文，席慕蓉的詩歌等。台灣純文學的作家作品並沒有完全生根大陸，使得大陸讀者以為暢銷的瓊瑤、三毛、席慕蓉便是台灣純文學的正宗，而忽略了更多值得認識的名家。其中不乏政治因素，主要的還是大陸出版業者，少有膽識和魄力，一心只想暢銷，而不是有系統地介紹台灣當代文學。（陳信元等，1993：253）

英國學者諾曼・丹尼爾（Norman Daniel）曾使用「文化屏

障」（Culture barrier）一詞，來說明文化衝突問題。在兩種不同文化背景的交流中，必然存在著差異，在不同文化中形成的思維習慣等總會阻礙相互之間的有效交流（1992：2）。自七十年代末期開展的兩岸文化觀摩、交流中，雙方是以「保持距離」的觀照方式，透過選擇性的文學作品間接去了解對方的社會和人民思想，在初期不免具有濃厚的政治意味、非文學性的意義。台灣引進「傷痕文學」時，曾冠上「社會主義悲劇文學」、「抗議文學」、「浩劫文學」、「覺醒文學」等名目，大陸評論者就認為這些名詞具有極明顯的政治色彩，以此作為某種規律性和傾向性的文學現象的概說，則是從非文學性的目的出發的。阿城小說的出現無疑地對台灣讀者具有正面的教育意義，扭轉了他們印象中「大陸文學＝傷痕文學＝抗議文學」的刻板觀念，從而留意大陸文學的藝術價值。多年來，台灣讀者已能接受多元的大陸文學作品，並推動出版業者在兼顧商業利益下，有系統地發掘、出版更多值得閱讀的大陸文學佳構。我們更期待良性的文學互動，能消弭兩岸人民在文化上、心態上的差距與隔閡，認真去思考民族未來的命運。

參考書目：

● 凌力（1980）：〈獻給昨天和今天的人民英雄〉，《光明日報》，九月三日。

● 金介甫（Kinkley, J.C.）（1987）：〈大陸文學將帶給台灣什麼新視野？〉，蕭遙譯。《人間》第二十六期，12月。台北：人間雜誌社。129～130。

● 馬漢茂（Martin, Helmut）（1987）：〈海峽兩岸的文學交流——兼談台灣文壇新氣象（代後記）〉，《掙不斷的紅絲線——中國大陸的愛情、婚姻與性》馬漢茂編。高雄：敦理出版社。1～4。

● 郭楓（1987）：〈「當代中國大陸作家叢刊」總序——為本叢刊出版答客

問〉，甘鐵生等著《人不是含羞草》。台北：新地出版社。1～4。

● 周政保（1987）：〈這是一個獨特的藝術世界——「少數民族文學卷」序〉，鄭萬隆《我的光》。台北：新地出版社。1～12。

● 吳秀明（1987）：〈他有自己的「聲音」——評楊書案的《九月菊》及其兩部歷史中篇〉，《在歷史與小說之間》。長春：時代文藝出版社。

● 文訊雜誌社（1988）：《當前大陸文學》。台北：文訊雜誌社。

● 蔣安國、陳樂群、王更陵（1988）：〈淪陷區出版品在台出版問題之研究〉，《行政院新聞局七十七年度研究報告彙編》。台北：行政院新聞局。1～61。

● 侯吉諒（1988）：〈文學探親的歷史意義——「大陸全國文學獎」的出版理念〉，《搶劫即將發生》。台北：海風出版社。10～13。

● 唐弢（1992）：〈新版序言〉，《蘇雪林、凌叔華、廬隱、馮沅君》。盧啓光、徐志超選評。台北：海風出版社。12～32。

● 王德威（1992）：〈「扮皇帝，我在行，我作皇帝比人強……」——評蘇童的《我的皇帝生涯》〉，《聯合文學》第九卷第二期。12月。174～176。

● 諾曼‧丹尼爾（Daniel, Norman）（1992），《文化屏障》王奮寧、馮鋼等譯，杭州浙江人民出版社。

● 林爲進（1993）：〈一九八八～一九九○長篇小說新作述評〉，《中國出版年鑑一九九○～一九九一》。北京：中國書籍出版社。307～309。

● 陳信元等（1993）：《兩岸出版業者合作發行書籍之現況調查與研究》。台北：行政院大陸委員會。

● 陳曉明（1994）：〈長篇小說創作概述〉，《中國文學年鑑一九九三》。北京：社會科學文獻出版社。99～105。

● 龔鵬程（1994）：〈上帝無言百鬼獰——《廢都》情事〉，《聯合文學》第十卷第六期。4月。110～112。

特約討論

⊙張子璋

　　本論文針對出版、著作方面作史的回顧，敍述詳實而完整。不過，仍有幾個問題還要討論一下。第一，題目本身，仍需斟酌。旣然講解嚴後，但實際上大陸的作品在台灣出現，是在民國六十八年的事；而解嚴卻是七十六年的事。民國六十八年在報章雜誌上出現大陸作品，其時戒嚴心態依然存在。雖說當初雜誌刊載，但回顧起來，不免有「爲匪宣傳」之嫌疑。因爲，當初的傷痕文學不僅受中共默許，甚至還鼓勵。主要是因其文學內容都在批判四人幫。我們這邊登出這些文章，卻有不同的考量。傷痕文學退潮之後，緊跟著是尋根文學、反思文學，而這兩類文學層次是以藝術論藝術，這時候台灣已較爲開放，就不太有問題了。

　　第二點，論文小標題爲「另以長篇小說爲例分析、探討」。實際上，長篇小說的讀者羣不多，而在台灣研究文革後大陸小說的人也少，研究者多半以短、中篇爲主；長篇是在六四後，才突然在台灣出現。所以我認爲，不一定要以長篇小說爲例；若以短、中篇來討論，引起的共鳴可能會多一點。

　　第三，論文的結尾討論到「台灣文學在大陸是什麼情形？」，而本文主題在探討「大陸文學在台灣」，我在想，究竟台灣文學在大陸是怎樣的情形，應該是另外一篇論文，作者將來可以繼續研究。（**蔡芳玲記錄整理**）

西方文學翻譯在台灣

⊙呂正惠

　　一九一七年以後產生於中國的新文學和舊文學（現在已習稱爲古典文學）之間的最明顯的差異，當然是在語言方面：新文學使用白話，舊文學則以文言爲主。但實際上，新舊文學在本質上的差別恐怕還不在於語言，而在於形式（以及伴隨形式而來的內容）。譬如新詩，基本上是以西洋詩爲模範而用中國白話創作出來的。又如現代小說，雖然它跟古典小說（如《水滸傳》、《紅樓夢》等）具有藕斷絲連的關係，但和西方近代小說的連繫卻更爲直接而明顯。我們或許可以說，西方文學是中國新文學在表現形式上最大的源泉。

　　從這裏就可以知道，西方文學的介紹與翻譯，在新文學形成期的重要性：翻譯的作品越多，新文學作家所憑藉以學習、成長的資源就越豐富——我們不能寄望於每一位有志於創作的年輕人都要先學會至少一種外文，而只能寄望於更普及化的翻譯。新文學的倡導者都非常清楚地了解到這方面的問題，譬如胡適就曾經有過大規模翻譯西方文學名著的構想。

　　由於中國接連不斷的戰亂，以及隨之而來的經濟惡化，一九一七至一九四九之間三十餘年的翻譯總成績並不理想，如果跟鄰近的日本相比，更是瞠乎其後。不過，三十年的累積，多少也有了一點成果。我們只要稍微考慮一下這種問題：如屠格涅夫對中國現代小

說的影響，或者蘇聯革命小說對中國左翼小說的影響，就可以了解到這些翻譯成果跟中國新文學發展的密切關係。

就戰後台灣現代文學的處境來說，西方文學翻譯的重要性一點也不下於新文學發展初期。這至少有兩個重要原因：首先，由於對所謂附匪作家及陷匪作家的禁忌，四九年以前新文學的絕大部份作品，長期不能在台灣公開流傳（其中一部份是絕對不能流傳的），這使得新進作家無形中減少了許許多多學習的對象，只能以外國作家作為主要的模範。其次，戰後的台灣文學界，從五十年代中期開始，逐漸崇尚西方的現代主義文學。而西方現代主義的作品，由於時間接近和風格殊異（不同於寫實主義），剛好是四九年以前的翻譯界用力最少的一環。因此，從一般情理上來看，就有必要大量翻譯這類作品，以補足文學青年在學習階段的需求。

但是，縱觀戰後的台灣文學界，西方文學的流傳與翻譯，卻反而是最不受重視、最成為問題的一個方面。一般人也許到現在還沒有充分注意到，但實際上應該加以正視。以下想從三個方面來討論，即：一、對翻譯作品的態度，二、十九世紀及其以前的西方文學翻譯的流傳，三、現代作品的翻譯；希望藉此突顯出西方文學翻譯在台灣文學界的特殊狀況及其對創作的影響。

一、

在六〇年代以前，由於台灣經濟並未完全復甦，政局也不十分穩定，文化發展的條件並不十分良好，西方作品的翻譯（新譯）相當少見，出版的文學翻譯幾乎全以重印四九年以前的譯本為主（關於這方面的問題，詳見下一節的討論）。

從戰後台灣文學發展的角度來看，翻譯方面第一個重要事件是《現代文學》雜誌的創刊。《現代文學》雜誌的同仁，主要是當時還在台大外文系讀書的學生。他們把剛接觸不久的西方現代作品，

以「作家專號」的方式，一期一期的推出。可以說，這是戰後台灣文學第一次較有意識的介紹西方現代作品。

但是，《現代文學》雜誌所進行的這一項工作，並沒有持續多久，大約從十五期以後，我們就很少看到外國作家專號了。最令人感到意外的是，最能掌握外文（其實主要是英文），並以引進現代主義爲目的的外文系作家，逐漸出現一種反對翻譯的聲音。

據說，《現代文學》雜誌的「作家專號」設計，出力最多的是王文興；但奇怪的是，在六〇年代中、後期，王文興已很明確的反對翻譯，認爲讀外國作品應當以原文爲主（當時王文興可能還沒有仔細思考過，怎能經由英文讀卡繆、卡夫卡等非英語作家的問題）。

當時的王文興在表達意見時的偏激態度也許比較突出，但台灣外文系出身的作家和學者（這是六〇年代對文藝界最具影響力的「專家」）一般反對翻譯，恐怕是不爭的事實。不論他們反對的理由爲何，這種態度的影響是可以想見的。老實說，六〇年代台灣知識界普遍的英文水準（不要說其他外文了）並不好；在這種情形下還要求有志創作者直接從「原文」學習，實際上等於極端限制了他們的閱讀空間。台灣發展出來的所謂「現代主義」後來出現種種的問題，我想，沒有好好閱讀西方作品，因此並未十分了解什麼是「現代主義」，也許是一個非常重要的原因。

跟反對翻譯有關聯的是，翻譯者的地位沒有受到尊重——台灣文藝界一直沒有把他們像小說家、詩人一樣，當作「翻譯家」來加以尊稱。與此相反的是，四九年以後的大陸，一如四九年以前一樣重視翻譯（甚至還更爲重視），以翻譯「名」家的人，也一樣被當作文壇名人（傅雷就是最好的例子）。七〇年代末期我個人曾經在書店碰見一個翻了不少西方現代小說的譯者，當我說出景仰之意時，他對他的「被人尊重」似乎還有不好意思（或不願意）承受的

態度。到現在，我們好像還把「譯者」看作搞翻譯賺錢的人，而不是當作「翻譯家」。

即使光從賺錢的角度來看，翻譯的稿費到八〇年代之前一直遠低於其他稿費。從出版者的立場來說，翻譯的「品質」並不是報酬的主要標準，譯者大多只能以「趕譯」、「多譯」來「賺錢」。在這種情形下，已經並不多見的「譯本」，當然很難要求翻譯的水準了。（大陸譯者的稿酬雖然還是比創作者低，但距離並不大；而且他們所實行的版稅制度，還可以使名譯者因銷量大而多得稿酬，因此名家都珍惜自己的名聲，態度相當愼重。）

翻譯及翻譯家在台灣文壇一直沒有得到尊重，從這裏就可以想見這四十年來翻譯作品的數量和品質了。

二、

戰後台灣社會對西方文學翻譯的某些偏差態度，還可以從舊譯的重印以及重譯（或者說根本不重視重譯）看得出來。

四九年以前所翻譯的西方文學作品，主要以十九世紀的小說爲主（特別是寫實小說；二十世紀初期的同類型作品翻譯出來的也有不少）。一直到六〇年代中期，台灣所能看到的西方作品，幾乎全是這些舊譯本的重印（現代主義作品的翻譯，差不多只能在流傳不廣的文學雜誌上看到）。

六〇年代中期之前的「舊譯重印」有幾個特色：首先，幾乎全是據舊版影印，極少重排；其次，原來譯者的名字要不是全被略掉，就是隨便找個名字來取代原譯者；第三，出版者大都是倏起倏滅的業者，常常只出了一、兩批書就關門，很少有延續性。

這些出版者裏面，最爲突出的可能要數新興書局和啓明書局。新興所影印的《戰爭與和平》（高植譯本？）、《安娜‧卡列尼娜》（周揚、謝素台譯本？）、《塊肉餘生錄》（許天虹或董秋斯

譯本？），長期以來是台灣讀者閱讀這三部大小說的唯一來源，其後還成為其他書店據以重排的「祖本」。啓明書局編了一套「莫泊桑小說集」，包括十本中、短篇集，和兩個長篇（《一生》和《人心》），主要取材於李青崖的各種譯本。其他如大眾書局、春秋書局、文友書局、光明出版社、文光圖書公司等，都先後影印了不少舊譯本。

　　這些影印本的封面設計，大都模仿巴金的文化生活出版社，白皮封面，中間書名黑體大字，或黑框白字，還算「美觀大方」。它們所據的祖本，在排印上頗花工夫，閱讀起來不太吃力，比起後來密密麻麻的重排本要好得多了（即使最為講究的遠景《世界名著》本，字也嫌小）。高中時代，我在牯嶺街舊書店搜集了不少，我寧可讀這些「影印本」，而不願購買後來的各種重排本。

　　早期這些影印本，綜合起來看，其重印範圍也要比後來的重排本大得多。譬如，文友書局的《玖德》（哈代著，即《無名的裘德》），後來從未見有人重排出版過。又如春秋書局所出的各種巴爾扎克小說（種類不少），即據上海海燕書局的高名凱譯本重印，這一譯本，即使在現在的大陸也難得見到。

　　早期這些「盜版商」所犯的「罪行」，我們現在很容易的可以加以「指正」。譬如，他們任意的拿掉譯者的名字，或者有意的張冠李戴，甚至假造「譯後記」。最糟糕的是，連書名也改換，如哈代的《歸》改成《迷惑》、《黛絲姑娘》改成《火石谷》。不過，在五〇年代，這些「罪行」都是可以原諒的，畢竟政治的禁忌太嚴了，誰也犯不著為了賺幾文錢而去冒生命的危險。反過來說，倒是由於他們的「海盜行為」，五〇年代成長的一代文學青年才能夠在當時的文學沙漠中吸取不少養料。綜合來看，五〇年代這些出版商是有他們的貢獻的。

　　大約從六〇年代中期開始，台灣的出版商逐漸以重排的方式來

取代影印。早期這一方面的工作，可能以正文書局最爲突出。其他書店所重排的世界名著，種類大都不多（五十種就算不錯了），正文書局的「高水準讀物」的編號卻遠超過一百種。但是，正文書局的重排本卻可能是最糟糕的一種，字排得又密又小。不過，由於它重排的時間最早，出版的冊數最多，在六、七〇年代之交，讀過它的書的人也可能最多（我個人在當時能夠閱讀屠格涅夫所有的六部長篇，可說完全受賜於正文書局）。

重排舊譯的局面到了七〇年代有了較爲重大的轉變，這主要歸功於志文出版社和遠景、遠流出版社。志文出版社的《新潮文庫》開始於六〇年代中期，原來主要是出版當時台灣知識界流行的西方學術、文學名著的譯本（這一方面的情況，詳下節所述）。七〇年代以後，志文的出版方向轉爲兼容古典名著的譯本。剛開始的時候，志文進行了一些新譯工作，譬如請鄭清文由日文轉譯普希金的「詩體小說」《尤金‧奧涅金》，以及契訶夫的短篇小說選集《可愛的女人》。我沒有把志文的古典名著譯本清查一遍，細數它所完成的新譯工作。不過，可以說，以前雖然有一些古典名著的零星新譯本，志文卻可以說是戰後台灣出版界有心對西方文學古典名著進行新譯的第一家出版社。它的品質也許有待斟酌（大都透過英、日文重譯），不過，在當時確實擴大了讀者的閱讀空間。

但是，更重要的是，志文還「秘密」進行了一項工作：尋找一些四九年以後在大陸出版的新譯本或修訂譯本，在台灣重排出版。一般而言，四九年以後的大陸譯本大都優於四九年以前的譯本（在語文方面，大都從原文翻譯，不重譯），把這些成果呈獻給台灣讀者，不能不說是一種貢獻。在當時的政治環境下，志文當然不能明講；不過，由於它的聲譽，很少讀者會懷疑到志文的「海盜」行爲，還以爲是「新譯」。同時，志文還做了一項值得批評的工作：把大陸的原來譯文擅自更動；既不標出原譯者姓名，又擅改他人譯

（十五期之前）的外國作家專號，每期的篇幅不過二、三十頁，所能容納的作品非常有限。除了《現代文學》之外，六〇年代中期之前所譯介的現代作品，基本上也都刊於銷量相當有限的同仁詩刊或文學刊物，同時所介紹的作品數量也很少。

六〇年代中期以後，由於志文出版社《新潮文庫》的創設，單行的當代西方作品才比較容易找到。後來再加上水牛、晨鐘、牧童等小出版社，又增加了一些譯本。在遠景的《世界名著》叢書中，也收了一些以前沒有翻譯的作品。綜合而言，台灣對於西方現代作品翻譯、出版的「高潮期」約在六〇年代中期至七〇年代末。

對於當時台灣流行的外國當代作家，如喬伊斯、勞倫斯、沙特、卡繆、卡夫卡等，這些翻譯事實上只包含他們作品的一小部份。但更嚴重的是，除了這一小部份作家之外，我們再也看不到其他外國作品了。譬如，在川端康成得諾貝爾獎、三島由紀夫自殺之前，我們基本上不知道有這兩位小說家。又如，在馬奎斯得諾貝爾獎之前，我們在市面上找不到他任何小說的譯本（或者只有志文或遠景的一種譯本，記不清楚了。）

為了讓大家了解三十年來台灣翻譯西方當代作品的「總成績」，我想拿近十年來大陸在這方面的翻譯來作比較。我們先看六十年代在台灣最風行的沙特、卡繆、和卡夫卡。我們所翻譯的沙特有：長篇小說《嘔吐》，短篇小說集《牆》（見志文版《沙特小說選》，似未全譯），以及兩三個劇本。大陸方面，就我所知，有《嘔吐》、《牆》、沙特主要的八個劇本（不包括改編的；見人民文學《沙特戲劇選》），同時至少還有長篇三部曲《理性的年代》的第一部。卡繆台灣翻得最全，三部長篇及一個短篇集全譯出來，另外還譯了至少兩個劇本；這些大陸也都譯了出來。在卡夫卡方面，我們譯了他的兩個長篇《審判》和《城堡》，以及非常不完整的兩、三個短篇選集；在大陸方面，長篇除了《審判》和《城堡》外，還譯出《美國》，至於

短篇，幾乎全譯出來了，此外還有好幾本書信、日記選，現至他們正在預備出版《卡夫卡全集》。更值得一提的是，大陸的翻譯大多從法文、德文原著而來，不像台灣只能從英文轉譯。

英國最重要的兩個小說家，在喬伊斯方面，我們譯了《一個青年藝術家的畫像》和《都柏林人》，大陸除了這兩本之外，現已全譯了最重要的《尤利西斯》，而且有兩個譯本（已見前述）。至於勞倫斯，我們只譯了三個長篇《兒子與情人》、《戀愛中的女人》，及《查泰萊夫人的情人》，以及幾本短篇小說選集；大陸方面，單是北方文藝出版社的一套《勞倫斯選集》（六卷），就包含四個長篇（以及一卷中篇小說選，一卷書信選）。據我個人所知，勞倫斯的所有長篇只有一、兩部未譯，他的著名中篇都譯出來了，而且大陸兩、三種較大型的中、短篇選集所收的作品，任何一種的篇數都要大過台灣幾個選集的總和。

另外，據稱是本世紀最偉大小說的《追憶逝水年華》（法國普魯斯特），台灣從未碰過，大陸已出了七卷的全譯本。又，另一個重要小說家，德國的托馬斯‧曼，台灣只譯了三個著名中篇（志文）及長篇《魔山》（遠景）；大陸除了《中短篇小說選》（共收十八篇），還譯了長篇《布登勃魯克家族》、《魔山》（兩種譯本）、《綠蒂在威瑪》以及《大騙子克魯爾自白》。

就詩人而言，台灣最崇拜的兩位現代作家艾略特和葉慈，大陸所出的兩部詩選《四個四重奏》和《麗達與天鵝》（漓江出版社），所選譯的作品數量都要遠超過台灣的零星翻譯，大陸其他散見的翻譯就不用提了。只有里爾克，由於李魁賢個人的長期努力，其所累積的成果總算遠超過大陸（據說大陸的綠原已譯完里爾克全部詩作）。

以上只是就台灣最熟悉的幾個作家而言，如果擴大到全面來看，兩岸的差距就更遠了。且舉幾個例子來說明：大陸的漓江出版社也出諾貝爾獎文學全集，但他們每一個作家的作品集所收的作品和篇幅，

幾乎都比遠景版多一倍以上。譬如漓江的卡繆卷就收了全部三個長篇、一個短篇集，再加《西緒福斯神話》；又如馬丁·杜·加爾，遠景只收了一個早期較短的長篇，而漓江則譯了他的四大册的名著《蒂博一家》；漓江的奧尼爾卷收了六個劇本（包括台灣單行的《長夜漫漫路迢迢》——大陸譯爲《進入黑夜的漫長旅程》）、川端康成卷收了他最著名的三個長篇《雪國》、《古都》、《千鶴》，如此等等。

　　大陸爲了彌補以前不重視當代西方作品的缺陷，在社科院文學所的策劃下，由人民文學和上海譯文兩家最重要的翻譯出版社負責出一套兩百種《二十世紀外國文學叢書》。按我個人的收購和估計，目前至少已出一百二十種至一百五十種左右，其中許多作品根本不爲台灣所知（特別是蘇聯、東歐的作家）。另外兩套小規模的叢書也許更可以看出大陸翻譯當代作品的廣度：漓江出版社和安徽文藝出版社計劃聯合出版《法國二十世紀文學叢書》五十六種，目前至少出了四十種以上；又雲南人民出版社的《拉丁美洲文學叢書》，據我估計，可能也已出三十種左右，如果再加上其他出版社的譯本，大陸所出的拉丁美洲小說可眞是洋洋大觀。

　　在台灣所譯的西方文學作品，以二十世紀居多，所以我特別在這一節舉出大陸十多年來的成績來作比較。如果再擴大到二十世紀之前，那就完全不能相比了。譬如大陸已出十七卷本的《托爾斯泰文集》、二十四卷本的巴爾扎克《人間喜劇》全集、十二卷本的《屠格涅夫全集》、九卷本的《陀斯妥也夫斯基選集》、十卷本的《契訶夫文集》、八卷本的《易卜生文集》等等。大陸在這方面所花的工夫和所得的成績，台灣了解得太有限了。

四、

　　西方文學作品的流傳與翻譯，對戰後台灣文學的創作具有相當重大的影響。從廣度來說，台灣的一般知識界對西方文學的知識與

閱讀實在太有限了。古典文學的部份，我們所能看到的就是一些老
譯本一再重印；現代文學的部份，即使到六〇年代末期，我們所譯
的實在少得可憐。

　　就品質而言，古典文學的老譯本有很多是具有重大缺陷的。首
先，中文的譯文常常太歐化，對讀者的「語感」產生不良影響。其
次，早期譯者的外國語文能力參差不齊，了解得不是很充份，有不
少還是從英、日文轉譯的。在這方面，我想舉兩個例子。早期譯的
陀思妥也夫斯基的《罪與罰》，譯筆不佳，內容可能也有許多問
題；我後來抽讀了大陸所出從俄文直接翻譯的兩個新譯本，實在遠
勝於台灣的流行本。又如，台灣流行的《包法利夫人》，原爲李健
吾譯。李健吾爲留法的法國文學專家，學養、文筆都不錯，但卻以
浪漫情調來譯這本小說，把福樓拜的風格譯得「走味」了（我大學
時代即曾聽王文興在課堂上如此評過）。大陸現有的三種新譯本，
文筆也許比不上李健吾，但風格顯然較接近原著。

　　在這方面，我對台灣所譯的西方現代作品更爲懷疑。老實說，
許多譯本其實是根據英譯本現學現賣，譯者是否對原著已經完全能
體會、掌握，我實在不敢肯定。現代主義作品基本上不好懂，有些
譯本我看了好久還是無法體會，除了自己修養太差之外，有時也不
免懷疑譯者的水準（就我個人的經驗而言，我讀過的大陸譯的勞倫
斯，就比台灣譯本好懂得多；卡夫卡作品也是如此。）

　　我曾經跟一些朋友、學生誇讚大陸的翻譯，他們常常以懷疑的
口吻問我：大陸雖然譯得不少，但品質可靠嗎？（好像大陸一切都
很落後）。面對這種質疑，我常又生氣、又好笑。我曾讀過大陸目
前最有名的意大利文學專家呂同六的文章，談到他如何把意大利文
學的研究與翻譯結合在一起。基本上，沒有經過相當研究的作品，
他不太敢接下來翻譯（他因此拒絕了重譯《十日談》的約請）。大
陸的名譯者一方面對他翻譯的範圍素有研究，一方面外文底子好，

譯出來的東西都有相當水準（當然也不能否認有較差，甚至很差的
譯著，特別是在八〇年代逐漸商業化以後）。

　　我最深有所感的是大陸對西洋詩的翻譯。大陸名家所譯的普希
金、雪萊、哥德、海涅，我都讀過一些，才逐漸了解台灣受艾略特
影響，不太讀浪漫詩人的作品，對西方浪漫詩人的認識實在太有限
了。更重要的是，我所讀的大陸譯的西方現代詩，不論質、量，都
遠勝過台灣。這更增加我一向的懷疑：六〇年代的台灣文學界，對
西方現代詩的認識實在大有問題。

　　從翻譯作品的流傳來看，台灣文學界的養成教育眞是值得檢
討。如果在成長階段，沒有閱讀過相當數量的優秀的外國文學作
品，我們如何寄望整個世代的文學青年對文學作品會有深刻的體會
呢？如果一個人對作品的好、壞都不太容易分辨，我們如何盼望他
創作出好作品呢？如果他對西方現代作品所知不多、了解又有限，
我們如何判斷他所提倡的「主義」是否該加以接受呢？

　　從養成教育的觀點來看，西方翻譯作品在台灣的種種樣態，足
以反映台灣文學界體質的不健全。

特約討論

◉彭鏡禧

　　呂敎授的論文是「西方文學翻譯在台灣」，就他所講的這部分，我非常贊同、也非常佩服他視野的廣闊。這篇文章，較著重詩歌和小說的翻譯，但有關戲劇方面的文章則未提及，在這方面我倒可以補充一點：我們在七〇年代，也就是民國六十年代，戲劇方面也有些成績，當時的台大外文系系主任顏元叔敎授，就出版了一套有關西洋現代戲劇的集子。

　　另外，呂敎授提到翻譯的文學作品可以幫助新文學的寫作者，這點我深表贊同。當然也贊同其意見：不能要求每位作者都懂外文到可以直接閱讀原典的程度。呂敎授提及台灣文學相較於大陸在文學翻譯方面落後的情形，我再作幾點補充：

　　在政治敎育方面，因思想控制之故，五十年來，大陸傾向東歐，特別是俄國文學的翻譯；而在台灣，則多半集中於英美作品。這和敎育息息相關，在台大號稱是外文系，而其餘各大學陸續成立的科系，都稱「英美文學系」或「英文系」，即使在外文系裏面，也是以英美文學爲主。所以無法訓練出精通其他外語的人才，也就無法作深層的研究和翻譯。

　　其次，在學術研究方面，呂敎授也提出了我們對翻譯的不重視。翻譯者並不會因爲翻譯了好作品而提升其學術地位，這是很嚴重的問題。

　　另外，在經濟上，我要提的是有關市場的問題。出了一本翻譯作品，會有多少人去看、去買？恐怕這點就無法與大陸相比。譯者少，讀者亦少，影響了翻譯的品質。

　　至於對於西洋文學的翻譯，台灣能夠做或是應該做的，在此我提出幾點淺見供大家參考：

　　首先應做的是，大規模而有計劃的翻譯。目前做的多半是零星的翻譯，較看不出成績。這點恐怕得借重國立編譯館，或是較大的出版社。

　　第二，必須改變偏重英美爲主的傾向。除卻英美國家之外的作品，也應有系統的引進，要注意非主流國家語言的文學作品。

　　再來就是翻譯品質要如何提升？在翻譯的評論上，除了可討論翻譯的方法外，也可針對翻譯的品質加以討論，如此一來，除可幫助譯者提升水準外，讀者也可得到比較好的譯本。（**蔡芳玲記錄整理**）

組織表

名 譽 會 長：簡漢生
名譽副會長：穆閩珠
會　　　長：毛祚仁
總　策　畫：李瑞騰
執　行　長：封德屏
執 行 秘 書：高惠琳・湯芝萱
〈工作小組〉
總務組：戴淑清
場務組：高惠琳
接待組：湯芝萱
校對組：孫小燕・王美方・江侑蓮・郭筱珊・陳韻如

議程表

【**主辦**】文訊雜誌社
【**協辦**】佛光大學籌備處
【**時間**】85年1月20、21日
【**地點**】佛光山台北道場

1月20日

9：00～10：00　　開幕式
　　　　　　　　　貴賓致詞
　　　　　　　　　主題演講／王德威：由創作到出版——論台灣
　　　　　　　　　　　　文學的生產機制

10：20～12：00　　第一場（主席：潘家慶）
　　　　　　　　　王士朝／文學圖書印刷設計之演變——光復五
　　　　　　　　　　　　十年來「書的妝扮」之初探（王行恭
　　　　　　　　　　　　特約討論）
　　　　　　　　　林訓民／文學圖書的廣告與行銷（羅文坤特約
　　　　　　　　　　　　討論）

13：30～15：10　　第二場（主席：馬驥伸）
　　　　　　　　　應鳳凰／五十年代台灣文藝雜誌與文化資本
　　　　　　　　　　　　（隱地特約討論）
　　　　　　　　　封德屏／試論文學雜誌的專題設計（李瑞騰特
　　　　　　　　　　　　約討論）

15：30～17：10　　第三場（主席：楊志弘）

吳興文／從暢銷書排行榜看台灣的文學出版——
以九〇年代金石文化廣場暢銷書排
行榜為例（林芳玫特約討論）

邱炯友／從著作權糾紛看台灣的文學出版（謝
銘洋特約討論）

1月21日

9：30～12：00　第四場（主席：朱建民）

沈　　謙／台灣書評雜誌的發展（陳恆嘉特約討
論）

張　　默／新詩集自費出版的研究（瘂弦特約討
論）

呂正惠／西方文學翻譯在台灣（彭鏡禧特約討
論）

13：30～16：00　第五場（主席：朱炎）

林慶彰／當代文學禁書研究（王國良特約討
論）

鐘麗慧／「五小」的崛起——文學出版社的個
案分析（向陽特約討論）

陳信元／解嚴後大陸文學在台灣出版狀況——
另以長篇小說為例分析、探討（張子
樟特約討論）

16：00～16：30　閉幕式（主席：李瑞騰）

觀察報告：呂應鐘

文學出版和文化想像的建構

「台灣文學出版」研討會側記

⊙吳秀鳳

　　由文建會策劃，文訊雜誌社主辦的「五十年來台灣文學」系列的第四場「台灣文學出版」研討會，於八十五年一月二十、二十一日，假佛光山台北道場舉辦，雖和在世貿舉辦的國際書展撞期，卻仍吸引了各界人士參與，討論熱烈，成功圓滿。

「文學出版」長期被學界所忽略

　　本系列活動從多元的角度探討文學現象和活動，更鎖定在文學的生產機制運作對文學的影響，首先登場的有王德威以〈從創作到出版——論台灣文學的生產機制〉主題的專題演講，及王士朝的〈文學圖書印刷設計之演變〉、林訓民的〈文學圖書的廣告與行銷〉、封德屏的〈試論文學雜誌的專題設計〉論文發表；在台灣文學出版史上重要歷史現象的研究方面，則有張默的〈新詩集自費出版的研究〉、鍾麗慧的〈五小的崛起——文學出版社的個案研究〉、林慶彰的〈當代文學禁書研究〉和陳信元〈解嚴後大陸文學在台灣出版狀況〉及應鳳凰〈五十年代台灣文藝雜誌與文化資本〉、吳興文的〈從暢銷書排行榜看台灣的文學出版〉、邱炯友的〈從著作權糾紛看台灣的文學出版〉、沈謙的〈台灣書評雜誌的發

展 〉、呂正惠的〈西方文學翻譯在台灣〉等。共計發表十二篇論文，更邀請到了王行恭、羅文坤、隱地、李瑞騰、林芳玫、謝銘洋、陳恆嘉、瘂弦、彭鏡禧、王國良、向陽，張子樟特約討論，最後請到呂應鐘先生做觀察報告。主題規劃可謂是跨科技和劃時代的構思，正如開幕式主席李瑞騰教授所言：文學出版此一重要傳播機構和現象，一直被文學界和各領域的學術界所忽略，連傳播界也很少把出版當做傳播媒介或機構來研究，在此似乎具有邊緣性，但在我們的文學和文化生產、建構、想像中，卻占有莫大的作用和主導力。他希望此次會議能向此領域跨出一小步，來拋磚引玉，成為我們在探索文學、文化和生活中的一大步。

從作者到讀者的通路

王德威教授精彩的主題報告指出，台灣出版和台灣文學生產是一個文學或文化現代化重要的一環，它是政治資本、經濟資本、技術資本和文化資本的流通、應用的文化生產場域，它對文學生產、行銷、消費和大眾的文化歷史想像，會產生莫大的質變和量變的社會機制。比較屬於私密性的文學創作和文學消費活動，在現今必須經由「出版」此具大眾化、公開化的機構及活動，才能使作者和讀者產生交流和互動。再則，出版更是知識運作的場域，如五〇年代的反共文學，到現今的鄉土文學、女性文學和台灣文學等，都是經媒介機制有意地推廣、行銷，而產生大量作品，建構了文學更細部的分門別類化，也使社會大眾對這些文學有了想像和了解；文學傳播這個複雜的社會機制，可以往知識層面、象徵符號層面、政治霸權層面和經濟生產消費層面來解析。而西方的馬克斯古典主義、法蘭克福學派的文化工業、法國波笛爾（Bourdieu）和新歷史主義等，皆可作為文學出版社會學理論建構的重要參考。

回顧過去，也瞻望未來

　　王士朝主張美編老手應把經驗寫書結冊，傳承下來，王行恭說國內對美編人員沒有給予應有地位的尊重，都是造成國內書籍編輯滯礙難行的原因。李瑞騰當場提出了文字大小、字型的變化及排版設計，是否會影響到讀者對於作品的理解的問題，王德威認為文字本身圖像型體的變化、版面整個的呈現，是具有美學效果的，會影響到讀者閱讀的流暢性，和對文字意涵的了解，如新詩就是最明顯的例子。林訓民提到書的封面設計對於書的銷售有絕對的幫助性。應鳳凰以文化資本理論來談五〇年代國家機器在文化生產領域起很大的作用，經由文藝雜誌的推波助瀾，形成了反共文學。封德屏以自己長年的實務經驗來談雜誌專題設計，認為在現在言論開放的八〇年代，文學雜誌專題有更大自由，也必須迅速推出能反映和回應社會脈動的專題，企劃和史料的整理更形重要。李瑞騰則認為文學雜誌本身就是重要的文學創作和文學史料，呼應到隱地所提的：「文學史料要珍惜、累積」，詩現在有張默編了《台灣現代詩編目一九四九———一九九一》，《文訊》也在做各文學史料的累積，希望散文、小說、評論都能有完整的編目。吳興文認為暢銷排行榜助益了文化工作的興盛，但相對的，侵蝕到上游的文學生產，也傷害了文學出版；他也談到書評制度在文學上扮演什麼角色？而書評幾乎可以使一本書上天堂或下地獄，此種權力是誰賦予的？它和出版界又有何相互關係及互動的種種問題。沈謙肯定《書評書目》的貢獻，更希望能有好的書評雜誌出現。

　　在另外幾篇中，張默認為詩人自費出版詩集是文人不求商業利益，對文學熱愛的付出和展現；林慶彰表示，台灣曾因戒嚴特殊的社會情境，而產生了文學「禁書」的特殊現象；鐘麗慧則以其長期之觀察，談論號稱「五小」（純文學、大地、爾雅、洪範、九歌）的出版社均以文人創社組社，對文學影響很大，在台灣文學發展上占重要地位，現在只剩「四小」，她期盼文學出版能綿長下去。而

在最後的總結報告中，呂應鐘提到，人類從竹簡到現在的圖書來傳播文學，展望未來電腦的發達，文學可能可以朝光碟和網路上發展、流通。

有文化的地方，就有感動人心的文學

出版機制以各種倡導、包裝、行銷策略主動地介入文學領域，所產生的影響十分廣大，不但造成文學細部分門別類化、普及化和大眾化外，更建構文化象徵符號、文學知識和作家、社會大眾的歷史想像。而文學出版是否有前途？文學要走向何處？文學是社會文化建構的重要部分，或許傳播載體會改會，但文學會以不同的面貌出現，因為我們相信，有文化的地方，就會有感動人化的文學存在。

編後記

◉封德屏

　　當「台灣現代詩史研討會」激起的熱潮尚未消退，論詩、談史的聲浪仍在空氣中迴盪，我們又著手準備參與「五十年來台灣文學研討會」的系列活動。

　　為了凝聚焦點，也為了開宗明義地探索問題，在台灣光復五十周年的當天，由《文訊》雜誌承辦的〈面對台灣文學〉座談會，在台灣師範大學的國際會議廳舉行。與會學者、作家、學生及社會人士，把原本只能容納一百五十人的會場，擠到近三百人，窗戶外，走廊上，站滿了「旁聽」的學生，而會場內更是激辯熱烈，討論不休。為整個系列活動，揭開了一個活潑熱鬧的序幕。

　　第二場的〈台灣文學中的社會研討會〉由中央大學主辦，第三場〈台灣文學發展現象研討會〉由靜宜大學主辦，第四場〈台灣文學出版〉又回到台北由文訊雜誌社主辦，參與的情況及一般反應都相當熱烈。

　　當一切絢爛歸於平靜時，我們所惦記的是論文集的編印。經過編輯及匯整，我們將論文集分成三冊，除會議中發表之論文或引言外，也希望加上專題演講、特約討論，以及會場側記、相關會議資料等。因論文篇數眾多，會後的修正也不少，特約討論部分也經細心整理。但因時間關係，除有疑問處分別請教外，不及一一給作者過目。此外，由靜宜大學中文系主辦之〈台灣文學發展現象研討

會〉，因錄音問題，無法整理，所以論文集只收論文。其次，爲顧及論文性質之考量，與原會議論文發表之順序略有不同，也特此說明。

　　看稿、校對、檢核資料、編排、設計，所有與編輯事務相關之工作，無一不需要細心與耐心。四場活動整編出一套三本的論文集，計八百頁，近五十萬字，《文訊》同仁在日常編輯工作及社務之外，用極少的人力，發揮了最大的工作效率，完成了《五十年來台灣文學研討會論文集》的編輯與出版工作，這一點一滴的記錄及成果，也必將是台灣文學發展過程中珍貴的資產。

台灣文學出版

——五十年來台灣文學研討會論文集(三)

發　行　人／林澄枝

出　版　者／行政院文化建設委員會

地　　　址／台北市愛國東路102號

電　　　話／（02）351－8030

企　　　畫／李瑞騰

主　　　編／封德屛

編　　　輯／高惠琳・湯芝萱

辦理單位／文訊雜誌社

地　　　址／台北市復興南路一段127號三樓

電　　　話／（02）7711171・7412364

印　　　刷／松霖彩色印刷公司

　　　　　／台北縣中和市連城路222巷2弄3號

　　　　　電話：（02）2405000

定價／380元

初版／中華民國85年6月初版

◎一套三册合購優待價1000元正

國家圖書館出版品預行編目資料

臺灣文學出版：五十年來台灣文學研討會論文集
（三）／封德屏主編．--初版．--臺北市：
文建會，民 85
　　面；　　公分
ISBN　957-00-7642-9（平裝）

1. 臺灣文學 - 歷史與批評 - 論文,講詞等
2.讀物研究

820.908　　　　　　　　　　　　85006642